古典文獻研究輯刊

二六編
曾永義 主編

第 **12** 冊

水滸故事的原型

周運中 著

國家圖書館出版品預行編目資料

水滸故事的原型／周運中 著 -- 初版 -- 新北市：花木蘭文化
事業有限公司，2022〔民111〕
目 4+202 面；19×26 公分
（古典文學研究輯刊 二六編；第 12 冊）
ISBN 978-626-344-002-9（精裝）
1.CST：水滸傳 2.CST：研究考訂
820.8   111009918

ISBN-978-626-344-002-9

古典文學研究輯刊
二六編 第十二冊   ISBN：978-626-344-002-9

水滸故事的原型

作　　者　周運中
主　　編　曾永義
總 編 輯　杜潔祥
副總編輯　楊嘉樂
編輯主任　許郁翎
編　　輯　張雅淋、潘玟靜、劉子瑄　美術編輯　陳逸婷
出　　版　花木蘭文化事業有限公司
發 行 人　高小娟
聯絡地址　235 新北市中和區中安街七二號十三樓
　　　　　電話：02-2923-1455／傳真：02-2923-1452
網　　址　http://www.huamulan.tw 信箱 service@huamulans.com
印　　刷　普羅文化出版廣告事業
初　　版　2022 年 9 月
定　　價　二六編 23 冊（精裝）新台幣 62,000 元

水滸故事的原型

周運中 著

作者簡介

周運中，1984年生，江蘇省濱海縣人，南京大學學士，復旦大學博士。中國海外交通史研究會理事、百越民族史研究會理事，南京大學海洋文化研究中心特約研究員。著有《鄭和下西洋新考》《中國南洋古代交通史》《中國文明起源新考》《正說臺灣古史》《濱海史考》《九州考源》《秦漢歷史地理考辨》《鄭和下西洋續考》《西域絲綢之路新考》《唐代航海史研究》《道士開闢海上絲綢之路》《魏晉南北朝地理與政局研究》《百越新史》《中國東南的歷史進程》《明代〈絲路山水地圖〉的新發現》《牛津藏明末閩商航海圖研究》《山海經通解》等書，發表論文百餘篇。

提　　要

　　本書指出《水滸傳》的故事原型是北宋末年和南宋前六年的諸多民間武裝，可以分為十個部分。前兩部分是宋江和晁蓋故事，第三部分是長江中游的張用故事，花榮源自張用。祝家莊和扈家莊故事源自祝友和扈成，混世魔王樊瑞源自福建的摩尼教主范汝為，芒碭山是今南平茫蕩山。燕青源自邵青，他俘虜監管建康水門的趙祥，又被招安到臨安。趙祥為趙構講各地好漢故事，成為《水滸傳》的祖本。瓦罐寺是建康的瓦官寺，槐橋是鎮淮橋。田虎故事源自太行山寨抗金武裝，沁源應是慶源。王慶故事是王善、祝友、祝靖、傅亮經歷的混合，全書在宋元時期的杭州說書人中間流傳，又被施耐庵、羅貫中潤色。

目次

引　言

一、從南宋歷史理解《水滸傳》

我的這本書揭示《水滸傳》故事的真實由來，比起寫《水滸傳》的影響的書，或者寫《水滸傳》中的人情世故的書，破解《水滸傳》的由來可能沒有那麼好玩。但是破解《水滸傳》的由來比那些書更加重要，因為人情和影響在日常生活中都感受到。而要破解《水滸傳》的由來就很難，需要研究宋代的歷史，很少有學者能解決這個問題。

如果破解了《水滸傳》的由來，還能幫助解釋《水滸傳》流行的原因，告訴我們《水滸傳》這本書到底有沒有價值！

我曾經寫過一本書，全面揭示《西遊記》的由來。《西遊記》是古今中外的男女老少都喜歡的書，沒有多少爭議，很少看到有人批判《西遊記》。但是《水滸傳》就不同了，不僅古代的理學家激烈批判《水滸傳》，甚至現代有的學者也在激烈批判《水滸傳》。

現代著名文藝家劉再復，寫了一本書叫《雙典批判》，專門猛批《水滸傳》和《三國演義》。他這本書的導言就叫《中國的地獄之門》，說中國人深受《水滸傳》和《三國演義》的毒害，引導中國人走向了地獄之門！理由是《水滸傳》教人殺人放火，我認為他的這個看法不對，且不說很多人看了《水滸傳》沒有殺人放火，因為《水滸傳》顯然還講了招安和死亡。就像《金瓶梅》除了聲色犬馬，還講了西門慶的報應，絕大多數人看了《金瓶梅》並沒有成為西門慶。古人作書，自有平衡之道，不能以偏概全。而且劉再復的看法完全脫離了歷史現實，《水滸傳》全書的故事都有歷史依據。

試問，中國人真的在宋代開始走向地獄嗎？這種看法顯然違背歷史事實，事實上很多學者一致認為中國人在宋代開始有了走向近代社會的一些萌芽。雖然宋代最終未能奔向現代社會，但是這顯然不是《水滸傳》的錯。

劉再復認為《紅樓夢》是引導人走向天堂的「天國之門」，他歌頌《紅樓夢》的原因是賈寶玉、林黛玉的生活很有詩意！我認為中國歷代老百姓，誰不想過賈寶玉那樣錦衣玉食的詩意生活呢？但是顯然很不現實，所以劉再復的這本書最大的問題就是脫離實際，脫離歷史，是一本純粹空想的書。

事實上，《水滸傳》的故事誕生於中國歷史上罕見的兩宋之際亂世，老百姓能夠活下來就是萬幸！他們連吃上一口飽飯、睡上一個好覺都不敢多想，還能考慮詩意的生活嗎？劉再復是文藝家，不熟悉兩宋之際的歷史。《水滸傳》這本書最早是由說書藝人在宋元時代的瓦子勾欄內逐漸創作出來，他們就是靠說書混口飯吃的平頭百姓，實在背不起引導中國人走向地獄的重大責任。

劉再復批判《水滸傳》的用意是希望中國走向法治社會，我認為他的初衷很好，也是大家共同認可的目標。但是他沒有認真研究《水滸傳》這本書的由來，不明白《水滸傳》產生的背景。如果他讀了我這本書，懂得《水滸傳》產生在一個非常悲哀的年代，就會同情《水滸傳》中的諸多人物，而不是任意指責古人，苛求古人。

不僅是文藝家，即便是很多歷史學者研究《水滸傳》也完全脫離宋代歷史，有的人寫一本研究《水滸傳》的書，脫離宋代的史書，所以大錯特錯！

比如近代史學者羅爾綱，因為研究太平天國，所以連帶研究天地會和《水滸傳》，結果不看宋代歷史，說是明代人把聚義廳改成忠義堂！〔註1〕他如果肯稍微翻一下宋代最重要的史書，就會發現，兩宋之際把抗金的義軍都稱為忠義人，所以兩宋之際的史書到處都是忠義二字，忠義堂是宋代歷史最直接的反映，顯然不可能是明代人的篡改。

如果不看宋代的歷史書，研究再多，也是自己的想像。比如很多人批判宋江接受朝廷的招安，先有成見，再來研究。說招安以下的故事都是明代人的篡改，連宋代歷史的常識都不懂。

因為北宋末年的官軍基本被金軍殲滅，南宋初年官軍的力量很弱，對付義軍一般採用招安的手段，所以當時人莊綽的《雞肋編》記載了兩句諺語，一句是：仕途捷徑無過賊、上將奇謀只是招。另一句是：欲得官，殺人放火受

〔註1〕羅爾綱：《水滸傳原本》，社會科學文獻出版社，2011年，第73頁。

招安，欲得富，趕著行在賣酒醋。建炎二年（1128 年），趙構被金軍追趕，從南京應天府（今河南商丘）逃到揚州，帶了幾個隨從渡江，差點被金兵捉住。建炎三年（1129 年），金兵又追趙構到明州（今浙江寧波），趙構乘船逃到溫州。趙構的行在四處流亡，賣酒醋發財是諷刺趙構只會逃跑。

岳珂《桯史》卷四說南宋初年，招安了福建海盜鄭廣，外號滾海蛟。鄭廣做了官，在官府聽到很多官員談論詩句，作詩一首：「鄭廣有詩上眾官，文武看來總一般。眾官做官卻做賊，鄭廣做賊卻做官。」明代人郎瑛在《七修類稿》卷十八以鄭廣此事為例，說宋朝固然仁厚，但是流於姑息，明代抓住投降的強盜也必定誅殺，手段之狠是唐、宋不及，但是明代的士大夫能有幾個人看見鄭廣的詩而不感到羞愧？

很多人不熟悉宋史，也不研究宋史，不知道南宋初年有那麼多受招安的抗金義軍，就開始批評《水滸傳》宣傳投降思想。都是脫離歷史，任意想像。宋朝有很多中國其他王朝沒有的特點，比如宋太祖留下祖訓不殺士大夫，宋朝對待民間起義軍往往也比較寬容。如果用明清史、近代史來看宋代歷史，自然是空中樓閣，不切實際。

沈括《夢溪筆談》卷十一說，北宋前期經常招安忠州（今重慶忠縣）、萬州的夷人，給券領糧。有個夷人對官府說，別人殺了很少人就得到一張券，我殺了更多的人也才得到一張券，太不公平。官府發了四百多張券，使夷人殺人更多，所以熙寧時代停止了這種辦法。可見，宋代的招安政策用得太濫。像宋朝這樣過多使用招安的朝代，在中國歷史上並不多。

沈括還在《夢溪筆談》卷二五說，福建大盜廖恩，聚集數千人，劫掠城市，殺害官員，江浙騷動。竟然被招安做官，他手下的數十個幹將，也被赦免做官，需要登記他們的生平，結果都犯過罪，唯獨廖恩登記為從未犯罪。

王學泰指出，《水滸傳》記載的情況符合宋代的法制，兩宋之際是中國歷史上招安最頻繁的時期，南宋初年把抗金義軍稱為忠義人，太行山抗金的義軍和宋江故事混淆，《水滸傳》源自南宋。〔註2〕我認為他從宋代社會史分析《水滸傳》源自南宋，最為貼切。

我的這本書要揭示，《水滸傳》全書的故事除了開頭的梁山好漢故事在北宋末年的故事之外，大多數是宋高宗趙構即位前六年的事，在建炎元年（1127

〔註2〕 王學泰：《水滸識小錄》，廣西師範大學出版社，2012 年，第 52～55、159～224、253～254、288～292 頁。

年）到紹興二年（1132年）之間，《水滸傳》在紹興二年已經形成了一個基本框架。南宋都城臨安府（今杭州）的說書人和元代、明代很多文人是在這個南宋初年的基本框架上，又填充了很多血肉，鋪排了很多情節，出現了我們現在看到的《水滸傳》。

二、梁山好漢多是抗金義軍首領

　　梁山108將的原型，多是在宋金戰亂中被迫拿起武器保家衛國的勇士。皇帝和滿朝文武出賣了北方的大好河山，殘忍地殺害了精忠報國的英雄岳飛。無數人死在戰爭、瘟疫和流亡的路上，老百姓走投無路，只能自發起來抗爭。梁山好漢確實值得稱讚，而根本不應該被批判。從人最原始的求生本能來看，其實都是很正常的事，無所謂表揚和批評。

　　一般人都知道北宋末年確實有一場宋江起義，而不一定知道這場宋江起義的規模很小，後世傳說宋江僅有三十六個重要部將，其實加上小嘍囉，估計宋江的部分也就是幾百人。

　　宋元時期的《大宋宣和遺事》是《水滸傳》的前身，是我們現在能看到的最早宋江小說，也就是列了三十六個人的名字。宋末元初的淮陰人龔開，寫了《宋江三十六贊》，也是為宋江等三十六人作贊詞。

　　這場很小的宋江起義是怎樣演變成《水滸傳》故事的呢？三十六個人是怎麼演變成一百零八將的呢？

　　近代著名學者余嘉錫，寫了一篇《宋江三十六人考實》，為我們的研究打開了正確的道路。余嘉錫發現，原來宋江等三十六人，很多不是宋江的真正部將，而是南宋初年在北方和江淮抗金的民間武裝首領！

　　余嘉錫考證三十六人之中，真正可考的宋江部將僅有青面獸楊志、九紋龍史進兩個人。

　　浪裏白條張順，很可能是太平州（治今安徽當塗）慈湖和楚州洪澤鎮（今江蘇洪澤）的民兵水軍將領。

　　大刀關勝在濟南抵抗金軍，失敗被殺。

　　李逵是密州（治今山東諸城）的民兵將領，後來投降金朝。

　　雙槍將董平，其實是唐州（今河南唐河縣）的土豪，他起兵抗金，死在地方的村民手上。

　　病關索楊雄，可能是從金國逃到南宋的小吏楊雄。

病尉遲孫立，是安豐軍（治今安徽壽縣）水寨民兵首領。

沒羽箭張清，是從山東南下的民兵首領邵青的部將。

湖北應山縣有民兵首領外號寇浪子，類似浪子燕青的外號。

雙鞭呼延灼，源自北宋初年的武將太原人呼延贊，他會用鐵鞭。

一丈青扈三娘，是相州（治今河南安陽）人張用之妻，張用率兵抗金。〔註3〕

余嘉錫的這篇文章，非常重要，告訴我們宋江三十六人之所以發展成為《水滸傳》一百零八將，其實融合了大量南宋初年的抗金民兵首領！

在余嘉錫之後，又有著名學者王利器，寫了一系列重要文章。王利器沿著余嘉錫的思路，又找到不少線索：

南宋初年，濟州（治今山東鉅野縣）有民兵首領叫解寶，很可能就是雙尾蠍解寶。

南宋初年，汝州（治今河南汝州）有民兵首領彭玘，投降劉豫的偽齊，但是再次投降南宋，很可能就是天目將彭玘。

洛陽的山寨首領王英，很可能是矮腳虎王英。

民兵首領李忠，從京城開封，南下湖北襄陽，很可能是打虎將李忠。

統制官扈成，演變為扈家莊的扈成，所以《水滸傳》說扈成：「後來中興內，也做了個軍官武將。」〔註4〕

龔開的《宋江三十六人贊》，在盧俊義、燕青、張青、戴宗、穆橫的贊詞中都提到了太行山，《大宋宣和遺事》開頭就說楊志等十二人去太行山落草為寇，其次才是晁蓋劫生辰綱。《水滸傳》說梁山上有碗子城，其實真正的碗子城在太行山上。

王利器的貢獻是把太行山抗金義軍的很多地名和人物細節，考證出來了。可惜王利器仍然認為田虎、王慶故事純屬虛構，根據我的研究，田虎、王慶故事顯然也是來自南宋初年的民間武裝。而且田虎故事就是來自太行山。嚴敦易、張政烺、華山的文章，都提到水滸和南宋抗金忠義軍有關。〔註5〕現在有山東人提出泰山別名太行山，試圖又把水滸的太行山拉到山東，顯然是牽強附會。

〔註3〕余嘉錫：《余嘉錫論學雜著》下冊，中華書局，2007年，第325～416頁。

〔註4〕王利器：《耐雪堂集》，中國社會科學出版社，1986年，第43～96、127～253頁。

〔註5〕嚴敦易：《水滸傳的演變》，作家出版社，1957年。張政烺：《宋江考》、華山：《水滸傳和宋史》，《水滸研究論文集》，作家出版社，1957年。

　　孫楷第的《水滸傳人物考》非常類似王利器的研究，他詳細搜尋史料，發現建炎年間杜萬在濟南抗金，南宋初年有抗金的劉錡部將李忠，有樞密院派往北方的密探李忠，還有投降劉豫的李忠，王倫是慶曆年間的山東義軍首領，延安人王進是抗金有功的將軍，南宋初年有義軍首領李成，還發現羅真人的故事來自《夷堅志》。〔註6〕

　　孫述宇高度評價了王利器、張政烺、華山、嚴敦易的思路，但是竟然不提余嘉錫和孫楷第。這是因為他參考的 1957 年版《水滸研究論文集》，不收余嘉錫的文章。孫述宇除了詳述南宋初年的義軍史，認為梁山好漢主要來自南宋初年抗金義軍領袖。又找出了不少新觀點，第 55 回的入話詩說：

> 幼辭父母去鄉邦，鐵馬金戈入戰場。截髮為繩穿斷甲，扯旗作帶裹金瘡。腹饑慣把人心食，口渴曾將虜血嘗。四海太平無事業，青銅愁見鬢如霜。

　　從虜血可見，這是歌頌抗金的士兵。很類似岳飛的《滿江紅》：「壯志饑餐胡虜肉，笑談渴飲匈奴血。」第 110 回詩云：

> 堪羨公明志操堅，矢心忠鯁少欹偏。不知當日秦長腳，可愧黃泉自剄言。

　　秦長腳就是秦檜的外號，這首詩是在罵秦檜。

　　第 120 回結尾的第一首詩：

> 莫把行藏怨老天，韓彭赤族已堪憐。一心報國摧鋒日，百戰擒遼破臘年。煞曜罡星今已矣，讒臣賊子尚依然。早知鴆毒埋黃壤，學取鴟夷范蠡船。

　　源自南宋葉紹翁《題西湖岳鄂王廟》：

> 萬古知心只老天，英雄堪恨復堪憐。如公少緩須臾死，此虜安能八十年。漠漠凝塵空偃月，堂堂遺像在凌煙。早知埋骨西湖路，悔不鴟夷理釣船。

　　孫述宇又指出魯智深來自五臺山抗金僧人，燕青來自太行山的梁青，呼延灼來自韓世忠手下的呼延通。特別是總結說，《水滸傳》主要故事在宋高宗時代已經形成，高宗朝以後的故事很少看到。〔註7〕我認為這個結論非常合

〔註6〕孫楷第：《水滸傳人物考》，《文學研究季刊》第一集，1964 年。
〔註7〕孫述宇：《水滸傳：怎樣的強盜書》，上海古籍出版社，2011 年，第 89、132～134、150～169、202～205 頁。

理，可惜他的論證過程先說歷史，再說文學，仍然是枚舉羅列法，而沒有建立一個嚴密的交叉對應體系。他又誤以為《水滸傳》是在南宋初年以山東為中心創作出來，這個觀點脫離歷史事實，不能成立。

盛巽昌把搜尋的史料範圍擴大到歷代史書，人物範圍擴大到《水滸傳》所有人物。他發現宋代有九個李忠，南宋初年有九個義軍首領綽號大刀，有三個張橫，有五個張順。《水滸傳》有醜郡馬宣贊，宋代有官號宣贊舍人。《水滸傳》有截江鬼張旺，南宋初年有海州東海縣（治今連雲港南城鎮）的義軍首領張旺。《水滸傳》有聖水將軍單廷珪，源自五代劉守光的部將單廷珪。《水滸傳》有中箭虎丁德勝，源自南宋初年抗金義軍首領丁進，外號丁一箭。征討梁山泊的將領，韓存保來自北宋的韓存寶，党世英來自辛棄疾的好友党懷英，都是抗金義軍首領，而辛棄疾率兵投奔南宋，党懷英在金朝做官。〔註8〕

以上的研究，雖然認準了方向，但仍然都是傳統的考據方法。傳統考據的缺點是沒有現代科學觀念，不注意系統，不考察《水滸傳》全書的結構。雖然越來越細，但是難以獲得最終的突破。很多外號可以用在不同人身上，所以找到宋代類似的外號，並不能解決《水滸傳》的形成問題。

現代多數研究《水滸傳》的人，或糾纏於版本的關係，或侷限於名物等細節的考證。因為他們不能結合南宋歷史，所以不能發現《水滸傳》成書的真正過程，真是絕大的遺憾！

很多人的研究侷限在版本，很少結合歷史，所以總是誤以為《水滸傳》是在明代寫成。〔註9〕版本研究有一個天生的缺陷，就是我們現在看到的版本僅僅是歷史上存在版本的極少部分。多數版本早已在歷史的長河中失傳了，我們永遠不可能看到歷史上的很多版本。我們現在能看到的最早版本也是明代晚期的版本，不能解釋《水滸傳》的形成。

著名宋史學家虞雲國、李之亮各有一本書研究《水滸傳》中的各種名詞。〔註10〕他們的考證非常詳細，但是這些事物在宋代的各種書籍中都能看到。所以這種研究，對研究《水滸傳》的形成史幫助不大。很多名詞也可能來自元代、明代人的修改，不是《水滸傳》的大體。虞雲國先生坦言他的研究主要

〔註8〕盛巽昌：《水滸人物譜》，學林出版社，2018年。

〔註9〕馬幼垣：《水滸論衡》，三聯書店，2007年。馬幼垣：《水滸二論》，三聯書店，2007年。

〔註10〕虞雲國：《水滸亂彈》，中華書局，2008年。李之亮：《水滸傳中的文化密碼》，巴蜀書社，2016年。

是從社會史的角度來看《水滸傳》，他認為《水滸傳》的歷史原型已經被余嘉錫等學者考證殆盡，我認為並不盡然。

李之亮的考證更為精確，他甚至把宣和二年（1120年）大名府知府兼北京留守司公事、大名府路安撫使梁子美都考證出來了，這就是《水滸傳》中大名府的梁中書的原型。李之亮在序言中還從第72回、第90回的田虎、王慶及文字風格，認為田虎、王慶故事都是《水滸傳》原本就有的內容，這個觀點非常精闢。可惜他沒有詳細論證，也沒有找出田虎、王慶的原型，誤以為《水滸傳》是作者是施耐庵，而不知《水滸傳》主要是在宋代寫成。

三、水滸多是南宋初年歷史

多數學者認為梁山好漢征田虎、王慶純屬捏造，我的這本書沿著余嘉錫、王利器的正確道路，發現田虎、王慶完全是寫南宋初年的民間武裝。

不僅如此，《水滸傳》這本書的基幹，也是源自南宋初年從山東梁山泊一帶南下的邵青義軍。

水滸故事第三個重要的來源是從相州南下的張用義軍，第四個重要來源是福建的摩尼教徒起義。

還有很多零散的抗金義軍首領，包括密州李逵、唐州董平等等，各地的民間武裝故事百川匯海，共同組成了《水滸傳》。

我的更神奇發現是，《水滸傳》的各個故事大體上仍然是按照真實歷史的編年，出現在小說中，簡直就是一部編年史！

其實《水滸傳》的主要框架在宋代寫成，元代和明代人不過是添枝加葉。無論是從主要情節，還是從思想趣味來看，《水滸傳》都應該看成是宋代的書，而絕不能看成是明代的書。

實際上《水滸傳》最初的作者是南宋初年的趙祥，他給宋高宗趙構講抗金義軍的故事，編成了小說。我們現在把元代的改編者施耐庵和羅貫中當成了作者，實在是一種錯誤。

南宋初年的抗金義軍，臺灣著名學者黃寬重的研究最為全面。〔註11〕可惜很多人不熟悉南宋初年的抗金義軍，殊不知四大將軍張俊、韓世忠、岳飛、劉光世的軍隊，很多是從抗金的義軍整編而來。

宋高宗在紹興五年（1135年）十二月改革軍隊，設立的六大護軍之中：

〔註11〕黃寬重：《南宋時代抗金的義軍》，聯經出版事業公司，1988年。

中護軍張俊的部隊整編了張用、李橫、閻皋的義軍

前護軍韓世忠的部隊整編了張遇、曹成、馬友、李宏的義軍

左護軍劉光世的部隊整編了酈瓊、靳賽的義軍

前副護軍王彥的部隊都是從太行山南撤的義軍

張俊一次就整編了張用的五萬人，韓世忠一次整編了曹成、馬友、李宏的八萬人，其中最精銳的力量變成了韓世忠的背嵬親隨軍。

張俊和韓世忠的士兵，數量上最多，其次是吳玠和岳飛。這是因為吳玠和岳飛整編的義軍不多。還有很多義軍被單獨調到杭州，成為宋高宗趙構的御前忠銳軍，可以說抗金義軍佔了南宋軍隊的相當規模。

如果沒有這些義軍，南宋初年不可能抵抗金軍的南侵。很多歷史地圖，畫出了韓世忠、岳飛、劉光世、張俊的路線，而沒有畫出抗金義軍的活動路線，我在書中畫出了多支主要義軍的活動路線，便於理解。

如果我們認真研究南宋初年抗金義軍的歷史，就會發現《水滸傳》故事其實都是來自這些義軍。這些義軍首領不如岳飛、韓世忠、劉光世、張俊有名，但是很多人死在前線，兩宋之際那一段亂世史被遺忘。他們的歷史，通過《水滸傳》曲折地流傳下來。

我的這本書就是揭示這一段曲折的歷史，讓他們被埋沒的光輝重新展現在世人面前。

雖然《水滸傳》的主體內容不是來自宋江的部隊，而是來自南宋初年的抗金義軍，但是因為這些抗金義軍的故事被吸納到了宋江的故事中，《水滸傳》的開頭是宋江部隊的故事。所以我的這本書按照時間順序和章回結構，仍然從宋江的故事開始說起。除了把王慶、田虎故事調到前面，其餘張用、范汝為、邵青的故事都是按照原書的順序來說。

第一章　宋江和梁山泊的史實

一、宋江沒有到過梁山泊

　　河北人宋江起義的緣由，我們看兩宋之際王明清的《揮麈錄》就可以知道，此書後錄卷二說：

> 祖宗開國以來，西北兵革既定，故寬其賦役。民間生業，每三畝之地，止取一畝之稅。緣此公私富庶，人不思亂。政和間，謀利之臣，建議以為彼處減匿稅賦，乃創置一司，號西城所。命內侍李彥，主治之，盡行根刷拘催，專供御前支用。州縣官吏，無卹顧之心，竭澤而漁，急如星火。其推行為尤者，京東漕臣王宓、劉寄是也。人不堪命，遂皆去而為盜。敵人未南來，河北蜂起，遊宦商賈已不可行。至靖康初，智勇俱困。有啟于欽宗者，命斬彥，竄斥宓。寄以徇下寬恤之詔，然無鄉從之心矣。其後散為巨寇於江淮間，如張遇、曹成、鍾相、李成之徒，皆其人也。

　　這一記載極為珍貴，說宋徽宗政和年間，朝廷設置西城所，搜刮民財。京東漕臣，搜刮尤甚。所以在金兵南下之前，河北已經到處起義，商人不敢前去。所以金兵迅速南下，滅亡宋朝，其實是因為北宋內部已經潰爛。宋江活動的京東路在京城開封之東，大體是今天的山東及商丘、徐州、宿遷。

　　宋江的老家正是河北，汪應辰說王師心：

> 登政和八年進士第，授迪功郎、海州沭陽縣尉。時承平久，郡縣無備。河北劇賊宋江者，肆行莫之御。既轉略京東，徑趨沭陽。

公獨引兵要擊於境上，敗之，賊遁去。〔註1〕

宋江先在河北，後來才到京東。縣尉率領的弓手僅有八十人，所以宋江的部隊人數不會太多。所以《宋史》卷三五三《張叔夜傳》說：「宋江起河朔，轉略十郡。」張叔夜擊潰宋江，宋江投降。

會稽進士沈傑曾經參加征討方臘，方勺《泊宅編》卷五記載了沈傑講給他的故事說：

> 宣和二年十月，睦州青溪縣堨村居人方臘，託左道以惑眾……自號聖公，改元永樂……旬日有眾數萬……十二月四日，陷睦州。初七日，歙守天章閣待制曾孝蘊，以京東賊宋江等出入青、齊、單、濮間，有旨移知青社……進逼杭州……官吏居民死者十二三。朝廷遣領樞密院事童貫、常德軍節度使譚稹二中貴，率禁旅及京畿關右、河東蕃漢兵制置江、浙。明年……少保劉延慶等由江東入至宣州涇縣……復歙州，出賊背。統制王稟、王渙、楊惟忠、辛興宗自杭趨睦，取睦州……生擒方臘……殺賊七萬，招徠老幼四十餘萬，復使歸業，四月二十六日也。

方臘起義時，因為宋江出沒青、齊、單、濮四州，調知歙州曾孝蘊守青州，歙州失陷。青州到齊州在今青州到濟南一帶，單州到濮州在今碭山縣到范縣一帶，齊州、濮州的西北就是河北路，印證宋江從河北進入山東。

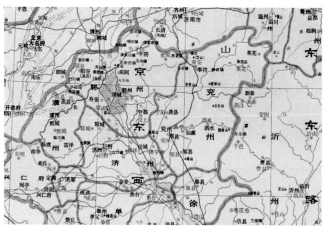

北宋京東西路地圖（徽宗政和元年1111年）〔註2〕

〔註1〕汪應辰：《文定集》卷二十三《顯謨閣學士王公墓誌銘》。

〔註2〕譚其驤主編：《中國歷史地圖集》第六冊，中國地圖出版社，1982年，第14頁。

　　宋江從山東，經過淮陽軍（治下邳縣，今睢寧縣古邳），到沭陽縣，被知海州張叔夜擊破，北逃沂州，即今山東臨沂，又被知沂州蔣圓擊潰，殘部逃奔沂蒙山。有人說宋江投降因為張叔夜，有人說因為蔣圓。〔註3〕

　　宋江投降的時間，有人說在宣和二年（1120年）十二月，有人說在三年（1121年）二月。我認為，二年十二月應該是到海州的時間，三年二月是北逃餘部在沂州投降的時間。

　　南宋人李埴的《十朝綱要》說宋江犯淮陽郡，又犯京東、河北，顛倒次序。劉時舉《續宋編年資治通鑒》把京東誤寫為京西，可見南宋人已經搞不清宋江的事蹟。南宋四川人王稱《東都事略》說宋江是淮南盜，這是絕大的誤解，他看到北宋的海州沭陽縣屬淮南東路，就說宋江是淮南盜。他的錯誤，影響了元代人寫的《宋史·徽宗紀》。

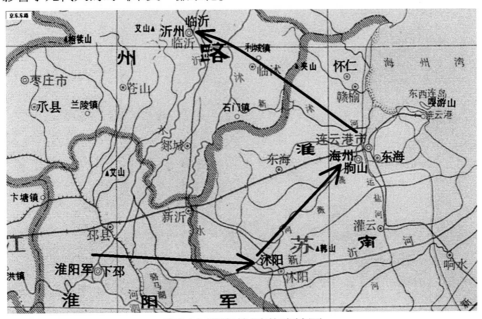

宋江在淮海的活動路線圖

　　宋江在宣和二年到三年之交投降，立即被調入劉光世征方臘的部隊，南宋徐夢梓《三朝北盟會編》卷五二引《中興姓氏姦邪錄》說：

　　　　宣和二年，方臘反睦州，陷溫、台、婺、處、杭、秀等州，東
　　南震動。以貫為江浙宣撫使，領劉延慶、劉光世、辛企宗、宋江等
　　軍二十餘萬往討之。

〔註3〕張守：《毗陵集》卷十三《秘閣修撰蔣圓墓誌銘》。

如果宋江在宣和二年十二月投降，三年四月到睦州，有四個月時間。日本學者宮崎市定說兩個宋江不是一個人，此說不能成立。

1939 年，陝西省府谷縣出土的折可求墓誌銘說：

> 方臘之叛，用第四將從軍……臘賊就擒，遷武節大夫。班師過門，奉御筆，捕草寇宋江，不逾月繼獲，遷武功大夫。

有人說宋江在方臘平定後再次造反，這個觀點很有道理，因為宋江在方臘平定之後就從史書中消失了。而且《東都事略》宣和三年：「五月丙申，宋江就擒。」恰好在方臘平定之後，照理說宋江有過應該陞官，不應消失，或許正是因為再次造反，很快被平定。

宋江活動的地方是青州（治今山東青州）、齊州（治今濟南）、單州（治今單縣）、濮州（治今鄄城），不提梁山泊兩側的濟州（治今鉅野）、鄆州（治今東平）。宋江來自河北，未必熟悉水戰，所以他在海州奪取十多隻海船，還被張叔夜擒獲，證明他確實不懂水戰。梁山泊非常遼闊，此前就有很多強盜，強龍不壓地頭蛇，所以宋江不敢去梁山泊冒險。

李若水有一首詩《捕盜偶成》，記載宋江投降：

> 去年宋江起山東，白晝橫戈犯城郭。殺人紛紛翦草如，九重聞之慘不樂。大書黃紙飛敕來，三十六人同拜爵。獰卒肥驂意氣驕，士女騈觀猶駭愕。今年楊江起河北，戰陣規繩視前作。嗷嗷赤子陰有言，又願官家早招卻。我聞官職要與賢，輒咄此曹無乃錯。招降況亦非上策，政誘潛凶嗣為虐。不如下詔省科繇，彼自歸來守條約。
> 小臣無路捫高天，安得狂詞裨廟路。

宋江的頭目有三十六人，這就是《宣和遺事》等書三十六人的由來，不過南宋人早已找不到三十六人的姓名，所以拿了很多南宋初年各地抗金的義軍首領名字來湊數。

清代人早已指出宋江從來沒有到梁山泊，宋代所有的宋江記載都沒有提到梁山泊，把宋江和梁山泊拉到一起，是南宋人編小說的行為。我在下文會說明，因為《水滸傳》源自邵青，邵青是濟南，長期在五丈河（濟水）做艄公，必經梁山泊，所以把梁山泊和宋江混淆。《水滸傳》梁山上的碗子城在太行山上，也是南宋人編小說時混淆。

在宋江之前，梁山泊確實有很多強盜，但是規模很小，《宋史》卷三二八《蒲宗孟傳》說：「鄆介梁山濼，素多盜，宗孟痛治之，雖小偷微罪，亦斷其

足筋，盜雖為衰止，而所殺亦不可勝計矣。」宋神宗時，蒲宗孟在梁山泊殘酷鎮壓民眾，殺人很多，即使是小罪也用酷刑。劉延世《孫公談圃》：「蒲宗孟知鄆州，有盜黃麻胡，依梁山濼，至是賊以絕食，遂散。」因為梁山很小，所以盜賊雖然依託巨大的湖面打劫，但是山上畢竟沒有田地供養太多人，所以很快散去。

崇寧四年（1105 年），許幾任鄆州知州時，梁山泊多盜賊，都是漁民。許幾下令漁民十個人結成一保，早出晚回，否則有人告發，就嚴查到底，所以沒有人能夠逃脫。

任諒任京東路提點刑獄使，因為梁山泊漁民做盜賊，任諒下令每五家登記，在船上編號，各縣的水面分界線建立標誌，有強盜則督查官吏捕捉，所以盜賊無所容身。

洪邁《夷堅乙志》卷六《蔡侍郎》說，蔡居厚任鄆州知州時，有梁山泊強盜五百人投降，但是蔡居厚把他們全部殺掉。

二、宋元地圖上的梁山泊

以前人研究梁山泊的變遷，很少使用宋代地圖。其實宋代有很多地圖流傳下來，有的沒有畫出梁山泊，有的則以各種形式畫出了梁山泊。

宋徽宗趙佶宣和三年（1121 年）繪製並上石的《九域守令圖》在四川省榮縣文廟，沒有畫出梁山泊。

但是劉豫偽齊阜昌七年（紹興七年，1136 年）刻石的《華夷圖》，現在西安碑林，根據前人的研究，這幅地圖的資料是來自北宋末年。《華夷圖》在荷水和清河（泗水）交匯處西北部，畫出了一個圓形湖泊的示意符號，我們可以確定這個湖泊就是梁山泊，因為在這個位置的大湖只有梁山泊。《華夷圖》是宋代人根據唐代的《華夷圖》底圖改繪，因為主要目的是描繪域外地理，所以圖上的梁山泊是示意圖。

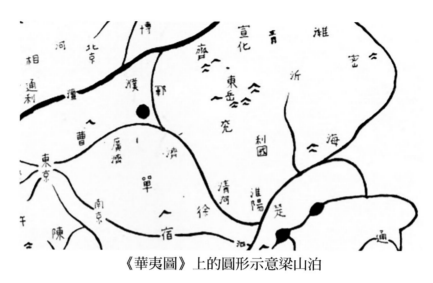

《華夷圖》上的圓形示意梁山泊

　　同一塊石刻的背面是《禹跡圖》，這幅地圖的資料來自宋神宗到哲宗時。這幅圖上畫出了梁山泊，標出了上古地名大野澤，而且畫出了比較詳細的湖岸。但是整個湖的位置似乎偏東，在濟州（治今鉅野縣）東部，在鄆州（治今東平縣）東南，大概是從今天的東平縣延伸到嘉祥縣。梁山泊的位置最早比較偏東，因為後晉開運元年（944年）黃河在滑州（今河南滑縣）決口，向東泛濫，造成向西流的汶水被滯留在鄆州南部，所以梁山泊的東部比較大。

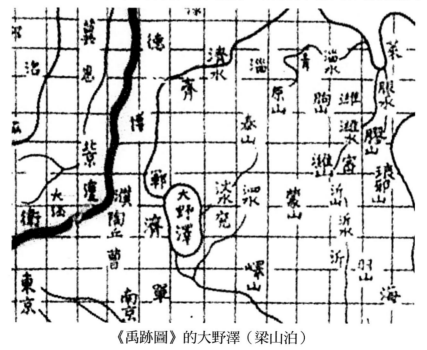

《禹跡圖》的大野澤（梁山泊）

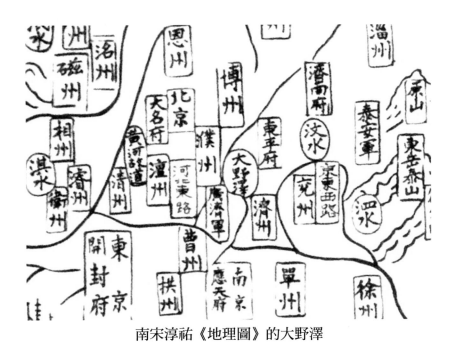

南宋淳祐《地理圖》的大野澤

　　蘇州文廟的宋理宗趙昀淳祐七年（1247年）石刻《地理圖》畫出了梁山泊，但是稱為大野澤。雖然用的是上古名字，但是畫出了從梁山泊向南流入荷水的一條河，就是桓溝。圖上的北方部分都是北宋地名，顯然還是不承認金朝政權，圖上的資料還是來自北宋時期。

　　宋真宗天禧三年（1019年）、宋神宗熙寧十年（1077年），黃河在滑州決口，都注入梁山泊。所以梁山泊的水面越來越大，宋仁宗慶曆七年（1047年），韓琦任鄆州知州，他的《過梁山泊》詩云：

> 巨澤渺無際，齋船度日撐。漁人駭鐃吹，水鳥背旗旌。蒲密遮
> 如港，山遙勢似彭。不知蓮芰裏，白晝苦蚊虻。

　　邵博的《邵氏聞見後錄》說，梁山泊有八百里，有人在王安石變法時，建議把梁山泊改造為農田。王安石說，把八百里的水放到什麼地方去？坐在旁邊的劉攽開玩笑說，在旁邊再開鑿一個八百里的湖。

　　其實自從金朝初年黃河向南泛濫，到這時已有一百多年，不僅路府州縣的地名變了，梁山泊也因為黃河泥沙的淤積而大為縮小。黃河流經濮州南部，把北宋時期還存在的南華、乘氏（在今菏澤北部）、臨濮、雷澤縣城（在今鄄城縣南部）全部沖毀，這些縣從此在歷史上消失了。

　　金代的黃河，從今天濮陽、鄄城、鄆城的南部，流到今天鉅野縣、嘉祥

縣的北部,注入泗水。黃河距離梁山泊的南部太近了,黃河的泥沙使得梁山泊的南部成為陸地。金朝正隆六年(1161年),海陵王完顏亮南征,因為梁山泊淤積,戰船無法行進。

金朝很多軍戶在梁山泊南部肥沃的低窪地帶屯田,原來居住在附近的百姓害怕租稅太重,很多逃走。金世宗完顏雍大定二十年(1180年),招徠原來的居民回來,官方給予田地,說明淤積出很多土地,所以官府有充足的田地。金章宗完顏景明昌五年(1194年)有人建議決口黃河新道的北堤,讓河水流入梁山泊,先要把在梁山泊屯田的軍戶遷出。

日本京都東福寺塔頭栗棘庵的南宋末年《輿地圖》,黃盛璋先生考證是宋度宗趙禥咸淳二年(1266年)在明州(今寧波市)刻出,由日本僧人惠曉在1279年帶回日本。〔註4〕這幅圖上的北方部分不是來自北宋時期的舊資料,而是同時代的最新資料。圖上的大野澤左側標出梁山泊,而且是在鄆城縣的東北部,說明其南部已經淤積。

因為黃河向北泛濫,所以南部淤積,水體向北移動。到了元代,已經在安山鎮的北部。也就是到了現在的東平湖北部,脫離了宋代的梁山泊故地。很多人誤以為梁山泊是東平湖,其實兩個湖不在一個地方。

南宋末年《輿地圖》的梁山泊

〔註4〕黃盛璋:《宋刻輿地圖匯考》,曹婉如等編《中國古代地圖集(戰國—元)》,文物出版社,1990年。

　　元代蘇州人李澤民根據阿拉伯人的世界地圖，繪製了《聲教廣被圖》。這幅圖在明代初年被宮廷畫師改繪為《大明混一圖》，又被朝鮮使者摹繪，改繪為《混一疆里歷代國都之圖》。豐臣秀吉侵略朝鮮時，把這幅圖掠奪到日本，所以這幅圖現在的各種版本都在日本。雖然是明初的地圖，主要資料來自元代。

　　這幅圖上已經沒有梁山泊的湖泊形狀，但是在濟寧路（治今鉅野縣）的下方標出梁山泊三個字，這是古代的名字，不是元代的實際情況。在鄆城縣的東部又標出大野兩個字，指已經消失的大野澤。因為這幅圖上有很多歷代地名，所以有這些古代的地名。圖上的黃河非常清楚，從開封城北東流。

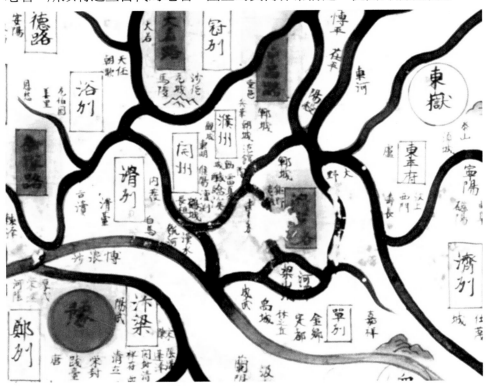

明代《混一疆里歷代國都之圖》的梁山泊周圍

　　明朝初年，梁山泊還有不少水面。洪武年間，胡翰《夜過梁山濼》詩云：「日落梁山西，遙望壽張邑。洸河帶濼水，百里無原隰。」這時的梁山泊，至少還有一百里的水面。胡翰說洸河的水注入梁山泊，說明洸河是主要水源。

　　從元代到明朝初年，江南的漕糧北運主要採用海運，永樂時改走京杭大運河。為了解決運河的水源，把原來注入梁山泊的很多河流包括洸河的水，

都留在運河的河道中，這就使得梁山泊縮小。景泰時，梁山泊僅有八十里。清代梁山泊全部成為陸地，所以現在的梁山周圍找不到大湖。

現在梁山縣的前身是 1941 年在東阿、陽谷、壽張、鄆城、汶上、東平六縣邊區新設的崑山縣，1949 年才改名為梁山縣，歷史上從來沒有梁山縣。崑山縣的政府在張博士集， 1949 年移到西小吳村，1950 年移到鄭垓村。1952年移到後集村，就是現在的位置，才靠近梁山。因為最早的政府駐地遠離梁山，所以不叫梁山縣。

三、蓼兒窪源自淮安蓼澗

小說中，宋江最終的歸宿是楚州（治今江蘇淮安）城南的蓼兒窪。很多人誤以為蓼兒窪緊鄰楚州城南門外，還有人誤以為是編造的地名。

其實蓼兒窪有真實依據，萬曆《淮安府志》卷三記載山陽縣：

> 蓼澗，治西南六十五里，東連天井蕩，西入青州澗。
>
> 青州澗，治西南九十里，東由雙溝入白馬湖，西入高良澗。
>
> 高良澗，治西南九十里，由清河澗沙埠橋西入淮。

山陽縣即淮安府治所在，今江蘇淮安市淮安區，高良澗在今洪澤高良澗鎮，青州澗在洪澤的東南，現在還有白馬湖。

青州澗的名字源自唐代，《新唐書》卷四一《地理志五》記載楚州寶應縣（今江蘇寶應）：「西南八十里有白水塘、羨塘，證聖中開，置屯田。西南四十里有徐州涇、青州涇，西南五十里有大府涇，長慶中興白水塘屯田，發青、徐、揚州之民以鑿之，大府即揚州。」寶應縣的西南四十多里，在今洪澤。青州澗的位置就是今天洪澤的潯河，潯就是青的轉讀。

蓼澗在青州澗（潯河）的東北，在今洪澤的東北部。黃集鎮有雙澗村，不知這兩條澗是不是有一條源自蓼澗。洪澤原來多數屬於山陽縣，今天洪澤還有野生紅蓼開花的盛景。小說中的蓼兒窪，內部有山峰環繞，現實中的蓼澗沒有山峰，僅有稍微高的土丘，不過還是有一些依據。

中國那麼多小地名，作者不可能憑空找出這個不出名的小地名。這樣一個不為人知的小地名出現在小說中，位置也不錯，很可能有依據，或許宋江就是在平定方臘的回軍途中，在淮安再次造反，所以才有死在楚州的說法。一些宋代文獻說宋江是淮南盜，很可能也是在第二次造反在淮南，第一次造反沒有到淮南，這是把兩次造反混淆了。

蓼漊是楚州非常偏僻的地方,如果宋江在楚州做官,不太可能葬在蓼漊。但是宋江如果在征方臘回來的路上再次造反,很可能因為兵敗逃跑,死在蓼漊。宋元時期的人很可能還知道這件事,所以編出蓼兒窪的故事。

第120回的基礎是在南宋時期形成,因為開頭說阮小七做蓋天軍都統制,地僻人蠻。現實中沒有蓋天軍,但是按照第44回的說法,蓋天軍是襄陽府,襄陽在南宋是邊境,所以才說地僻。

蓼漊位置推測地圖

四、楊志和史斌的下落

余嘉錫已經指出,宋江的部隊由楊志領導,參加了北征遼國的戰役。宋徽宗宣和四年(1122年)六月,童貫到河北的河間府:「分雄州、廣信軍為東西路,以种師道總東路兵,屯白溝,王稟將前軍,楊惟忠將左軍,种師中將右軍,王坪將後軍,趙明、楊志將選鋒軍。辛興宗總西路之眾,屯范村。楊可世、王淵將前軍,焦安節將左軍,劉光國冀景將右軍,曲奇、王育將後軍,吳子厚、劉光世將選鋒軍,並聽劉延慶節制。」

余嘉錫指出,《三朝北盟會編》卷四七引《靖康小難》稱楊志為招安巨寇,說明他原來是盜賊。劉延慶、劉光世、王稟、楊惟忠、趙明、辛興宗、楊可世、王淵都是征方臘的人馬,征方臘時,宋江和趙明都在後路軍,此時楊志和趙明都在選鋒軍,證明楊志率領的就是宋江的人馬。所以《宣和遺事》的楊志排在第三位,說明他是宋江的副手。

靖康元年(1126年)五月,金人圍攻太原,种師中援救太原,楊志首先

逃跑。楊志很可能投降金朝，《三朝北盟會編》卷三十說建炎元年（1127年）正月，從金朝回來的沈琯說楊志在燕山（今北京），受高托山賄賂，楊志貪戀財色，可買通楊志反水。這個計劃沒有實施，楊志也沒有再回到宋朝。

宋江第二個被史書記載的部將是史斌，建炎元年（1127年）七月，已經招安的史斌，據興州（今陝西略陽）稱帝，想進軍四川，被利州路兵馬鈐轄盧法原打敗。盧法原收復興州，扼守劍門關。建炎二年（1128年）十一月，涇原兵馬都監吳玠在長安縣東南的鳴犢鎮斬殺史斌。余嘉錫指出，史斌即史進，讀音接近，所以《水滸傳》開頭的史進在關西的華州華陰縣。

我認為，史斌和史進的讀音不是很近，史進的名字很可能源自史準，史準在絳州垣曲縣橫山起兵，建炎四年十月率部歸屬李興，屯商州（今陝西商洛）。史準的讀音接近史進，很可能被混淆。

小說中的史進師傅王進，因為得罪高俅而去延安投奔种師道，現實中真的有個延安人王進。

建炎四年（1130年）正月，張俊指揮宋朝官軍在明州（今寧波）打敗金人，士兵王進是延安人，身先士卒，立下大功，被提拔為將官，授予武翼大夫職銜。紹興三年（1133年）二月，都督府統制官王進，改充江西安撫大使司統制官，以所部二千，自饒州移江西屯駐。四年（1134年）十二月，行宮留守司中軍統制王進，以所部屯泰州，防托通、泰，應援淮東水寨，權聽帥司節制。趙構召王進入對，而遣之。五年（1135年）正月，都督府前軍統制王進為福建路兵馬都監。紹興二十四年（1154）七月，添差福建路馬步軍副都總管。紹興二十六年（1156年）三月，卒於任上。〔註5〕

這個延安的王進就是《水滸傳》王進的原型，因為抗金有功，做到高官，成為《水滸傳》正面形象。小說中的王進是八十萬禁軍教頭，現實中的王進是趙構的親軍統制官，地位接近。張俊跟隨种師中援救太原失敗，种師中戰死，張俊突圍，成為南宋大將。王進很可能是張俊從西北帶出來的親兵，小說中王進跟隨种師道，現實中王進跟隨种師中。

北宋歷史上，种師中是秦鳳經略使，駐秦州（治今甘肅天水），而种師道做過渭州知州，渭州在今隴西。种師道和种師中都不在延安，因為王進是延安人，所以小說家誤以為种師道在延安。

也可能《水滸傳》最初的版本就是王進去渭州投奔种師中，在流傳過程

〔註5〕《建炎以來繫年要錄》卷31、63、83、84、167、172。

中被改為去延安投奔种師道。這樣史進才在找不到王進的情況下，向魯智深打聽，才有利於安排小說情節，引出魯智深出場。

小說中王進和林沖都是八十萬禁軍教頭，因為王進在全書開頭就出現，而且聯繫著另一個有實際根據的史進，所以林沖故事的一些情節有可能是從王進故事轉借而來，我們至今沒有發現林沖的原型。

史書僅有的兩個宋江部將，一個投降金朝，貪財好色，一個叛宋被殺，都不是很光彩的形象，但是在《水滸傳》中卻都是非常正面的形象。說明《水滸傳》最早的版本，還是站在底層立場，只要是參加過起義軍的人都被塑造成好人。這就像《三國演義》一心要把劉備塑造成好人，其實劉備和曹操在現實中是本質相同的人。

五、山東、河北的風俗

北宋哲宗元祐初年（1086 年），把全國犯罪率高的地方定為重法地，要用重法。全國的重法地，以京東路最多，有 12 個州，即應天府（治今商丘）、鄆州、兗州、曹州（治今定陶西南）、徐州、齊州、濮州、濟州、單州、沂州（治今山東臨沂）、淮陽軍、廣濟軍（治今山東定陶）。

京東路的西部全部是重法地，僅有東部的山東半島不是重法地。說明梁山泊周圍的地方，在北宋就是強盜出沒之地。有人說曹州、濮州人專為盜賊，宋徽宗說京東路「素多盜賊，狃犴囚繫，倍於他路」，蘇東坡說徐州人：「民皆長大，膽力絕人。」陳師道說徐州人：「古用武之國，故其人悍堅，恃氣力，易為攻剽。」孫覺說徐州人：「俗喜剽劫，輕命抵死。」

山東的這種風氣，唐代就是如此，徐州人龐勳和曹州冤句縣（今菏澤、東明一帶）人黃巢把唐朝推向了滅亡的深淵。龐勳等人在桂林戍守，因為官府失信，長期滯留在嶺南，所以憤而造反，打回徐州。一路上攻城略地，給唐朝很大打擊。而且經過唐朝的生命線運河，都城長安的糧食全靠運河從東南運來。宋代人宋祁在《新唐書》卷二二二中的結尾說：「唐亡於黃巢，而禍基於桂林。」

北宋的河北路，重法地有 8 個州縣，數量僅次於京東路，即澶州（治今河南濮陽）、博州（治今山東聊城）、滄州、邢州鉅鹿縣、平鄉縣、洺州雞澤縣、平恩縣（今河北曲周）、肥鄉縣。這些地方多數靠近山東，北宋人說河北：

「風俗喜亂善盜，什五千百，不待號召。」〔註6〕

　　河北的這種風氣也是從晚唐延續下來，不是北宋的問題。晚唐人說「天下指河朔若夷狄然」，說河北人就像夷狄一樣。

　　根據程民生的統計，北宋前期的太祖到真宗朝文臣，河北最多，其次是京東、京西、開封，占總數的大半。到了北宋晚期的哲宗到欽宗朝文臣，兩浙最多，其次是福建、江西、京西。北宋前期，河北路的文臣是兩浙的 6 倍，北宋晚期，河北文臣不及兩浙一半，河東路更是 0 人。〔註7〕

　　北方文臣被南方取代的根源是五代十國的戰亂中，南方多山，比較安定，文化發達，進士眾多。北宋末年的晁補之說：「河北自五代兵革，遷徙之餘，而士日少。」北宋為了平衡南北，多次給河北考生特別優待，甚至多次為河北人舉行單獨考試，甚至讓河北、陝西考不上的人直接參加禮部考試。雖然朝廷主政的南方大臣費盡心機，想出各種辦法增加北方人考中的機會，但是北方人仍然考不過南方人。投降金朝的張邦昌、劉豫都是河北永靜軍阜城縣人，河北人在北宋末年紛紛投降，根源是北宋晚期已經逐漸疏遠朝廷。

　　富弼說河北、河東、陝西近年考上的人很少，因為不能為文辭，但是如果不加以籠絡，就會出現奸雄。歐陽修說，陝西靠近西夏，士人要設法籠絡，否則考不上科舉，怨恨朝廷，投奔敵方，為患無窮。〔註8〕

　　在《水滸傳》中多次出現山東、河北的私商、好漢、精兵：

　　第 14 回劉唐對宋江說：「曾見山東、河北做私商的多曾來投奔哥哥。」

　　第 15 回吳用說：「量小生何足道哉，如今山東、河北多少英雄豪傑的好漢！」

　　第 18 回說宋江：「因此，山東、河北聞名，都稱他做及時雨。」

　　第 23 回施恩說：「山東、河北客商都來那裡做買賣，有百十處大客店。」

　　第 63 回說蔡京：「隨即喚樞密院官調撥山東、河北精銳軍兵一萬五千。」

　　第 67 回焦挺說：「山東、河北都叫我做沒面目焦挺。」

　　第 69 回：「山東、河北皆號他為風流雙槍將。」

　　第 78 回：「今後不點近處軍馬，直去山東，河北揀選得用的人，跟高俅去。」

　　第 80 回：「一個個選揀身長體健，腰細膀闊，山東河北，能登山，慣赴

〔註6〕程民生：《宋代地域文化》，河南大學出版社，1997 年，第 5、36～41 頁。
〔註7〕程民生：《宋代地域文化》，第 132～133 頁。
〔註8〕程民生：《宋代地域文化》，第 132～133、247～255 頁。

水，那一等精銳軍漢，撥與二將。」

山東、河北連稱，在南宋初年的李心傳《建炎以來繫年要錄》、徐夢梓《三朝北盟會編》多次出現，這證明《水滸傳》的底本在南宋初年已經形成。《三朝北盟會編》卷 31 說：「宣和六年黜罷之後，燕山日夕告乏，而山東、河北交界賊起，少者不下數千人。」卷 93 說：「於是乃下檄兩河諸將及山東、河北義兵。」

宋江等人都來自河北，在金人南下之前，河北地方局勢已經潰爛。因為北宋內部已經潰爛，所以女真才能攻佔華北。北宋滅亡的原因首先是內因，其次才是外因。女真南下的原因，還有全球氣溫下降的因素，根源在自然。

北宋末年，氣候急劇變冷。淳熙《三山志》說，徽宗大觀四年（1110 年）極寒，福州荔枝凍死，一兩年才復生。袁文《甕牖閒評》卷八說，此年嶺南下雪，乃北方戰爭之兆。因為次年，童貫出使遼朝，燕人馬植獻出宋金聯合滅遼之策，所以袁文說這是戰爭之兆。

元代陸友仁《研北雜志》卷上說，宋徽宗政和元年（1111 年），蘇州大寒，積雪一尺，河水結冰，太湖洞庭東西二山上的橘樹都被凍死，次年砍伐為柴。《宋史·五行志二》說政和三年（1113 年），開封大雪連續十餘日，平地積雪八尺餘。冰滑不能走，百官乘轎。政和七年（1117 年）大雪，詔收養內外乞丐老幼。同年，女真攻佔遼的東京（今遼寧遼陽）。宋朝從漂流到山東的高麗人口中得知女真佔領遼東，所以第二年宋朝遣使航海到遼東，聯金滅遼。

靖康元年（1126 年），積雪超過三尺。靖康二年（1127 年），結冰如鏡，大雪數尺，人多凍死。莊綽《雞肋編》卷中說紹興二年（1132 年）冬，大寒，太湖結冰，運米的船不能到達洞庭東西山，很多人逃亡在島上的北方人凍餓而死。這年冬天，屢次大雪，杭州冰厚數寸。紹興五年（1115 年），荊州冰厚數尺，城內外凍僵的人不可勝數。

人類歷史上，每逢大的降溫，北方民族必然南下。〔註9〕西晉開始，中國

〔註9〕關於氣候變化對文明的影響，參見葛全勝等：《中國歷朝氣候變化》，科學出版社，2012 年。〔美〕狄·約翰主編、王笑然譯：《氣候改變歷史》，金城出版社，2014 年。〔德〕沃爾夫剛·貝林格著、史軍譯：《氣候的文明史：從冰川時代到全球變暖》，社會科學文獻出版社，2012 年。〔日〕田家康著、范春颷譯：《氣候文明史：改變世界的 8 萬年氣候變遷》，東方出版社，2012 年。〔美〕布萊恩·費根著、蘇靜濤譯：《小冰河時代：氣候如何改變歷史（1300～1850）》，浙江大學出版社，2013 年。〔瑞士〕許靖華著、甘錫安譯：《氣候創造歷史》，三聯書店，2014 年。

氣候明顯變得乾冷，《宋書·五行志二》記載晉武帝太康元年（280年）到太熙元年（290年），十一年連續大旱。晉惠帝時又有四年大旱，到晉懷帝永嘉三年（309年），黃河、長江旱到可以走過去，這是中國歷史上罕見的大旱景象。

又說西晉開始，中原人開始用氈為頭巾、腰帶、袖口，流行羌煮、貊炙，很多人說這是胡人侵華的征討，其實這是因為氣候變冷。《五行志四》說孫權赤烏四年（241年）正月，積雪三尺，鳥獸大半凍死。西晉時期又有多次大雪，到晉懷帝永嘉元年（307年）十二月，洛陽積雪三尺。因為太冷，所以北方的游牧民族必須南下，所以才有五胡之亂。

明代晚期，全球氣溫又明顯變冷，進入所謂的「明清小冰期」。康熙九年（1670年）冬季，甚至出現江西九江一帶長江凍合的罕見景象。所以清朝滅亡明朝，根源也是氣候變化。

如果我們從全球氣候變化的大趨勢和華北生態衰退的大趨勢來看，北宋南遷其實是不可避免的結局。

六、黃衣秀士王倫未到梁山

歷史上的王倫不是白衣秀士，而是黃衣秀士。宋仁宗慶曆三年（1043年）五月，沂州捉賊虎翼卒王倫等人，從沂州起兵，殺沂州巡檢使、御前忠佐朱進，想去青州不成。打劫密州（治今山東諸城）、海州（今連雲港）、泗州（治今江蘇泗洪縣南）、楚州（今淮安）、揚州。王倫搶奪地方武器，橫行淮海，如入無人之地。到高郵軍（今江蘇高郵）時，已有兩三百人，臉上都刺字「天降聖旨捷指揮」。王倫穿黃衫，使用了皇帝的服色。王倫到楚州、泰州（今江蘇泰州），知縣、縣尉、巡檢等人都不上陣，反而送給王倫茶酒，致使武器被奪。因為朝廷寬容地方官，所以地方官不怕朝廷，反怕王倫。

京東路安撫使陳執中，遣都巡檢傅永吉追之。王倫到和州（治今安徽和縣），被江淮制置發運使徐的，督諸道兵合擊，王倫在歷陽縣（今安徽和縣）兵敗被殺。歷陽縣的壯丁張矩等人，得其首級，徐的詳細上報。

歐陽修說王倫橫行千里，地方軍隊不能抵抗，必須由京城發兵。孫惟忠等人還沒有離開京城，王倫已到了和州，王倫因為偶然而失敗。但是他殺害

百姓，焚燒城市，瘡痍滿目。〔註10〕

　　王倫死在和州，餘部向西進入蘄州（治今湖北蘄春）、黃州（治今黃岡），傅永吉尾隨追擊，剿滅王倫餘部，升為閤門通事舍人，又遷閤門使。又升京東路安撫使陳執中為參知政事，其實王倫敗亡不是陳執中和傅永吉的功勞。宋仁宗提拔陳執中和傅永吉，被當時很多大臣反對。

　　王倫從山東進入淮南，但是被宋代人誤說成淮南盜，王得臣的《麈史》卷上說：「慶曆間，淮南有王倫者，嘯聚其黨，頗擾郡縣。」這和宋江被誤說成淮南盜很像，所以南宋人把宋江和王倫混淆起來，把王倫說成是宋江的先驅。

　　因為宋江先被小說家錯誤地移到了梁山泊，於是王倫也被小說家連帶移到了梁山泊。其實王倫從起兵到敗亡兩個月，一路往南，從來沒有去過梁山泊。王倫也不可能去梁山泊，因為京東路的兵馬從青州出發，一直在追擊王倫。王倫從密州南下海州，是往沂州的東南，不可能去西北的梁山泊。

　　王倫是黃衣秀士，被改成白衣秀士，古代人把沒有功名的人稱為白衣。南宋的小說家為了凸顯故事矛盾，使情節更加引人入勝，故意把王倫從黃衫士兵，改編為白衣秀才。俗話說秀才造反，三年不成。如果王倫真是秀才，恐怕連梁山泊上的普通頭領都制服不了，何況林沖。

七、昏君趙佶、趙桓的報應

　　中國歷史，說來有趣。周代分封諸侯，秦滅周後，秦始皇認為就是分封製造成了數百年的戰亂，所以秦實行郡縣制，不封建諸侯，但是秦朝僅有十五年就滅亡了，是中國歷史上最短命的王朝！可見是不是實行分封制不重要，關鍵是不能用暴政。但是漢高祖劉邦又覺得秦朝短命是因為沒有封建諸侯，所以他又恢復了分封制，終於釀成吳楚七國之亂。三國不實行分封制，西晉覺得還是分封制好，結果恢復分封制，造成八王之亂，西晉滅亡。可見，凡事都有兩面，得了好處，也就得了弊端。

　　唐代晚期，藩鎮割據，藩鎮終於變成王國，唐朝滅亡，出現了五代十國。宋太祖好不容易統一五代十國，為了扭轉晚唐以來的藩鎮割據局面，宋太祖

〔註10〕歐陽修：《論沂州軍賊王倫事宜箚子》、《再論王倫事宜箚子》，《歐陽文忠公集》卷98。《長編》卷141、142。歐陽修：《論京西賊事箚子》，《歐陽文忠公集》卷100。

趙匡胤不僅削除了藩鎮，還重用文官，用文官來制衡武將，他定下了不殺大臣的規矩，要他的後代做了皇帝也要遵守。

宋朝是中國歷史上罕見尊重士大夫的朝代，這是得了好處，也就得了弊端。弊端就是宋朝的軍事太差，士大夫全面主政的宋朝是一個極其文弱的王朝。而且士大夫還結成朋黨門派，互相鬥爭。

王安石的新黨輔佐宋神宗變法圖強，可惜沒能實現初衷。而且宋神宗 37 歲就英年早逝，其子宋哲宗繼位，太皇太后高氏廢除新政，司馬光等保守派重新把持朝政，史稱元祐更化。保守派為了反對而反對，不顧百姓生死，朝政大亂。高氏死後，宋哲宗親政，又延續宋神宗的新政，史稱哲宗紹述。

宋哲宗去世，弟弟趙佶繼位，就是中國歷史上的著名昏君宋徽宗。因為宋朝過分推崇文藝，終於出了文藝家皇帝宋徽宗，埋葬了北宋王朝。

宋徽宗好書畫，於是大奸臣蔡京依靠書法，勾結宦官童貫，升為丞相。王黼投靠宦官梁師成，升為次相。宋徽宗好園林假山，任用蘇州富商之子朱勔在江南搜刮太湖假山石，稱為花石綱。蔡京、童貫、王黼、梁師成、朱勔、李彥這六個大奸臣，被當時人稱為六賊，作為趙佶的爪牙，殘害天下蒼生，導致無數百姓家破人亡。

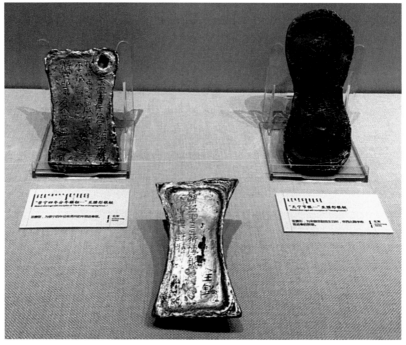

巴林左旗遼上京博物館藏北宋紹聖二年（1095 年）、崇寧四年（1105 年）歲幣

巴林左旗遼上京北城的西南角

巴林左旗滴水壺遼墓壁畫上的契丹人

　　北宋末年，開封朝廷喜歡契丹的北珠，這種珍珠來自女真。契丹人向女真人索求太多，引起女真人的反抗。完顏部首領阿骨打起兵叛遼，建立金朝，稱收國元年（1115年）。1117年（北宋政和元年、遼天慶七年、金天輔元年），北宋從遼東航海流亡高麗的渤海人那裡，得知女真已經攻佔遼東。次年，北宋派人航海到遼東，約金滅遼。1120年（北宋宣和二年、遼天慶十年、金天輔四年），金攻佔遼上京，宋金約定，金取遼中京，宋取燕雲十六州。

　　1122年（北宋宣和四年、遼保大二年，金天輔六年），童貫平定方臘和宋江，隨即北上，參加宋金聯合滅遼戰爭，竟然不能攻入遼的南京燕京（今北京）。金佔領燕京，歸還北宋，以平州（治今盧龍）為新的南京，留守張覺是遼的降將，很快投降北宋，被金人打敗，逃亡北宋，北宋殺張覺安撫金人。1125年（北宋宣和七年、遼保大五年、金天會三年），金俘殺遼朝末代天祚帝，遼朝滅亡。金藉口張覺歸宋一事，侵入北宋。燕山府郭藥師很快降金，金軍分為兩路，從河北、山西南下。

金上京南城的東門

　　宋徽宗傳位給兒子宋欽宗趙桓，想讓兒子做亡國之君，自己逃往東南。靖康元年（1126年），金軍攻佔信德府（治今河北邢臺）、相州（治今河南安陽）、浚州（治今河南浚縣），防守黃河的宋軍潰逃，金軍安全渡河，兵臨開封。趙佶帶著童貫等人逃亡鎮江，金軍要求北宋割讓太原、中山（治今河北定州）、河間（治今河北河間）三鎮，趙桓同意，金兵北退，趙佶回到開封。趙桓處死王黼、梁師成、李彥、童貫等人，也罷免主張抗金的李綱。

　　八月，金兵再次南下，攻佔太原、真定（治今河北正定）、汾州（治今山西汾陽）、平陽（治今山西臨汾）、隆德（治今山西長治），提出以黃河為界。趙桓派他的弟弟康王趙構去金國做人質，趙構走到磁州（治今河北磁縣），被民眾攔截，退回相州。

　　十一月，金軍到達開封。趙桓以為求和才有生路，竟然答應金軍的各種要求，獻上馬匹、武器、財寶、宗女，最終獻上自己。趙桓不組織軍隊抵抗，反而相信郭京的巫術能夠打敗金兵。結果開封淪陷，宋軍死傷慘重。

　　靖康二年（1127年），昏君趙佶、趙桓父子主動去金軍兵營投降，北宋滅亡。金人扶植丞相張邦昌為楚王，張邦昌指揮宋朝投降的官員，幫助金軍捉拿趙宋宗室，捕殺抗金義士，搜刮金銀財寶。

　　次年三月，金軍北退，裹挾趙佶、趙桓與宗室、官員等人北遷。被俘虜的宋朝君臣乘牛車八百六十多輛，不走常路，嚴禁北宋百姓接觸，防止被宋朝軍隊劫走。宋徽宗到了北方，被金人封為昏德公，宋欽宗被金人封為重昏侯，可謂名副其實。趙佶、趙桓被金人囚禁在五國城（今黑龍江依蘭），兩人死在寒冷的牢獄，得到了應有的報應。

　　北宋是中國歷史上唯一有兩個末代君主同時被俘的王朝，南宋是中國歷史上唯一有兩個君主同時死在海上的王朝。這還不是宋朝最可恥的事，更令人感到哀歎的是，北宋滅亡時，河北的大多數城市還在北宋統治之下！陝西、山東都在北宋手中，北宋明明可以調集全國的力量成功抗金，但是趙佶、趙桓、趙構父子三人偏不抵抗，一聽說金軍來就逃跑，誰主張抗金就罷免誰。

　　皇帝如此，各級官員更不必說了。多數官員不想抵抗，從四面八方來的很多路勤王大軍在周圍徘徊，不敢前進。說明宋朝的朝政已經非常腐朽，風氣非常頹廢，制度毫無效率，這個王朝確實應該滅亡。

　　南宋的洪邁在《容齋隨筆》卷十六痛心地說，堂堂大國，數十萬軍隊游蕩在開封府周圍，不發一箭，不殺一敵，皇帝端坐在京城，束手就擒。洪邁作為大臣，不好意思再批判下去，這種歷史上罕見的奇特景象也就是北宋末年才會出現，中國歷史上沒有第二個王朝如此屈辱。

　　李心傳《建炎以來繫年要錄》卷四說，金兵在繁華的中原大地劫掠，東到山東沿海，南到淮河，殺人如麻，屍體的臭味飄到數百里外。十多萬中國人被擄掠到北方，宮廷圖書一片狼藉。泥土之中，金帛散佈。宋朝兩百年的積蓄，被掃蕩一空。開封城內，餓死、病死的人就有一半。樹上的葉子和街上貓狗都被吃光，一隻老鼠也值數百錢。城外的墳墓，全被挖開，金兵取棺材為馬槽。人們爭搶路上的屍體來吃，還沒斷氣的活人也被挖肉，人肉和豬肉、馬肉夾雜來賣。開封的無業游民，一半被凍餓而死，到處都是屍體。

　　很多人知道張擇端在《清明上河圖》，反映了宋徽宗時期開封的繁華，但

是不知道二十多年後的開封竟成為人間地獄！

　　陸游《老學庵筆記》卷五說，靖康元年（1126年），朝廷把宣和年間奸臣的家人，發配到當時非常蠻荒的嶺南。到了北宋滅亡時，中原大亂，死人很多。有人說造禍者的全家，反而在嶺南躲過了戰亂，無辜的人卻在中原受苦。蔡京死在發配到海南的路上，時年八十歲，其子蔡攸、蔡絛最終處死，家人都被流放到偏遠地方。

　　比起那些慘死的數百萬老百姓，罪魁趙佶的死不知要好多少倍，所以趙佶死有餘辜，不足以謝天下蒼生！

　　不過我們也應該想到，一個王朝的衰亡是不可避免的趨勢，末代君臣的腐朽也是不可避免。王朝衰亡的責任不是全在末代君主，而是日積月累的結果，是制度原因而非個人原因。

黑龍江省博物館藏金上京遺址出土銅龍

第二章　源自太行山寨的故事

一、高平王彥在太行山上

靖康二年（1127 年）五月，趙構在南京應天府（今商丘）稱帝，改元建炎。趙構不想真正抗金，一心信任黃潛善、汪伯彥等小人，他們主張遷都東南。趙構罷免一直主張抗金的李綱，準備加速遷都東南。

金兵南侵後，河東、河北的老百姓紛紛建立山寨，抵抗金兵，其中最早的一支重要武裝是澤州高平縣（今山西高平）人王彥建立。

王彥，很早從高平縣遷居懷州（治今沁陽），不事生產，結交豪強，熟讀兵書，習慣騎馬射箭。他的父親認為他是人才，讓他去京都，隸屬弓馬子弟所。後來做到清河縣尉，能和金人戰鬥。趙佶、趙桓北遷，王彥去京都勤王，河北招撫使張所任用王彥為都統制，任用岳飛為準備將。

九月二十五日，王彥渡過黃河，收復衛州新鄉縣（今河南新鄉）。王彥傳檄各地，金人以為是宋朝大軍，於是發動數萬大軍，圍攻王彥，箭如雨下。王彥兵器簡陋，寡不敵眾，突圍到太行山上。金兵追殺數十里，不能捕獲。王彥召集流散的士兵七百人，到了衛州共城縣（今河南輝縣）西山，進入陵川縣的太行山，建立了山寨，地點不詳。

王彥在他的士兵臉上都刺了八個字：「赤心報國，誓殺金賊。」所以他的部隊又名八字軍，王彥和士兵同甘共苦，很有威信。

不久，河東、河北兩路，民兵武裝紛紛建立。傅選、孟德、劉澤、焦文通等十九寨，有十萬多人，連綿數百里，金鼓之聲相聞。太原、汾州（治今山西汾陽）、相州、衛輝、澤州間，倡議討賊。數百里之地，都受王彥約束。

王彥稟朝廷正朔，威震燕代。金人害怕，列戍相望，經常遣勁兵，干擾王彥的運糧道路。王彥每每勒兵以待金兵，且戰且行，大小不少百十次戰鬥。斬獲金人銀牌首領、金環首領，奪還河南被虜人民不可勝計。

十一月，王彥和金人在太行山大戰，金軍逃走。王彥在西山聚兵，常常擔憂糧儲不繼。一日發軍士運粟，恰好有漢奸告發，於是金兵乘虛而入，以大兵逼近王彥堡壘。王彥率親兵，依託高山抵抗。王彥的士兵稍有退卻，王彥大呼，勇士力戰。王彥又用強弩飛石齊發，金人方才稍退。金人有死者，皆以馬負屍而去。自此金人修築很長的工事，準備持久圍困王彥。王彥十天得不到糧食，傳檄召集太行山上其他諸寨之兵。援兵趕來，金人逃走。

趙構任用奸臣黃潛善、汪伯彥，阻撓全國各地的抗金大業，東京留守宗澤任用王彥處理河東、河北軍事，王彥準備聯合宗澤等人，收復太原。黃潛善竟然阻止，宗澤接連上書二十次，都被奸臣扣留。

建炎二年（1128年）五月，宗澤認為王彥孤軍在河北，不能獨自前進，於是下令讓王彥和各軍寨的萬餘人，南渡黃河。王彥在五天後到達開封，宗澤認為首都是根本，讓王彥駐紮在滑州（今河南滑縣）的沙店。

宗澤憂鬱成疾，七月初一病死，抗金的一面大旗倒下了。宗澤在病床上，吟誦杜甫描寫諸葛亮的詩句：「出師未捷身先死，長使英雄淚滿襟。」臨終前，他高呼三次：「過河！」宗澤死後，他召集的抗金義軍因為受到朝廷的打擊，被迫瓦解，流散四方。

九月，王彥受命去行在。王彥說，河東、河北的老百姓盼望朝廷的大軍。但是黃潛善、汪伯彥很不高興，他們雖然假惺惺地給王彥陞官，其實不想王彥回到北方。宋高宗小人趙構也很不希望北方抗金，他寧願父、兄死在金國，好讓他在南方做一個偏安投降的小國君。趙構任用以王彥為御營平寇統領官，與平寇前將軍范瓊，回開封。王彥很早就知道，范瓊氣節不夠，難與共事。

王彥知道大事不成，於是稱病求醫，住在真州（今江蘇儀徵），閉門遠跡，不與人通。范瓊竟領王彥兵而去，王彥此後在南宋境內任官，太行山上的軍寨失去了首領。王彥後來雖然收復了金州（治今陝西安康），還是在紹興九年（1139年）病死，享年僅有五十歲，可謂英年早逝。

我曾經到王彥的家鄉高平考察，大周村有很多宋、金時代的古建築，地下還有很多地道，經前人考察認定是宋、金時代的民兵所挖。

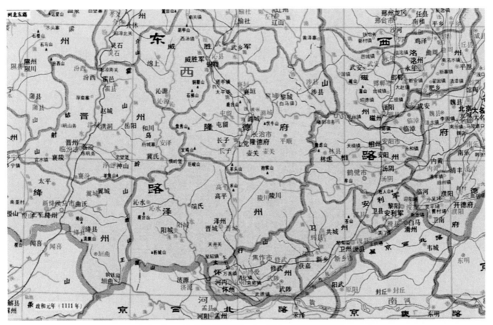

王彥活動河東、河北一帶地圖

山西高平大周村的古城牆

高平大周村的地道口

二、蓋州源自解州義軍邵隆

　　王彥最早在衛州起兵抗金，所以《水滸傳》的宋江也從衛州出發。王彥是高平縣人，他早年遷居懷州，所以《水滸傳》第91回也是先打高平縣。打下高平縣之後，第92回打蓋州。但是高平縣附近沒有蓋州，第94回說蓋州管轄陽城縣、沁水縣，陽城、沁水屬澤州，但是解和澤的字形和讀音都不接近，蓋州不應該是澤州的訛誤。

　　小說中的蓋州應該是解州的訛誤，解的古音就是蓋，因為小說經過南方說書人的口述，所以出現這樣的訛誤。因為解州是南宋初年抗金義軍的重要據點，所以出現在《水滸傳》中，而且被誤以為澤州。

　　建炎元年（1127年），安邑縣（今山西運城）人邵興佔據解州的稷山，屢次打敗金軍。建炎二年（1128年）三月，陝州（治今三門峽）知州兼安撫使李彥仙，任命邵興統領河北忠義兵馬。六月，邵興再次獲勝，李彥仙任命他為從義郎，遷本州都統制。十月，邵興在曲沃縣打敗金軍。

　　建炎三年（1129年）正月，邵興和金軍在潼關作戰，攻下虢州（治今河南靈寶）。十二月，金攻佔陝州，李彥仙戰死。紹興元年（1131年）六月，邵興在盧氏縣，被劉豫的河南鎮撫司統制官董先打敗，董先在七月取得商州（治今商洛），八月取得虢州。邵興去興元府（今漢中）投奔制置使王庶，張浚認為邵興的名字和年號相同，改名邵隆。

　　紹興二年（1132年）十一月，劉豫召武功郎河南鎮撫司都統制董先，至汴京（今開封），以為大總管府先鋒將。董先丟棄商州，邵隆為商州知州。紹

興十一年（1141 年）十月，邵隆攻下陝州。

紹興十二年（1142 年）七月，南宋按照和議，割讓商州給金朝。邵隆經營商州已經十年，他萬分不想把商州拱手讓給金人，於是派士兵偽裝成強盜去劫掠。中國歷史上罕見的第一大奸人秦檜，聽說此事，讓邵隆改做辰州（治今湖南沅陵）知州。紹興十三年（1143 年）正月，又改任敘州（治今四川宜賓）知州。紹興十五年（1145 年）正月，邵隆在敘州逝世，享年 51 歲。有人說是因為鬱悶酗酒而死，也有人說是秦檜派人毒死。敘州人都痛哭，並為邵隆之死而罷市。〔註1〕一代良將，就這樣死在趙構的爪牙秦檜手中。

三、澤州碗子城緊鄰天池嶺

王彥在太行山建立山寨的地方就在澤州陽城縣南，這就是《水滸傳》中反覆提到的碗子城，在今陽城縣碗城村。第 93 回說，梁山好漢打下蓋州，到了天池嶺，其實天池嶺就在澤州縣碗城村旁邊。

碗子城，有的版本寫成宛子城。碗子城因為四周高、中間低得名，地形似碗，所以宛是錯字。

《水滸傳》第 1 回末尾說，洪太尉放走一百零八將：

> 有分教：一朝皇帝，夜眠不穩，晝食亡餐。直使宛子城中藏猛
> 虎，蓼兒窪內聚飛龍。

第 9 回最後說，林沖將在下一回上梁山：

> 有分教：林沖火煙堆裏，爭些斷送了餘生，風雪途中，幾被傷
> 殘性命。直使宛子城中屯甲馬，梁山泊上列旌旗。

第 11 回，終於說明碗子城在梁山，柴進說：

> 是山東濟州管下一個水鄉，地名梁山泊，方圓八百餘里。中間
> 是宛子城，蓼兒窪。

第 35 回、44 回、46 回、51 回、54 回、55 回、57 回，都提到了梁山上的碗子城。

王利器最早指出碗子城在太行山上，他引用的是明代李賢《天下一統志》卷二十八《懷慶府山川》：「碗子城山，在府城北五十里，山勢險峻，上有古城。」明代程百二《方輿勝略》卷五《河南懷慶府》：「太行山畔有碗子城關。」懷慶府，治今沁陽市，其北五十里，在太行山。

〔註1〕《建炎以來繫年要錄》卷 5、14、16、18、31、60、142、146、148、153。

其實碗子城在河南和山西交界處，現在屬於山西晉城市澤州縣，在澤州縣南部的晉廟鋪鎮碗城村。

碗子城是蒙古南下的重要通道，窩闊台即位第三年，從碗子城南下攻宋，《元史》卷一一五《睿宗傳》說：

> 太宗以中軍自碗子城南下，渡河，由洛陽進。斡陳那顏以左軍。
> 由濟南進。而拖雷總右軍，自鳳翔渡渭水，過寶雞，入小潼關，涉
> 宋人之境，沿漢水而下。期以明年春，俱會於汴。

元末戰亂，碗子城再次成為重要軍寨，《元史》卷一四一《察罕帖木兒傳》說，至正十八年：

> 而曹、濮賊方分道逾太行，焚上黨，掠晉、冀，陷雲中、雁門、
> 代郡，烽火數千里，復大掠南且還。察罕帖木兒，先遣兵伏南山阻
> 隘，而自勒重兵屯聞喜、絳陽。賊果走南山，縱伏兵橫擊之，賊皆
> 棄輜重走山谷，其得南還者無幾。乃分兵屯澤州，塞碗子城，屯上
> 黨，塞吾兒谷，屯并州，塞井陘口，以杜太行諸道。賊屢至，守將
> 數血戰擊卻之，河東悉定。

察罕帖木兒，用兵阻隔碗子城等太行山上的通道，防止河南和山西的紅巾軍會合。《元史》卷四十五《順帝紀八》至正十八年：

> 秋七月丁酉朔，周全據懷慶路以叛，附於劉福通。時察罕帖木
> 兒，駐軍洛陽，遣伯帖木兒以兵守碗子城。周全來戰，伯帖木兒為
> 其所殺，周全遂盡驅懷慶民渡河，入汴梁。

因為碗子城是咽喉要道，所以元軍要守衛碗子城，但是元軍失敗，周全投降劉福通。

明初，明軍從碗子城，進入山西，洪武元年（1368年）：

> 十月，馮宗異、湯和，下懷慶，至太行碗子城，破其關，取澤
> 及潞。丁丑，上至自北京，詔平元於天下。〔註2〕

成化《山西通志》卷二《疆域》說山西省：「東南路，經碗子城至南京，四千四百三十里。」又說澤州：「南抵河南懷慶府河內縣碗子城。」卷七《古蹟》：

> 碗子城，在澤州南九十里，太行絕頂，今屬懷慶府河內縣。其
> 近群山迴環，兩崖相夾。中立小城，隱若鐵甕。經行者，須扶策徒

〔註2〕何喬遠：《名山藏》卷二《吳二年》。

步，即宋太祖肩石之處。元至正間，同知澤州事揚子宜修築。國朝
正統間，寧山衛指揮胡剛鑿平險石，以免推車之患，有馬惟中作記。

雍正《澤州府志》卷七《關隘》：

> 碗子城，縣南九十里，太行絕頂。群山回匝，道路嶮仄。中建
> 小城，若鐵甕。唐初築此，以控懷澤之衝。其城甚小，故名。又以
> 其山嶮峻，形如碗然，云碗子城山。羊腸所經百折，中有平地僅畝
> 許。宋太祖親征李筠，山多石不可行，太祖先於馬上負數石，群臣
> 六軍皆負之，即日平為大道，即此。元至正十八年，曹濮賊王士誠
> 等上太行，陷晉寧路，平章察罕帖木兒敗之，分兵屯澤州，塞碗子
> 城，破其關，澤州守將賀宗哲遁。王世貞《馮勝傳》云，勝從大將
> 軍徐達，下山西，從武陟，取懷慶，踰太行，克碗子城，取澤州，
> 遂取潞州。正統間，寧山衛指揮胡剛，鑿石平險，車騎差可通。

卷十五《澤州四境圖說》：

> 又正南為大口，由碗子城而下，在昔兵騎攻戰，多道之。以故
> 碗子城之塞隘，獨為澤州要衝。攻者於此，守者亦於此，晉南之臺
> 嘴也。

明李濂《嵩渚文集》卷三十五《碗子城》

> 碗子城頭山日曛，迢迢晉嶺接秦雲。當時百戰千盟地，但見清
> 秋白雁群。

明王尚絅《蒼谷全集》卷六《碗子城》：

> 碗子城頭俯碧岑，巉嵬絕壑倚雲深。於今兩腳才平地，卸卻羊
> 腸萬折心。

明謝肅《密庵詩文稿》戊卷《碗子城南眺廣武山川》：

> 萬疊雄峯翠錯摩，烽樓粉堞俯長蘿。振衣不盡登臨意，對酒聊
> 為慷慨歌。疊疊雲山連四塞，離離原黍帶三河。最憐漢楚中分地，
> 浩蕩鴻溝漲漆波。

明徐賁《北郭集》卷三《盌子城》

> 前登盌子城，山隘勢欲逼。路回土峭絕，傍夾千仞壁。石狀如
> 矩斲，鉅細總方直。無泉土脈死，草木盡改色。高巔有堡障，重門
> 閉重棘。陰慘行人險，惡意叵易測。信知狐鼠輩，得在此中匿。我
> 生好壯觀，努力更攀陟。立久日將晡，浮雲渺鄉國。

明于謙《忠肅集》卷十一《太行途中雜詠》

> 碗子城邊路，年來幾度過。山川認行色，花鳥熟鳴珂。戀闕情
> 何限，瞻雲思轉多。壯懷成激烈，彈劍欲高歌。

又有《秋日經太行》：

> 茫茫遠樹隔煙霏，獵獵西風振客衣。山雨未晴嵐氣濕，溪流欲
> 盡水聲微。回車廟古丹青老，碗子城荒草木稀。珍重狄公千載意，
> 馬頭重見白雲飛。

天池嶺，緊鄰碗子城，今仍有天池嶺村。雍正《澤州府志》卷六《山川》另外記載城東三十七里的天池嶺，是另一個天池嶺。中國有天池嶺的地方不多，《水滸傳》中出現天池嶺不是偶然，就是碗子城旁的天池嶺。

清代雍正六年（1728 年），澤州府治新設附郭縣，名為鳳臺縣，1914 年廢改為晉城縣。1983 年，升為晉城市。1985 年，設城區、郊區。1996 年，晉城市郊區改為澤州縣，其實大概就是古代的鳳臺縣。

光緒八年（1879 年）的《鳳臺縣續志》卷一《關隘》，有一組《晉南隘口圖》，其中有一幅《大口圖》，圖上畫出，大口之南就是碗子城，越過太行山，就是河內縣的常平村，也即今沁陽市的常平鄉。1913 年，廢懷慶府，河內縣改為沁陽縣。

圖上的碗子城兩邊，還有東西兩個炮臺。這幅圖上的東面就是天池嶺，未標名字，可能是因為屬於河內縣，現在的天池嶺仍屬沁陽市。

光緒《鳳臺縣續志》卷一《關隘》說：

> 大口，即橫望鎮，在縣南八十里。咸豐初，知縣李蔀，防堵發
> 匪，沿山築石，以防偷越。其南十里，為碗子城村，村落數十家，
> 無所為城寨也。而形勢險塞，實為防守要地。同治間，知縣李芬，
> 築牆二十餘丈，跨路為門，門旁築營房六間，蔣琦齡勒石以紀。其
> 南三里，俗名斷道者，尤扼要。舊有塞，題曰：晉南重關。同治間，
> 知府費廷璋補修塞牆，並加築營房，以為扼吭之勢焉。

我在 2017 年 5 月 7 日，親自走了河南和山西之間的道路，考察了路邊的碗子城。現在山西和河南之間的公路，是從碗城村折向東北，再轉向東南，到河南的常平。但是古代的道路是繞道西南，於是碗子城所在的道路荒廢了，很少有人來到古碗子城。

現在的碗子城，東北門有「北達京師」匾額，西南門有「南通伊洛」匾

額，還有 2017 年新立的山西省重點文物保護單位。

　　雖然現在的碗子城可能是清代修建，但是就在碗子城西南門外，山崖上有一個很小的佛龕，旁有元代至正十二年間的石刻。很多字跡磨損，但是仍然可以清楚地看到大元國等字。說明這裡在宋元時期確實是交通要道，宋代的碗子城就在這一帶。

　　山東梁山的地形和碗的形狀恰好相反，梁山是放射狀，中間高，四周低，所以碗子城不可能源自梁山。梁山原來依靠外面的水泊，梁山本身不便防守。其實南宋的杭州說書藝人不熟悉梁山，他們很容易把碗子城混淆到梁山上。

今日梁山衛星地圖

碗子城位置圖

光緒《鳳臺縣續志》卷一《大口圖》的碗子城

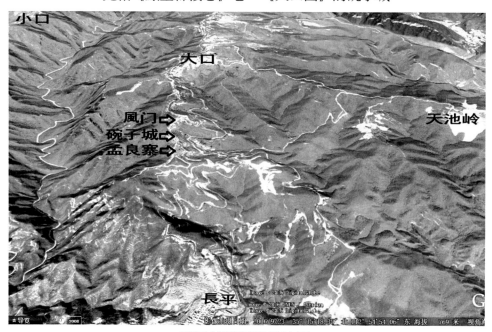

碗子城附近衛星地圖

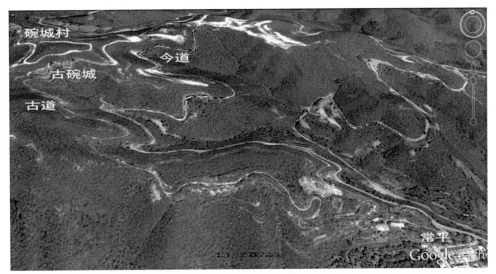

碗子城、古道、今道示意圖

碗子城附近放大圖

從東北方向遠看碗子城

從南牆俯瞰明清碗子城內景

碗子城西南門外路邊的小佛龕

佛像旁的至正十二年石刻

四、馬擴與贊皇五馬山寨

童貫在太原兵敗時，曾經派武功大夫、和州防禦使馬擴，到真定府募兵。安撫使劉韐之子劉子羽誣陷馬擴，馬擴被囚禁。金兵攻下真定府城，馬擴從獄中逃出，到西山的和尚洞。

河東、河北的山寨紛紛建立，馬擴被民兵推為首領。有時一天就和金人戰鬥數十次，但是武器很差，馬擴挑戰金人，因為沒有盔甲，在建炎元年（1127年）四月受了重傷被擒。

馬擴被俘，武翼大夫趙邦傑領導五馬山寨，在慶源府贊皇縣（今河北贊皇）。趙州，治平棘縣（今河北趙縣），北宋宣和元年（1119 年）升為慶源府，紀念趙宋皇室的姓氏起源。中國遠古時期的部落聯盟，用五行來標誌各個部落。演變為歷朝的五行標誌，稱為五德，傳說從黃帝是土德開始，一直循環下來，宋朝是火德。金人為了以水滅火，所以改慶源府為沃州，沃就是澆水。因為遠古時期的部落聯盟首領，是由五個部落首領輪流擔任，所以才有五德運轉。元朝是中國歷史上第一個吞併南北的非漢族王朝，所以元朝不再採用五德說。

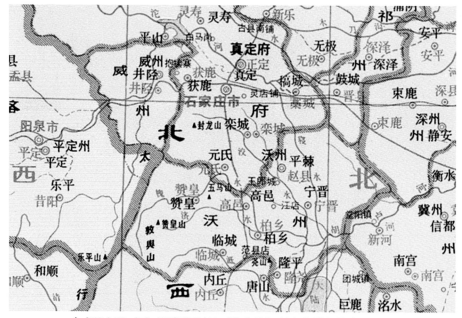

金朝沃州（宋朝慶源府）贊皇縣五馬山位置圖〔註3〕

〔註3〕譚其驤主編：《中國歷史地圖集》第六冊，中國地圖出版社，1982 年，第 46～47 頁。

金人準備招降馬擴，令馬擴為平民，馬擴說想開個酒店，金軍的將領斡離不，答應他的要求。建炎二年（1128 年）二月，馬擴暗中聯繫五馬山寨，有一天偽裝跟隨豪強送葬，帶領十三個親信，又上了五馬山寨。

這時傳聞趙佶的第十八子、信王趙榛在金人寨中，隱藏在民間，自稱姓梁，為人點茶馬。一天夜間，馬擴率兵劫金人寨，奪回趙榛。馬擴遂推奉信王趙榛為首，這時兩河忠義，聞風響應，受旗榜者約數十萬人。

四月，馬擴帶領五馬山寨五百人，南渡黃河，到開封見宗澤，又到行在見趙構。此前，黃潛善等人不相信趙榛逃出，其實是不希望北方抗金形勢轉好。馬擴把趙榛的書信給趙構，趙構認出趙榛的筆跡，確認趙榛在五馬山寨。於是下令任用趙榛為河外兵馬都元帥，馬擴升為拱衛大夫、利州觀察使、樞密副都承旨、元帥府馬步軍都總管。

其實趙構根本不希望趙佶、趙桓回國，也不希望趙榛和馬擴成功。黃潛善、汪伯彥知道小人趙構的鬼心思，於是給馬擴一些烏合之眾，下令各路帥臣嚴察馬擴。馬擴看穿了皇帝和奸臣的真面目，駐紮在大名府。

九月底，金軍害怕馬擴帶領南方的大軍前來，於是發大軍攻打五馬山寨，此時有漢奸帶領金兵前進。金兵攻打朝天、鐵壁等寨，各寨在山頂，沒有水井，要到山澗取水。金兵阻擋了取水的道路，於是攻下諸寨。此時馬擴在館陶縣，金兵抓住了馬擴的母親、妻子，信王趙榛從此下落不明。

五馬山寨在贊皇縣城之東，孤立在華北平原，面積狹小，山體低矮，僅有二三百米，所以很快被攻陷。

十月，金人再次南下，圍濮州（今鄄城）。馬擴到館陶縣，聽說冀州（治今河北冀州）已經淪陷，而敵人在博州（治今山東聊城），很多人傍徨不敢進，其副將俱重與統制官曲襄、魯玨、杜林相繼遁歸。馬擴的軍隊乏食，眾人讻讻，以頓兵不動為言。

馬擴引兵攻清平縣（治今臨清城東二十里水城屯村），金右副元帥宗輔與馬擴戰於城南，統制官阮師中、鞏仲達及其子元忠皆死於陣。日向晡，清平縣人開門助金人，掩殺到馬擴的背後。馬擴軍亂，統制官任琳引眾叛去，其屬官吳鉠、孫懋皆降金。馬擴看到大事不妙，乃由濟南回到南宋境內。

馬擴回到揚州，上疏待罪。詔降三官，為右武大夫、和州防禦使，罷軍職。馬擴此後在江西、浙江、湖南等地為官，未能回到五馬山寨。

紹興五年（1135 年）四月，五馬山車股寨忠義首領沙真，派趙元來南宋

彙報抗金情況，南宋派趙元回五馬山，安撫人心。

五、田虎故事來自太行山寨

明白了南宋初年的河東、河北山寨民兵抗金歷史，我們就能發現《水滸傳》的田虎故事，其實就是源自河東、河北山寨。

今本《水滸傳》中，威勝州沁源縣的獵戶田虎，打破陵川縣，懷州震驚，打下蓋州，早晚要打衛州。宋江率一百零八將，從衛州出發，先打下陵川縣、高平縣，又打下了蓋州，第93回說分兵兩路，東一路渡壺關，取昭德，由潞城、榆社，直抵賊巢之後，卻從大谷到臨縣會合。西一路取晉寧，出霍山，取汾陽，由介休、平遙、祁縣，直抵威勝之西北，合兵臨縣，取威勝，擒田虎。

我們如果看了南宋初年河東、河北的山寨抗金歷史，再看《水滸傳》田虎故事，就會哈哈大笑！

所謂沁源縣，就是五馬山寨所在的河北慶源府的訛誤。北宋的威勝軍在今山西，轄有沁源縣，而慶源府在今河北，讀音相同，很容易混淆，所以南宋杭州的說書藝人搞錯了，南方人不熟悉北方淪陷區的地理。田虎故事中的五龍山寨就是五馬山寨，馬改為龍而已。《周禮·夏官·瘦人》：「馬八尺以上為龍。」

昭德府，應是隆德府，即今長治。北宋前期是潞州，建中靖國元年（1101年）改為昭德軍，崇寧三年（1104年）升為隆德府。金代是潞州，小說中稱昭德，還是北宋前期的名字，說明這一部分有南宋初年的成分。

現在山西的臨縣，北宋名為臨泉縣，而且距離沁源縣很遠，不應該出現在故事中。原因是北宋的臨泉縣屬晉寧軍，晉寧軍城是今天的陝西佳縣。元代把宋代和金代的平陽府（今臨汾）改為晉寧路，小說中改編者混淆了晉寧路和北宋的晉寧軍，於是把晉寧軍的臨縣錯到了沁源縣附近。

第95回說，田虎手下的道士喬道清和元帥孫安都是涇原人，這是典型的宋代地名，北宋有涇原路，說明這一段源自南宋初年。

王彥最早在衛州起兵抗金，所以《水滸傳》的宋江也從衛州出發。王彥是高平縣人，遷居懷州，在太行山建立山寨的地方在今陵川縣到澤州縣一帶，所以《水滸傳》也是先打陵川縣、高平縣。《水滸傳》中反覆提到的碗子城，在今陽城縣碗城村。

太行山義士抗金的故事，被南宋杭州說書藝人宣揚。但是因為太行山義

士到達東南的很少，東南人原本就不熟悉太行山寨的歷史，到了南宋晚期更不熟悉，所以從正面形象竟然變成反面形象。說書人為了小說的情節需要，把太行山義士變成了宋江作戰對象。

田虎的名字，史書找不到根據。我認為可能源自相州鶴壁田氏，南平李氏、平羅蘭氏、鶴壁田氏是相州的三大富族，在北宋末年建立山寨，聲言抗金。但是趙構離開相州時，這些土豪都投降金人。〔註4〕因為降金，所以在《水滸傳》中成為反角。因為相州的西面就是太行山，所以被混入了太行山故事。

至於虎，是形容人勇猛的常用字。從太行山上的虎將，變成田虎的名字。涉及《水滸傳》的元代雜劇有《梁山七虎鬧銅臺》、《梁山五虎大劫牢》、《爭報恩三虎下山》。《水滸傳》的滸也是源自水虎，所以第58回的題目是：眾虎同心歸水泊。108將的外號，有10個是虎：插翅虎雷橫、跳澗虎陳達、錦毛虎燕順、花項虎龔旺、青眼虎李雲、笑面虎朱富、矮腳虎王英、中箭虎丁得孫、病大蟲薛永、母大蟲顧大嫂。龍僅有五條：入雲龍公孫勝、混進了李俊、出林龍鄒淵、獨角龍鄒潤、九紋龍史進。書中還有二龍山的金眼虎鄧龍，動物外號最多的就是虎，則水滸也有可能源自水虎。

趙景深的《〈水滸傳〉簡論》認為一百零八將征田虎、王慶，一個也沒死，征方臘就死了三分之二，二者對比，很不正常，證明征田虎、王慶是晚明才被編出的故事。〔註5〕

我認為這確實能證明中原的田虎、王慶故事原來不是水滸故事的主流，原本的結尾是杭州人熟悉的征方臘故事。但這不能證明田虎、王慶故事加入水滸的時間是在晚明，前人因為未曾發現田虎、王慶故事的原型是在南宋初年，所以總是誤以為這是明代編造的故事。現在看來田虎、王慶的故事，早在宋元時期已經進入《水滸傳》。

六、太行高托山

因為田虎故事源自太行山的義士，所以早期有的《水滸傳》版本，田虎寫成太行山高托山。

明代人吳從先《小窗自紀》卷三《讀水滸傳》說：

> 故高托山自河北起，張仙自山東起，方臘起於睦州，宋江起於

〔註4〕《三朝北盟會編》卷67、73。
〔註5〕趙景深：《趙景深文存》，上海古籍出版社，2016年，第769頁。

> 淮南……戴宗以偽花帽，直達寢室，宮中宴洛無防限，宗睹屏間書：
>
> 淮南賊宋江、河北賊高托山、山東賊張仙、嚴州賊方臘。

吳從先描述的故事和今天通行的《水滸傳》故事有很大差別，一般認為是一個失傳的古本，其中說，雷橫而不是凌震有子母炮，戴宗而不是柴進到徽宗的內廷。今本《水滸傳》是柴進進宮，看到宋徽宗屏風上寫的四大賊是：山東宋江、淮西王慶、河北田虎、江南方臘。

顯然，河北田虎的另一個版本是河北高托山，高托山的名字近似南宋初年太行山上的民兵首領高托天。

河北賊高托山、山東賊張仙，其實都是南宋初年的山東民間武裝首領，南宋陳均《九朝編年備要》卷二十九記載徽宗宣和六年：「河北、山東盜起，命內侍梁方平討之。時轉糧以給燕山，民力疲困，重以鹽額科斂加之。連歲凶荒，民食榆皮野菜不給，至自相食。於是饑民並起為盜，山東有張仙眾十餘萬，號敢熾。張迪者，眾五萬圍浚州，五日而去，浚州去京才一百六十里而初不知。河北有高托山者，號三十萬。自餘一二萬者，不可勝計也。遣方平率兵討捕之。」

高托山或許又東遷到山東，南宋趙雄《韓世忠碑文》：「又青社賊張先、水鼓山賊劉大郎、望仙山賊高托山、集路山賊賈進、莒賊徐大郎，眾皆不下萬人，大者或跨州兼邑。王每身先諸將，次第擒滅。又殺獲東海賊張嬰等，由濟南振旅而歸，於是山東諸盜悉平。」高托山或許在此時被招降。

建炎元年（1127年）九月，命兩浙提點刑獄公事周格、高士瞳督捕杭州的盜賊。又派御營統制官辛道宗，奉命討賊，走到鎮江府，守臣趙子崧給辛道宗很多軍餉，被辛道宗獨吞。走到嘉興縣，才給軍士一人五百錢。士兵非常憤怒，半夜嘩變，六百人逃走。辛道宗找到小船，逃回鎮江。士兵推高勝為首，高勝原來是太行山的強盜，外號高托天。亂兵攻秀州（今嘉興），知州是直龍圖閣趙叔近，每個人給四匹縑，士兵才去平江府（今蘇州）。高勝在城下，用木驢殺人，知府趙研誘殺高勝。餘部以趙萬為首，到常州，十月到鎮江。兩浙制置使王淵，率統制官張俊等到增加，招安趙萬。騙趙萬說，北渡長江勤王，每一條船到北岸，都被屠殺。〔註6〕

靖康元年（1127年）正月十四日，沈琯寫信給李綱，說楊志在燕，曾受高托山賄賂。這個河北的高托山，不知是不是高托天。因為辛企宗是從陝西

來勤王，所以能收編太行山的高托天。而高托山或許是燕山人，曾經被童貫招降，又叛宋投金。高托山和高托天讀音接近，所以被小說家混淆。也有可能高托山曾經投金，再投送。總之，因為太行山的高托天高勝到了江南，成了叛軍，江南人反感，所以《水滸傳》中的田虎才成為反面人物，否則在太行山抗金的武裝不可能變成反面人物。

李永祜雖然專門寫了一篇太行山碗子城與《水滸傳》關係的文章，但是他認為這些內容是元末明初的羅貫中加入《水滸傳》！〔註7〕其實，太行山的義軍顯然不是元明時期加入，那時的人早已不熟悉南宋初年的歷史了。

我認為太行山故事是《水滸傳》最初的重要內容，絕不可能是元末明初才加入。前人誤以為太行山故事晚出，因為他們脫離了南宋歷史來看《水滸傳》。下文還要論證，《水滸傳》全書都是在南宋初年基本形成，主要內容都是南宋初年的抗金忠義軍故事。

羅貫中確實改編了《水滸傳》，但是他的工作不過是後期修補，不可能改變原有結構。《大宋宣和遺事》的開頭就是好漢上太行山，也是排在梁山之前，說明太行山故事在南宋時期就是在《水滸傳》開頭。

因為宋朝最初丟失河東、河北，大量北方人來到南方，想念家鄉，希望官軍收復河東、河北。還有很多從北方來到南方的將士，迫切希望得到太行山寨的消息。所以南宋的說書藝人特別重視太行山寨，他們把太行山故事放在《水滸傳》最前面，也很正常。

百二十回本第90回說宋江北征河東的田虎之前，有許貫忠來指路，顯然因為羅貫中把自己寫進小說。說明田虎、王慶故事是羅貫中增補，明代人說《水滸傳》是施耐庵原本，羅貫中整理。至於施耐庵、羅貫中看到的田虎故事，田虎是不是反面形象，保留多少南宋初年太行山英雄的歷史原貌，是否和宋江有關，我們都難以得知了。

七、打虎將李忠是秦嶺李忠

南宋初年，有大盜曹端，外號曹火星，在開封府聚兵南下，騷擾京西路。建炎三年（1129年）十一月，京西制置使程千秋，駐守襄陽，招降曹端，屯於城下。程千秋派人游說曹端的裨將王闐，讓他殺死了曹端。曹端的軍隊多數潰散，只有後軍李忠的寨子比較遠，沒有潰散，李忠自稱權京西南路副總

〔註7〕李永祜：《水滸考論集》，北京燕山出版社，2015年，第177～182頁。

管，他的部隊都戴上白頭巾，聲言為曹端報仇。程千秋不敢住在襄陽，從金州（今安康）逃奔到四川。

李忠請求進入洋州關隘，張浚派顏孝隆、蓋諒撫慰，任命李忠為知商州（今商洛）兼永興軍路副總管。永興軍路相當於現代的陝西省，但是此時已經基本失陷。張浚聽說李忠有 20 萬人，委任利夔路制置使王庶，接李忠入關，散處其眾在梁州（治今陝西漢中）、洋州（治今陝西洋縣）境內。王庶令忠解除盔甲，結隊而入。李忠去關二十里，駐兵月餘，還不解甲。

紹興元年（1131 年）九月，李忠殺顏孝隆，攻打金州。從太行山南下的守將王彥應戰，李忠沉鷙善戰，部將多是河北驍果，官軍不利。王彥令提舉官趙橫，率統領官門璋駐於山上，為之策應。王彥在高處看到官軍退卻，王彥麾旗，讓趙橫救援，趙橫不來。王彥退守秦郊，李忠攻陷諸關。王彥偽裝逃跑，招募敢死隊埋伏。戰前一日，王彥把官軍分成三股。凌晨，李忠果然來，官軍逆戰，聲震山谷，勝負未分，忽然王彥的伏軍從兩邊包抄，李忠打敗。王彥追擊到秦嶺，恰好王庶遣偏將鹿晟、馮賽來援，馮賽從小路登山，斬李忠部將曹威等三人。張浚以王彥為拱衛大夫、溫州觀察使，馮賽除隆德府路經略使，馮賽是邵隆的部將。李忠率部投降劉豫，在偽齊任官。〔註8〕

這個李忠活動的地方在秦嶺，接近史進故事的地點華山，所以應該是《水滸傳》第5回的打虎將李忠。

曹端的外號曹火星，令人想到《水滸傳》的毛頭星孔明、獨火星孔亮，火星指到處煽風點火，作亂生事。

洪邁《夷堅三志》辛卷第四《巴陵血光》說建炎四年（1130 年）五月：「武陵陳莘叔尹，自巴陵舟過洞庭……商客從城內來，言天上昨夜血光見，方金虜犯湘沅北還，而鍾相、孔彥舟、曹火星、劉超、彭筠各擁眾數萬，遍行寇毒，一道生靈，靡滅殆盡。」曹端在建炎三年（1129 年）已經死在襄陽，不可能在第二年再去湖南。所以這裡說的湖南曹火星可能是誤記，可能是另一個人，也可能是曹火星的部將打著他的旗號進入湖南。

〔註8〕《建炎以來繫年要錄》卷 29、47。

第三章　源自長江中游的故事

一、王慶故事源自王善、祝友、祝靖、傅亮

王善，濮州（治今山東鄄城）人，體形肥大，人稱王大郎，在北宋末年的戰亂中擁兵數萬。宋高宗建炎元年（1127 年）正月，下詔王善駐守興仁府（今定陶西南）。五月，升王善為濮州雷澤縣（今鄄城南）尉。建炎二年（1128 年）四月，王善來到開封城北，投降宗澤。七月，宗澤先命統制官薛廣和義軍首領張用、王善渡河，收復河北，但是宗澤很快去世。繼任的東京留守杜充氣量狹小，懷疑這些義軍，張用、王善南下。薛廣救援相州不成，因為孤軍突出，戰死在黃河以北。

建炎三年（1129 年）五月，王善圍攻淮寧府（今河南淮陽），想做皇帝，張用勸他不聽，於是與張用、曹成分軍，約好互不攻擊。王善直奔趙構所在的東南，六月，轉攻亳州、宿州，被統領官王冠打敗。轉掠濠州（治今安徽鳳陽），十一月入廬州（治今合肥），聞金兵侵合肥，轉屯巢縣（今巢湖），很快降金。前軍祝友、後軍鍾統制、左軍李防禦、右軍張淵，各以其眾散去，自此淮東、淮西皆被王善餘黨騷擾。

王善餘部，推祝友為首，在滁州的龔家城設寨，殺人以為糧食。因為金兵南侵，官軍已經收繳滁河和長江的船。祝友數千人找到三艘船，出滁河注入長江的瓜步口（在今六合），泝流而上，到建康（今南京）西南的馬家渡。滁濠鎮撫使劉綱在溧陽，阻擋祝友的船登岸，但是祝友聲東擊西，還是到了江南，掠奪新市、薛店等地。

紹興元年（1131 年）正月，王善隨金兵北撤到淮陰，王善之弟被宋朝的

水寨義兵所殺。王善絕望地說：「我嘗提二十萬眾，橫行中原，不期在此中，不能保存一弟。」王善也被亂兵所殺。二月，祝友在溧水，打敗江東路兵馬副鈐轄王冠，從句容到鎮江，投降劉光世，劉光世任命祝友為知楚州（今淮安）。十月，祝友叛歸劉豫。〔註1〕

我發現，王善的故事演變為《水滸傳》的王慶故事，善在東南的讀音是sien，接近進的讀音tsien，所以寫錯了。

第101到110回說，淮西強賊王慶佔據八座軍州，八十六個州縣，南豐、荊南、山南、雲安、安德、東川、宛州、西京。這些地方都不在淮西，但是《水滸傳》說王慶在淮西，前人無論如何解釋不通，就說《水滸傳》作者亂編！宋元時期的普通人也都知道湖北、四川的這些地方不是淮西，不可能搞錯。其實正是因為因為王善在劫掠淮西，濠州、合肥都屬淮南西路。

王慶原來是開封府副排軍，王善也是從開封南下。王善肥大，王慶身雄力大。王善率濮州兩千多人到開封府，都是山東游手好閒之人，王慶專好鬥雞走馬。王善被宗澤任命為統制官，王慶在開封府做副排軍，都比較吻合。一個游手好閒之人，怎麼能做到開封府排軍？其實是因為北宋滅亡，所以才用這些民兵為將領。王慶在龔家村起兵，其實源自王善餘部祝友在滁州龔家城。

王善沒有到荊南、山南、德安，但是南宋初年，有個祝靖曾經攻打德安、山南、荊南。

金兵攻破開封府時，劉光世的父親劉延慶戰死，手下的軍官李孝忠、党忠、祝進、薛廣、曹端、王在，潰散為盜，南下湖北。劫掠隨州、德安（治今湖北安陸）、郢州（治今湖北鍾祥）、復州（治今湖北天門），官員都逃跑，居民逃上大洪山。安陸縣知縣陳規，率民兵數千，去開封府勤王，到蔡州（治今河南汝南）被阻。回到安陸縣城，也即德安府城，遇到祝靖來攻打，當地父老請陳規代理知府。祝靖等人用鵝車、炮樓攻城，城裏的人還質問他們為何攻城，王在說都城已被金兵攻陷，城裏的人才知道都城已經失陷。祝靖等軍圍攻十七日，不能入城，轉而去荊州。

六月，祝靖等軍到荊州，荊湖北路安撫使鄧雍逃走，祝靖等軍準備渡江。公安縣知縣程千秋，率縣人及廣西、湖南勤王兵守禦。半夜派人渡江燒船，

〔註1〕《三朝北盟會編》卷102、117、118、120、134、143、144、153。《建炎以來繫年要錄》卷1、5、7、10、15、17、23、24、29、39、42、43。

殺敵很多，祝靖等軍遂不敢犯。李孝忠的軍隊後到，程千秋沿江設防，唐愨從鼎州（治今湖南常德）調來荊湖北路的刀弩手助之，祝靖等軍乃去。七月，祝靖等軍被招安，調往行在。〔註2〕程千秋因為有功，升到京西制置使

　　因為祝靖也是從開封府南下，姓名相同，所以被小說家混入祝友故事，所以出現荊南。這個荊南不是宋代的荊湖南路，而是荊州，宋代史書就說祝靖攻荊南。因為秦代在荊州設南郡，唐代在荊州設荊南節度使。五代十國時，荊南節度使高季興在荊州建立的小國也叫荊南，所以宋代的荊州別名荊南。今天的湖北省西部，唐代屬山南東道，就是祝靖等人活動的範圍，所以《水滸傳》說王慶佔據的地方包括山南。由此又衍生出王慶稱楚王，金朝冊封張邦昌為楚王，不過張邦昌和《水滸傳》中的楚王無關。鍾相在洞庭湖自稱楚王，洞庭湖靠近荊州，所以王慶的楚王名號可能源自鍾相。

　　王慶在房山自稱楚王，佔據宋江追殺王慶到雲安軍達州，王慶被俘。從房州到雲安軍的故事其實來自傅亮，建炎元年（1127年），房州文學傅亮，以所募兵的數千人入援都城開封府，經過陳州、蔡州間，群盜紛然都被傅亮所破。朝廷因以便宜，假傅亮為通直郎、統制官。傅亮自朱仙鎮（今開封西南），直抵開封府，金朝左副元帥宗維後軍大驚，狼狽而去。張邦昌遣使召傅亮，傅亮欲斬使者，偽使者遁歸。五月，趙構令傅亮通判滑州（治今河南滑縣），六月通判河陽府（今孟州），七月升河東路經制副使。八月黃潛善要求傅亮渡河，傅亮以為寡不敵眾，自己去老家同州馮翊縣（今大荔縣）。

　　建炎二年（1128年）正月，傅亮守長安（今西安），寡不敵眾，率數百人突圍。紹興元年（1129年）九月，朝廷下令，朝請大夫傅亮勒停雲安軍羈管。因為傅亮既從張浚西行，張浚讓他知秦州（治今甘肅天水），又移遂寧府（治今四川遂寧）。傅亮縱其從卒擾民，潛罷之。〔註3〕

　　傅亮從房州起兵，在淮西壯大，最終被貶到到雲安軍。因為傅亮曾經是京西路的義軍首領，王善也曾經在京西路，所以南宋杭州編小說的人把他的事蹟和王善混淆。因為傅亮晚年在今四川和重慶，唐代屬於劍南東川，所以《水滸傳》王慶佔據的地方包括東川，其實南宋已經不存在東川、山南等地名。傅亮從房州去開封，很可能經過今天的南陽，唐初是宛州，所以《水滸

〔註2〕《建炎以來繫年要錄》卷1、6、7。
〔註3〕《建炎以來繫年要錄》卷4、5、6、7、8、12。《三朝北盟會編》卷90、93、102、107、109、110、112、115、200。

傳》王慶佔據的地方包括宛州。雖然地名的時間有誤，但是都有來歷。

報告王慶消息的羅戩是雲南軍達州人，顯然也是源自云安軍達州。雲安軍在今雲陽，不在達州，也不管達州，這是流傳過程中形成的錯誤。

胡適比較百十五回本和百二十回本，發現前者的王慶故事有很大不同，他認為是楊定見改編才出現百二十回本故事。〔註4〕

我認為二者差別太大，如果用王善、傅亮的事蹟來解釋，才能破解。百十五回本說王慶在李州牢城，自稱秦王，百二十回本說王慶刺配到陝州（今河南三門峽），路過新安縣。傅亮正是經過陝州，回到關中老家，所以兩種王慶故事其實都源自傅亮的一些事蹟，說明都不是明代人改編，而是源自宋代傳下的兩個王慶故事版本。

不但《水滸傳》不同的版本中，王慶故事有出入，就是同一個版本中，也有出入，比如第101回說宋江征田虎回來，因為王慶攻破宛州，禹州、載州、萊縣告急，所以派宋江前去征討。但是105回說王慶攻打宛州，再圍攻魯州、襄州，宋江到陽翟州界，張清先到潁昌府。

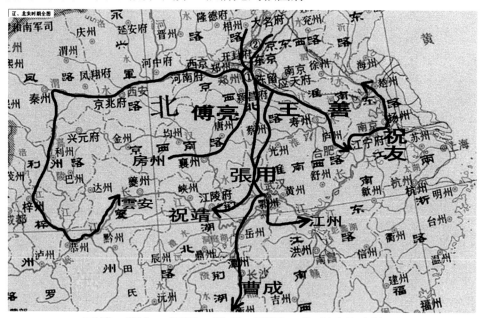

王善、祝友、祝靖、傅亮、張用、曹成活動路線圖

其實宛州是南陽在唐代初年很短時間內的名字，魯州是魯山縣，襄州是襄城縣，禹州是陽翟縣，金代設鈞州，萬曆三年（1575年）避明神宗朱翊鈞

〔註4〕胡適：《中國章回小說考證》，安徽教育出版社，1999年，第98～104頁。

的諱，改名禹州。說明《水滸傳》地名經過不同時代人的修改，縣普遍加個州字，應該是元代的江南人所為，因為元代的江南各縣普遍升為州，原來的府普遍升為路。明代人改了第一個陽翟為禹州，第二個陽翟未改。載縣應該是翟縣之誤，說明這一段原來很可能是南宋說書人的口傳故事，不是明代人編造。

很多人我以為田虎、王慶故事是元明人編造，現在看來完全錯誤，因為他們不考察南宋初年的歷史。因為《水滸傳》造反故事為明朝統治者忌憚，而且早期主要是說書人口傳，版本不多，所以《水滸傳》早期的很多版本失傳，我們現在看到的版本不過是歷史上存在版本的極少部分。現在我們看到的很多明代版本丟失了田虎、王慶的二十回故事，僅有一百回，這是一些版本的縮略，不能證明早期的版本沒有田虎、王慶故事。

有人說明代一百二十回的《忠義水滸全傳》的田虎、王慶故事是從簡本中截取而來，拼成一百二十回。我認為，即使真有這種情況，也不能證明田虎、王慶故事是元、明人編造，因為簡本和繁本是文字差別，不是內容的本質差別。簡本的內容淵源也很早，簡本的田虎、王慶故事也是來自南宋。簡本簡化了很多文字，但是保留田虎、王慶故事，說明田虎、王慶故事不可能是明代人編造。

簡本源自建陽書商，他們為了書的暢銷而簡化文字，這些人不可能編造出田虎、王慶故事。更何況，種德堂的簡本就是一百二十回，〔註5〕說明一百二十回本不是繁本特有，不是簡繁混合本。

有人說萬曆年間的書商為了搶奪市場，才插增了田虎、王慶，所以田虎、王慶是晚出的故事，理由是萬曆年間蘇州人張鳳翼的《水滸傳序》：「刻本惟郭武定為，坊間雜以王慶、田虎，便成添足，賞音者當辯之。」而且有的版本的書名明確就寫有插增田虎、王慶。

我認為這個觀點不能成立，因為書商也有可能找出宋元時代已經出現的田虎、王慶故事插增，書商競爭不是判斷田虎、王慶故事出現時間的鐵證。古人因為條件不夠，看到的版本有限，張鳳翼不可能看到所有的水滸版本，他認為有王慶、田虎故事的版本不如郭武定本，不能證明有王慶、田虎故事出現較晚。

田虎、王慶故事原來在《水滸傳》中就有，還有一個鐵證，就是我們看

〔註5〕鄧雷：《〈水滸傳〉版本知見錄》，鳳凰出版社，2017年，第238～239頁。

到，即使沒有田虎、王慶故事的《水滸傳》百回本，在第72回，柴進在內廷屏風所見的四大寇仍然是：「山東宋江、淮西王慶、河北田虎、江南方臘。」說明最初的版本就有田虎、王慶。

因為很多《水滸傳》版本刪去了田虎、王慶故事，出現了漏洞，因此明代出現了一種版本，把第72回的四大寇改為三大寇，把田虎、王慶換成了薊北遼國。這種百回本是在容與堂百回本基礎上形成，所以出現很晚。〔註6〕這個改動顯然是明代人所為，改動的人不知道遼國的疆域到薊州（今天津薊州）之南，不能稱為薊北。遼是和宋平起平坐的國家，不是宋朝境內的寇。這個改動有很大漏洞，正是欲蓋彌彰。

沒有田虎、王慶故事的版本，第90回，李俊、張橫、張順等人對吳用說，征遼、平定田虎、王慶成功，宋江才做個皇城使，說明田虎、王慶的故事是原來就有。即使刪除了田虎、王慶故事，這一句話仍然沒刪。

胡適提出王進故事有源自王慶故事的成分，讀音接近，都是京師的軍人，則王慶的故事不是晚出的編造。聶紺弩認為林沖的故事也有來自王慶故事的成分，總之王慶故事確實不是晚出的編造。

還有人說王慶的原型是宋仁宗時在河北貝州（今清河縣）起兵的王則，理由是兩個人都是軍人出身，都曾經被上級欺負。

我認為王慶和王則的相似點實在太少，王慶和王則僅有的相似點不過是巧合，軍人被上級欺負是古今常見之事。王慶和王則的時代、地點、事蹟都不同，所以王慶的原型不是王則。河北不可能誤會到南方，時代也完全不同。羅貫中另一本名著《三遂平妖傳》是專門講述王則故事的作品，因為王則是利用彌勒教起兵，所以稱為平妖，王慶的故事中看不出彌勒教的因素。

二、魯智深故事源自五臺山的僧人

宋太祖的六世孫趙子砥，官至鴻臚寺丞，靖康之難時被金人擄掠到幽都府（今北京），北行到中京（今內蒙古寧城縣），得到徽宗的手書。建炎二年（1128年）四月從幽都府南下，八月到揚州。趙子砥對趙構說，不可和金朝講和，遼朝就是因為講和，十多年就被金人滅亡。趙子砥的《燕雲錄》記載，遼朝燕山府潞縣（今通州）的漢人南官巡檢使楊浩，於建炎元年（1127年）九月，進入玉田縣山中。他和僧人智和禪師，結集招誘南北忠義壯士，謀舉

〔註6〕鄧雷：《〈水滸傳〉版本知見錄》，第95～96頁。

大事。楊浩又在建炎二年（1128年）三月，來燕山（今北京）城中。趙子砥問他詳細情況，楊浩說招誘到南北人士已過萬數。若得三萬，可以橫行虜中，決報大仇。繼而楊浩又到中山、易州交界的山中，聯繫十八歲的抗金領袖劉里忙。〔註7〕

建炎元年（1127年），統制官武漢英以三千人，援救太原，退往真定府，又去五臺山，龐僧正準備聚兵劫代州（今代縣）。未出五臺山，被金兵打敗，武漢英到平定州（今陽泉），被土豪打死。〔註8〕五臺山在北宋時期非常興盛，影響很大，僧人眾多，所以能組成兵馬。

魯智深很可能是從五臺山和玉田縣的僧人故事，組合出來。還有一個證據，就是史進是華陰縣人，去找延安府老種經略相公种師道手下的王進，結果走到了小種經略相公种師中所在的渭州，遇到了魯智深。

現實中的种師中是秦鳳經略使，駐守在秦州（今天水），而种師道曾經做過渭州知州，在今甘肅隴西。天水、隴西在西，而延安在北，方向完全錯誤。以种師道和种師中的名氣，小說中的陝西人史進不可能分不清。

雖然小說中的這些錯誤可能是因為作者是南方人，不熟悉北方。但是小說家完全不必編造魯智深是种師中的部將，可以把魯智深編造在別的地方。很可能因為現實中，魯智深的原型確實源自种師中的部將。因為种師中確實是在靖康元年，北上援救真定（今石家莊），又去救太原，死在太原。种師中的大軍潰散，很可能有一些士兵逃到了附近的五臺山。其中又有人逃到了南方，把五臺山僧人的故事傳到了南方。

南宋初年，很多北方僧人率領部隊到達南方。建炎元年（1127年），濟南府有個劉和尚，率兵數千去開封府勤王，又去南京應天府（今商丘）交付人馬。不久還俗，名劉文舜，率部南下合肥。在舒州（今安慶）投子山劫掠，淮西安撫司統制。建炎三年（1129年）四月，劉文舜攻濠州。八月，又到舒州，朝廷任劉文舜為淮西都巡檢使，賜金帶。建炎四年（1130年）正月，劉文舜被北方義軍首領李成打敗。三月，劉文舜攻饒州（治今江西鄱陽），恰好王德討貴溪縣摩尼教徒王念經，路過饒州，殺劉文舜。〔註9〕

建炎四年（1130年）四月，真州六合縣長蘆鎮崇福禪院的行者普倫、普

〔註7〕《建炎以來繫年要錄》15、17，《三朝北盟會編》卷98。
〔註8〕《三朝北盟會編》卷48。
〔註9〕《三朝北盟會編》卷128，《建炎以來繫年要錄》卷13、22、31、32。

贇、普璉，結集行者及強壯百姓千餘人，分為三隊，在長江中的楊家洲上，自相守保。韓世忠約普倫等為策應，普倫、普璉、普贇率其眾千餘人，駕小舟千餘艘，皆裹紅巾，立紅幟，來策應。至長蘆，遇世忠海船狼狽而來，金人至長蘆亦回。世忠與餘兵至瓜步，棄舟而陸，奔還鎮江聚兵。〔註10〕

紹興元年（1131年），隨州的洪山寺接納了來自北方的僧人1600多人，靠慶預維持，周圍百里，強盜橫行。〔註11〕此時很多人為了活命，被迫出家，類似朱元璋。趙彥衛《雲麓漫鈔》卷四說紹興年間，出家的人很多。北方流民偽裝成僧人，比較容易逃過金兵的追殺，也容易在南方得到布施。

洪山就是隨州和京山縣之間的大洪山，洪山寺數量驚人的北方僧人應該是從河南，一路南下。從河南來的張用駐紮在應城附近的三龍河，今漢川市北部有三龍村，京山縣東南的應城有四龍河，三龍河在附近。所以魯智深、武松所在的二龍山，很可能源自京山、應城一帶的地名。

三、花榮的原型是張用

張用，原來是相州湯陰縣（今河南湯陰）射手，建炎元年（1127年）起兵，為東京留守宗澤招安。建炎二年（1128年），宗澤死後，張用等人被杜充懷疑。建炎三年（1129年）正月，張用在開封府南面，被杜充襲擊而南走。張用與曹成、李宏、馬友為結義兄弟，有眾數萬，分為六軍，包括王善。曹成，外黃縣人，因為殺人，投奔拱聖指揮為兵，有膂力，善戰，軍中服其勇。馬友，原來是大名府的農民，最早是以巡社結甲，夾河守禦。

張用、王善等人率軍南走淮寧府（今河南淮陽），打敗杜充的部將馬皋。王善攻打淮寧府城，要取代宋朝，張用認為不能攻打本國地方，於是分兵。七月，張用與曹成、李宏屯光州（今河南潢川），沿淮河設寨。馬友想回北方，不久又返回南方。

九月，保寧軍承宣使、主管侍衛步軍司公事閭勍，以所部奉西京（今洛陽）會聖宮的宋朝歷代祖宗神位，南至濠州（治今安徽鳳臺），以其義女、馬皋的原妻一丈青配給張用。

建炎四年（1130年）五月，張用從蘄陽（今湖北蘄春）去壽春（今安徽壽縣），至舒城縣（今安徽舒城）。六月，張用立大旗，招誘山東、河北士庶棄

〔註10〕《三朝北盟會編》卷138。
〔註11〕《三朝北盟會編》卷145。

業之人，人多歸之。七月，張用在淮南西路乏食，回到信陽軍，又往德安府（今湖北安陸），屯中軍於三龍河，曹成屯於應城縣，諸軍散居，連接至郢州（今湖北鍾祥）不絕。

　　張用的部將孟振、王林在魚磨山寨作亂，殺統領官馬某。王林外號王八刀，因為他曾經被敵人抓住，裝在袋子裏，放在船舷，往脖子上割了八刀，扔進黃河，還沒有死。張用害怕部將推翻他，帶親軍一兩千人逃到漢陽。漢陽軍知軍范寅亮害怕，把知軍印章給了張用。

　　沿江措置副使李允文，派部將張定國開船，把張用和他的親軍接到了南岸的鄂州城（今武昌），李允文責備張定國沒有先整編張用的部隊，就先把他們接到鄂州。張定國逃走，李允文改任蔣寅亮為沿江措置司提領官，以馬友為漢陽軍知軍，以張用為鄂州路副總管。張用的部眾也渡江到了鄂州，十二月，張用說他手下的四十萬人願聽李允文節制。

　　紹興元年（1131年）正月，李允文下令清點義軍，有傳言說李允文要殺張用。張用穿盔甲而來，李允文大驚。張用所部的統領官孟振、王林，不想被整編，率部逃奔咸寧縣（今湖北咸寧），張用僅有兩千親軍在鄂州城內。

　　曹成屯三龍河，時時出兵攻德安府。李宏在郢州，軍皆乏食。曹成、李宏開往漢陽，張用害怕被他們吞併，逃往咸寧，投奔孟振、王林。曹成去鄂州（今武漢武昌），因為缺糧而去江西。二月，知漢陽軍馬友，因為缺糧，遣其將王成，攻打官軍守衛的鄂州。張用以神臂弓射走王成，馬友盡取漢陽財物往湖南。

　　五月，張用為舒蘄鎮撫使兼知蘄州（治今湖北蘄春）。六月，江淮招討使張俊的大軍到瑞昌縣（今江西瑞昌），張用的部隊被張俊全部整編。張俊親自挑選張用五萬人中的精銳，老弱有投曹成者，有投岳飛者，有投韓世忠者，有自去而為民者。張用在張俊麾下為統制官。四年（1134年）二月，張用升任福建路的兵馬都監。〔註12〕

　　張用最大的特點是善射，而且有神臂弓，符合小李廣花榮的特徵。用、榮讀音非常接近，現在多個地方的江淮話、吳語、贛語、閩語、客家話、粵語、平話的榮還讀作 iong，宋代的中原話可能就是這個讀音，所以張用很可能是花榮的原型。花指身上的紋身花紋，所以花榮就是張用。

〔註12〕《建炎以來繫年要錄》卷17、19、25、28、33、35、40、41、42、44、45、46、73。

朱弁《曲洧舊聞》卷九說神臂弓是宋神宗熙寧時，百姓李宏創造。宋神宗親自派人試驗，射程 240 步，下令推廣。

沈括《夢溪筆談》卷十九說，神臂弓射程 300 步，發明人李定原來是党項羌人，投奔北宋。

周密《齊東野語》卷二十說，神臂弓在宋金戰爭中發揮了重要作用，吳玠用神臂弓扼守金兵入蜀之路。

花榮是清風寨的副寨主，而清豐縣緊鄰張用的老家相州，或許清風寨來自清豐縣。

張用和馬友本來是結義關係，都是寨主，但是馬友的部隊在漢陽，一時超過張用，想吞併張用，張用趕快逃到鄂州。《水滸傳》中，清風寨正寨主劉高，捉拿副寨主花榮，這個故事顯然是來自張用被馬友捉拿的經歷。

很多人說一丈青扈三娘的未婚夫祝彪被殺，扈三娘為何還心甘情願上梁山？其實歷史上的一丈青是張用之妻，建炎四年（1130 年），曹成因為濫殺，一丈青招納曹成的兩萬人到麾下。一丈青聽說張用先逃到了鄂州，受南宋招安。她害怕曹成偷襲，特地從鄂州的下游渡江，來到鄂州城內。一丈青不是扈成的妹妹，但是因為扈成的事和張用的事都在同一時代，所以《水滸傳》的一丈青扈三娘變成了扈成的妹妹。關於扈成，下文再說。

第 36 回宋江去江州（今江西九江），路過揭陽嶺，其實揭陽是漢陽之誤，不是遙遠的廣東揭陽。揭的聲旁是曷，曷和何是同源字，曷不就是何不。而古代的江淮人，把韓讀成何。《元和姓纂》卷五說韓國被秦國滅亡：「子孫分散，江淮間以韓為何，遂為何氏。」所以古代的江淮人，把漢陽讀成了揭陽。揭和喝同音，而喝和旱、暵是同源字，喝是暑熱，旱、暵是乾旱。

漢陽城附近確實有一些小山，就是揭陽嶺的原型。因為張用曾經在漢陽逃難，要從漢陽渡江才能到鄂州（今武昌），所以《水滸傳》中特別描寫宋江在揭陽嶺渡江時，差點被張橫殺掉，被李俊搭救。李俊的外號混江龍，原來很可能是滾江龍，龍是江河之主，不可能用混，混不可能是混跡，也不可能是混濁。滾江龍才能解釋得通，南宋有著名海盜滾海蛟鄭廣，蛟就是龍，滾海蛟和混江龍本質相同。明清之際的水戰中，攔截江面的鐵纜就叫滾江龍。

侯會發現南宋初年熊克的《中興小紀》引《楊么本末》記載楊么在洞庭湖乘坐的船叫渾江龍，渾江龍和混江龍應是同源詞。我認為渾江龍顯然是誤字，龍是水神，不必攪渾江水來顯示威風，所以渾字不通。

張用和岳飛是同鄉，兩個人以前就認識，所以張用接受招安之前，受到岳飛的勸降。《水滸傳》中的花榮，形象非常突出，這是因為張用在現實中的影響很大，而且是正面人物。

四、長江中游故事來源

第 35 回的對影山是湖北應山之誤，小溫侯呂方是潭州（今長沙）人，賽仁貴郭盛是西川嘉陵人，說明對影山在湖北而不可能在山東，應山縣是張用路過之地，所以出現在《水滸傳》。

張用在江州的瑞昌縣受招安，所以《水滸傳》第 37 到 41 回描寫江州到無為軍（今安徽無為）一帶。第 41 回出現南昌人侯健，黑瘦輕捷，非常符合很多江西人的相貌，而且南宋范成大的《桂海虞衡志》把長臂猿稱為通臂猿，南宋的江西還有長臂猿，說明這一段描寫有依據。

第 41 回還出現了黃門山的建康（今南京）人馬麟、光州人陶宗旺、黃州（今黃岡）人歐鵬、潭州人蔣敬，馬麟後來為梁山監造戰船，陶宗旺開挖水道。

宋江在小說中的事蹟很少，可能是因為宋江在北宋末年已死，很多事蹟已經失傳。宋江在小說中主要作為各部分的引子出現，比如第 23 回宋江在柴進府上遇到武松，由此引出第 23 到 32 回的武松故事。此時宋江可以上梁山，但是為了把他作為引子，作者不安排宋江上梁山。梁山近在咫尺，宋江不去梁山，卻去千里之外的滄州投奔柴進，這顯然是大破綻。

第 32 回，宋江又在白虎山孔家遇到武松，宋江去清風寨，武松去二龍山，各奔東西，又是一大破綻。此時宋江已有殺人命案，竟然去找朝廷的命官花榮，這是第三大破綻。但是花榮的原型就是張用，為了引出張用，小說的作者只好又讓宋江跑一趟。

第 35 回眾人都上梁山，宋江不上梁山卻回家，很快被刺配江州，顯然有漏洞。但為了把張用的故事嵌入全書，為了證明是宋江把長江中下游的眾多英雄引上梁山，進而證明宋江的首領地位完全合理，所以杭州的說書人編出宋江發配江州，必須安排宋江回家被抓的情節。

宋江東奔西跑，小說作者每每不能引出角色時，就安排宋江出行，看來宋江的及時雨也灑給了小說的作者。

余嘉錫考證浪裏白條張順是太平州慈湖（在今馬鞍山北部）水寨首領，

混江龍李俊源自泗州。

我認為《水滸傳》盧州人李俊可能是盧州巨盜李伸，他是水寨首領，曾因抗金而任盧壽鎮撫使，被和州、無為軍兵馬鈐轄武翼郎王亨擒拿，[註13]所以第 41 回的宋江智取無為軍或許源自此事。小說中說江州和無為軍對岸，說盧州屬於江西，都是流傳過程中的形成錯誤。

長江中游的水寨首領很多，所以第 37 回出現了船火兒張橫、出洞蛟童威、翻江蜃童猛。童威、童猛是私鹽販子，長江中游吃的是來自兩淮沿海的淮鹽，從長江運來，路途遙遠，價格較高，所以長江上確實有很多私鹽販子，證明水滸故事確有根據。

操刀鬼曹正很可能源自曹成，讀音接近。曹成因為殺人而投軍，故名操刀鬼。曹成於紹興二年（1132 年）九月在湖南受招安，八萬人被韓世忠收編，精兵被韓世忠編為背嵬親隨軍，驍勇絕倫。紹興十年（1140 年），曹成在天興縣（今鳳翔）大敗金人。

陶宗旺是梁山好漢中罕見的農民，他來自光州，而光州是南宋初年受戰爭摧殘最為嚴重。北方南下的義軍和金兵都路過光州，光州人口絕大多數死亡或流亡。洪邁《夷堅志》支癸卷七《光州兵馬蟲》說：「光州經建炎之亂，被禍最酷。民死於刀兵者，百無一二得免。」

所以陶宗旺其實是光州流亡農民的代表，他被裹挾到張用的部隊中，進入《水滸傳》。每一個好漢的背後，都有一段淒慘的經歷，都有一個殘破的地方。陶宗旺為梁山開挖水道，其實是因為他在邵青的部隊中就開挖水道，邵青本來是艄公，他擅長水戰，需要有人開挖水道，以便戰船來去，很多被他俘虜的農民就是隨軍的民夫。下文要說，邵青在進攻太平州時就挖過水道。

黃門山很可能是來自黃州（今黃岡），黃州是金兵渡江之處，也被戰火嚴重破壞。《夷堅志》丁志卷十九說，黃州有個姓陳的人，全家都死在建炎年間的戰亂，他在山上成為野人，全身長毛。多年之後才被人發現，很久才恢復說話，重新吃飯。門和岡的字形接近，所以黃門很可能是黃岡之誤，因為《水滸傳》早期在說書人之間流傳，所以有很多傳抄產生的誤字。

五、李逵、關勝、宣贊、董平、彭玘

建炎元年（1127 年）十一月，密州（治今山東諸城）的守衛節級杜彥造

〔註13〕《建炎以來繫年要錄》卷 39。

反，殺了知州趙野，自稱知州，樂將節級李逵、小節級吳順是杜彥的左右手。建炎三年（1129年）三月，濟南府知府宮儀圍攻安丘縣，杜彥去安丘縣援救失敗，吳順不開門迎接。李逵開門，殺了杜彥，自稱知州。五月，趙構敕書李逵等人，要他們報國。閏八月，宮儀在濟南戰敗，金朝攻佔濟南。宮儀在密州又戰敗，逃奔海州（今連雲港）。〔註14〕

李逵以密州降金，所以《水滸傳》中的李逵雖然也是梁山好漢，但是他有濫殺無辜的缺點，其實正是源自他殺害杜彥，又投降金朝。杜彥本來是歸屬宋朝，又是李逵上級，李逵不應該殺他。《水滸傳》第40回，李逵在江州劫法場時，不問軍民，殺得屍橫遍野。第51回李逵殺了滄州的小衙內，濫殺兒童。第73回李逵殺狄太公的女兒和王小二，狄太公只是想弄清楚女兒不出門的原因，沒有叫李逵殺女兒。看到女兒被殺很傷心，李逵說他女兒私通王小二，所以該殺，又是濫殺。

李逵的這些情節都是小說家編造，是個被特化的人物，其實是代表民間武裝濫殺百姓的另一面。因為小說家不想過分渲染，所以把濫殺百姓的特點安排在李逵一個人身上。因為李逵遠離長江流域，是南方人不熟悉的民間武裝系統，又有降金的負面形象，所以小說家把濫殺惡行加在李逵身上。

李逵所在的密州城，在今山東諸城。元代有雜劇《黑旋風喬坐衙》，但是今本《水滸傳》的李逵是在壽張縣坐衙，壽張縣在今梁山縣，這是元、明很多文學家不明宋代歷史，把李逵硬扯到梁山。但是《水滸傳》既然源自歷史，或許有真實成分，小說中的李逵是沂水縣百丈村人，沂水縣正是靠近密州的一個縣，很可能是現實中李逵真正的家鄉。

李逵在38回就作為戴宗的隨從出現，但是李逵的精彩故事要到第43回才出現，這是因為第39回的宋江寫反詩、第40回的江州劫法場、第41回的攻打無為軍、第42回的宋江受道書都是很晚才被小說家衍生出來。

宋江本來就沒有到過長江中游，他是作為引子出現在長江中游，原來沒有任何故事。但是小說家為了使故事更精彩，所以鋪排出宋江被抓和劫法場的故事，使得南宋初年《水滸傳》中的李逵故事被分隔在第38回和地43回了。第42回宋江受道書，尤其無聊，完全可以刪除。

建炎二年（1128年），濟南知府劉豫殺死屢次打敗金人的大將關勝，降金。劉豫是永靜軍阜城縣人，宣和六年（1124年）任河北西路提刑。金兵南

〔註14〕《建炎以來繫年要錄》卷10、21、27。《三朝北盟會編》114、129、131。

下，他逃到儀真（今儀徵）。建炎元年（1127年），被任為濟南知府，他請求在江南做官，朝廷不許，因此劉豫謀劃降金。建炎四年（1130年），金朝冊封劉豫為大齊皇帝，年號阜昌。劉豫屢次被南宋打敗，紹興七年（1137年）被廢，遷往上京臨潢府。

第63回和關勝一起出現的是醜郡馬宣贊，其實這個名字是源自南宋政府給抗金義軍授予的常見官號，紹興二年（1132年）正月：「初淮西諸州，多為劇盜所據，朝廷因而授之閣門宣贊舍人。」〔註15〕閣門宣贊舍人是官號，演變為《水滸傳》中的人物姓名。

建炎二年（1128年）十月，种師道的小校桑仲，被潰軍推選為首領，被杜充招安。建炎三年（1129年），桑仲到唐州，盡取強壯為兵，很多本地人投奔桐柏縣人董平，桑仲去襄陽。〔註16〕建炎三年（1129年）三月，董平劫掠德安府應山縣。四月初日，掠孝感縣。五月，唐州被金人佔領，唐州從泌陽縣（今唐河縣）移治桐柏縣，土豪董平聚集兵馬，朝廷任為統制官。

唐州知州滕牧想殺董平，但被京西轉運判官范正己下獄，滕牧被免職。八月，滕牧在襄陽整編群盜，打敗董平。十二月，董平破信陽縣，在唐州大義山紮寨，命唐州、隨州、信陽軍百姓交稅。大義山在今天唐河縣南部的大堰山，地處河南省和湖北省的交界處，南面的棗陽在宋代屬隨州。

建炎四年（1130年）二月，東京留守上官悟南逃到唐州，被董平殺死。三月，董平領三萬多人到應山縣，被德安府兵打敗，死千餘人，董平逃回京西路，被村民殺死。

董平在《宣和遺事》作一直撞，龔開寫作一直撞，或許被杭州的說書人或施耐庵改為雙槍將，但第78回仍然保留了董一撞的外號。奇怪的是，第69回董平出場時卻不提董一撞，說明《水滸傳》是在很長時間內，經過很多人的改編才成書，所以前面被改了，後面沒改。

在《水滸傳》中，董平是上黨人，因為吳語的唐、黨音近，所以董平的真正老家唐州被誤寫成上黨。《水滸傳》中的董平是兵馬都監，現實中的董平做到統制官，級別較低。

小說中的董平和東平府太守程萬里不和，正是源自現實中董平和唐州知州滕牧不和，滕和程的讀音非常接近。程的古音讀den，現在閩語仍然保留這

〔註15〕《建炎以來繫年要錄》卷51。
〔註16〕《建炎以來繫年要錄》卷18、29。

個讀音，而吳語的滕就讀 den，所以滕牧就是程萬里，牧馬轉變為萬里。

　　元代人把董平改為東平府的兵馬都監，可能是因為東平府和董平的讀音最接近。但是留下了一個絕大的破綻，那就是宋江和董平作戰時，竟然退到了壽春縣，壽春縣是今安徽省的壽縣，距離東平府數千里！這也是前面改了，後面沒改。下文還要說到，前面出現的陽翟縣被明代人改成了禹州，後面的陽翟縣卻沒改，因為文人和書商做事虎頭蛇尾。

　　其實正是因為張用曾經從德安府到壽春縣，張用和董平同時在德安府活動，所以趙祥給趙構講小說時，提到張用曾經退到壽春，這件事情就像一塊化石，一直保留在《水滸傳》中。

　　天目將彭玘在第 55 回出現，說他是東京人。源自西京洛陽土豪彭玘，金占中原，翟興在伊陽縣（今河南汝陽）設寨，紹興元年（1131 年）正月，命彭玘在洛陽西北的井谷，設下伏兵，大敗金人。紹興二年（1132 年）三月，翟興被楊偉所殺，楊偉攜翟興首級向劉豫邀功。〔註17〕《宋史》卷四七五說紹興二年十二月，襄陽鎮撫使李橫敗劉豫兵於揚石，乘勝攻打汝州，偽齊守臣彭玘投降。卷二七說紹興三年（1133 年）二月任寅，鄭州兵馬鈐轄牛皋、彭玘率兵與李橫會合。李橫以便宜命牛皋為蔡、唐二州鎮撫使，彭玘知汝州。

〔註17〕《建炎以來繫年要錄》卷 41、52。

第四章　源自福建明教的故事

一、項充、李袞是福建的槍仗手

第 59 回到 60 回說，徐州沛縣芒碭山被混世魔王樊瑞佔據，樊瑞是個道士，能呼風喚雨，降妖除魔，用兵如神。他的手下有兩個大將，一個是沛縣人項充，外號八臂哪吒，使用一面團牌，牌上插飛刀二十四把，手上仗一條標槍。另一個是邳縣人李袞，外號飛天大聖，也使一面團牌，牌上插二十四把標槍，左手把牌，右手仗劍。

他們的武器非常奇特，我發現，他們其實根本不是徐州人，而是來自福建的槍仗手！

金兵攻佔開封府時，江淮等路發運使兼江浙福建經制使翁彥國，率領東南六路兵與峒丁槍仗手，共有數萬人，本來是要去開封府勤王，但是徘徊在泗水，逗留不前。所謂峒丁，指的是東南山谷中的土著。

建炎元年（1127 年）四月，開封府陳留縣（今開封東南）潰散下來的戍兵李忠，率眾進入和州（今安徽和縣）清水鎮，濠州巡檢及定遠縣界的土豪許氏、徐氏、金氏的槍仗手在邊境上攔截，殺了李忠。

八月，江南經制司遣幹辦公事、宣教郎鮑貽遜，率領福建槍仗手 2500 人，往杭州討叛兵，九月獲勝。十月，福建的槍仗手駐紮在秀州（今嘉興），杭州的盜賊投降。朝廷下令繼續招募福建槍仗手，又下令鮑貽遜，帶領福建槍仗手移屯到江寧（今南京），給事中劉珏認為杭州的安定要靠福建槍仗手，暫且不要移到江寧。建炎三年（1129 年）七月，命江西、閩、廣、荊湖等路，團練槍仗手、峒丁，以備調發。閏八月，又命福建團結槍仗手，在建州（治今福

建建甌）、汀州（治今長汀）、南劍州（治今南平）、邵武軍（治今邵武）四地，精選萬人，各擇其土豪，使部督之，各屯本處，以待調發。

紹興元年（1131年）六月，建州崇安縣（今福建武夷山）的百姓廖公昭，聚眾為盜。范汝為所部提轄官、保義郎熊志寧，召募槍仗手，聲言往捕之，其實是想叛亂。恰好神武中軍統制官朱師閔經過，熊志寧害怕，解散了他的部眾。福建制置使辛企宗上奏，不久建陽縣民丁朝佐作亂。熊志寧率射士，聯結丁朝佐，建陽、崇安二縣的官府不能管控。紹興五年六月，朝廷下令解散福建諸州系籍槍仗手。福建槍仗手，從熙寧間開始有，有五十多年了。〔註1〕

這個從開封府李忠不是《水滸傳》的打虎將李忠，因為打虎將李忠是在。而徐氏槍仗手很可能就是《水滸傳》金槍手徐寧的由來。不過槍仗手主要來自福建，其實源自東南土著打獵的標槍。

元代人為了把各地的義軍首領拼湊為108將，把《水滸傳》諸多地名修改到梁山泊附近，因為第59回說史進等人要從華山來梁山泊，豈不是要經過芒碭山？所以就把福建的事情改到了芒碭山。其實芒碭山也不在沛縣，而在安徽碭山和河南永城之間。《水滸傳》還把董平從唐州北移到了東平府，把瓦官寺從建康（今南京）北移到了開封府之北，把孫立從濠州北移到了登州。

不過改動的人百密一疏，留下了一個破綻，第59回、60回說項充、李袞執定蠻牌，這就露出了馬腳！徐州人不可能用蠻牌，現在江淮人特指說吳語的人為蠻子。長江以北的海門、啟東人說的是吳語，所以仍然被江淮人稱為海門蠻子。而長江以南的南京、鎮江說江淮人，所以不被江淮人稱為蠻子。徐州人說的是北方話，江淮人稱為侉子。

因為南宋定都在江南，所以被中原人稱為蠻子。直到元代，仍然稱宋朝為蠻子國，意大利人馬可波羅的遊記就稱南宋為 Manzi（蠻子）。馬可波羅的記載影響歐洲很久，直到明代晚期，歐洲人才明白 Manzi 是中國南方的別名，歐洲地圖上的 Manzi 才逐漸消失。

福建人自然也是蠻子，所以才項充、李袞的牌子才叫蠻牌。第60回的蠻牌沒有被改動，留下了一條證據。改編《水滸傳》的人很可能已經不知道項充、李袞的標槍是來自福建，也有可能是不夠仔細，所以沒改蠻牌。《水滸傳》下文凡是說到項充、李袞的地方，都提到蠻牌，包括第68、76、77、86、92、109、112、115、117回，說明蠻牌是項充、李袞的標誌。

〔註1〕《建炎以來繫年要錄》卷1、4、8、9、10、25、27、90。

　　嶺南的標槍很早就出名了，隋煬帝楊廣在大業七年（611 年）二月，親自征討高麗。四月，車駕至涿郡（今北京），發江淮以南水手一萬人、弩手三萬人、嶺南排鑹手三萬人。排鑹手就是標槍，鑹即鑽，就是標槍的鑽頭，排應該是牌，即蠻牌。在隋代中原人的心目中，福建自然可以稱為嶺南。

　　福建槍仗手的標槍其實來自東南土著，南宋管理福建海外貿易的趙汝适，著有《諸蕃志》，其中的《毗舍耶》說到臺灣的土著毗舍耶人，說：

　　　　臨敵用標槍，繫繩十餘丈為操縱，蓋愛其鐵，不忍棄也。

　　毗舍耶人的標槍，末端有繩子，可以收回，怕丟失珍貴的鐵製槍頭。因為臺灣土著不會冶鐵，所以在泉州。根據同時代的周必大、真德秀、樓鑰描述，毗舍耶人渾身漆黑，語言不通，最早掠奪澎湖，再騷擾泉州水澳、圍頭等處。他們非常喜歡鐵器，還有湯匙和筷子。如果被他們追趕，關上大門，他們就會扒下門環。他們對鐵器的迷戀到了不可救藥的程度，南宋派鐵甲騎兵去抓他們，他們拼命地挖取馬的鐵甲，而不知死到臨頭。元代末年的泉州海商汪大淵在他的《島夷志略》中也提到了毗舍耶，說他們經常在海上劫掠。

　　中國南方多山，福建是中國東部山地面積比例最大的一個省，臺灣是一個典型的高山島。山中直線距離很近的地方，實際距離可能比較遠，需要下到溝谷再爬上去。所以在山中打獵，使用標槍就很方便，獵物中槍，不會逃太遠，可以慢慢過去捕捉。對待野豬、鹿等大中型動物，刀劍的距離不夠，弓箭的力量不夠，需要使用標槍。

　　宋仁宗皇祐四年（1052 年），廣源州人儂智高起兵，佔據嶺南。五年正月，狄青率軍到崑崙關，儂智高軍有執大盾、標槍，狄青用騎兵包抄，又用長刀巨斧砍倒藤編的盾牌，終於破敵。

　　盛巽昌指出，宋代高承的《事物紀原》卷九說傍排：

　　　　近世兵杖中有鏢牌，蓋出溪洞之蠻。熙寧中，王師征交址，其
　　法乃盛傳於中國。至神宗設於行陣，令諸軍習之也。《宋朝會要》曰，
　　太宗聞南方以標槍、傍排為兵，令蕭延皓取廣德軍習之，中土之用
　　標牌此其始也。

　　宋太宗聽說華南有標槍、傍排兵，派人學習，中原開始有這種兵。宋神宗熙寧年間，征討交趾，這種南方的鏢牌才在中原流行。

　　北宋官修的兵書《武經總要》卷十三：

　　　　梭槍，長數尺，本出南方，蠻獠用之，一手持旁牌，一手標以

擲人，數十步內，中者皆踣。以其如梭之擲，故云梭槍，亦曰飛梭槍。

很可惜的是，《事物紀原》和《武經總要》的記載在地點上非常模糊，或許是因為西南和東南的很多地方都有。所以盛巽昌沒有發現宋代的標槍在福建最為盛行，沒有發現項充、李袞、樊瑞都來自福建。

南宋初年的定遠縣（今安徽定遠）有槍仗手，沈括《夢溪筆談》卷十三說定遠縣有個弓手擅長用矛，縣裏有個小偷也擅長用矛，弓手趁小偷在喝酒時約他決鬥，小偷說好，弓手就趕緊殺了他。這兩個人用的矛，很可能就是標槍。

孟元老的《東京夢華錄》卷五《京瓦伎藝》提到蠻牌，吳自牧《夢粱錄》卷二十《百戲伎藝》說杭州的有斫刀蠻牌，這些都是從福建傳到京城的雜耍，今天叫飛鏢。

清代嶺南的蠻兵還用鏢槍和藤牌，李調元《南海竹枝詞》：「藤牌一一似旋蓬，日夕軍門鼓角雄。卻看蠻兒好身手，鏢槍出沒快如風。」〔註2〕

二、混世魔王樊瑞是摩尼教主范汝為

混世魔王樊瑞也很奇特，我發現他的原型就是摩尼教主范汝為！范汝為這三個字，讀快了不就是樊瑞嗎？且看我慢慢道來。

宋代的《京本通俗小說》的《馮玉梅團圓》說：

> 自古兵、荒二字相連，金虜渡河，兩浙都被他殘破，閩地不遭兵火，也就遇個荒年。此乃天數，話中單說建州饑荒，斗米千錢，民不聊生。卻為國家正值用兵之際，糧餉要緊，官府只顧催徵上供，顧不得民窮財盡。常言巧媳婦煮不得無米粥，百姓既沒有錢財交納，又被官府鞭笞偪勒，禁受不過，三三兩兩，逃入山間，相聚為盜。蛇無頭不行，就有個草頭天子出來，此人姓范，名汝為，仗義執言，救民水火。群盜從之如流，嘯聚至十餘萬。無非是：風高放火，月黑殺人，無糧同餓，得肉均分。官兵抵擋不住，連敗數陣。范汝為遂據了建州城，自稱元帥，分兵四出抄掠。范氏門中子弟，都受偽號，做領兵官將。

〔註2〕王利器、王慎之、王子今輯：《歷代竹枝詞》，陝西人民出版社，2003年，第1190頁。

　　雖然是小說，但是分析得很有道理，也說明范汝為的事很早就進入小說。史書記載，南宋初年，福建的建州回源洞（在今建甌吉陽鎮）百姓范汝為，粗通筆墨，父輩以盜販為事，外號黑龍、黑虎，尤善格鬥。不逞之徒，都跟隨范家人。每每集合數百人，販賣私鹽，州縣官不能捕。有個儒林郎江鈿，是建陽（今福建建陽）人。建州的知州說江鈿有謀略，使他代理甌寧（今福建建甌）知縣，以提防範黑龍、范黑龍，不久果然擒獲范黑龍、范黑虎，皆死於獄。其徒無所歸，都去投奔范汝為。

　　建炎四年（1130年）七月，范汝為因為殺人至死，遂起兵作亂。建陽縣令王昌、甌寧縣令黃邦光不能討，此時饑荒，很多饑民投奔范汝為。知州遣州兵出戰，被范汝為打敗。賊勢滋盛，命福建路安撫使程邁，會兵討之。九月，神武副軍統制官李捧、統領官王民，所部三千人被范汝為打敗，官軍皆潰，李捧等遁去。十月，朝廷派人去招安范汝為，用他為從義郎。

　　十一月，朝廷派神武副軍都統制辛企宗，以所部討范汝為，此時范汝為已破建陽縣。十二月，辛企宗越過武夷山，進入福建，駐邵武軍，距范汝為的賊洞二百餘里。他遣兵攻賊，被范汝為打敗。

　　有個從事郎施逵，是邵武人，從潁昌府（今河南許昌）府學教授的任上回家。本來向辛企宗建言計策，反而被范汝為游說。而福建路監司亦以招安為便，招募國學內舍生葉昭積，去招降范汝為。朝廷授范汝為武翼郎、閤門祇候，充民兵都統領。范汝為的部將，葉鐵最為驍健，以葉鐵為忠翊郎，更名葉徹昭，積補下州文學。此時范汝為想得官，而且害怕朝廷再發大軍，所以才聽命。但是范汝為不肯解散他的部眾，於是辛企宗一直駐軍在邵武軍，不能真正控制范汝為。

　　紹興元年（1131年），范汝為攻下建州城，朝廷震怒，改命韓世忠率領更強大的軍隊，前去征討。十一月，辛企宗全軍自南劍州退往福州，只留下李山的一支軍隊，守禦邵武。范汝為攻破邵武軍，李山逃奔信州（治今江西上饒）。范汝為命葉徹攻南劍州，被官軍打敗。

　　紹興二年（1132年）正月，韓世忠圍攻建州，以天橋、對樓、雲梯、火炮等，急擊六日。賊眾稍怠，半夜官軍上城，遂破城。賊眾死者萬餘人，生擒其將張雄等五百餘人。范汝為逃到回源洞中，自焚而死。其將葉諒以所部犯邵武軍，韓世忠擊斬之，餘眾悉平。十一月，范汝為的餘黨范忠，掠處州龍泉縣（今浙江龍泉）。部屬千餘人為盜，又犯建州之松溪縣（今福建松溪），十二

月才被官軍平定。〔註3〕

　　在范汝為起兵之前的三個月，建炎四年（1130年）四月，信州貴溪縣（今江西貴溪）的魔賊也即摩尼教徒，在王念經的率領下起兵。六月，浙西江東制置使張俊，以全軍討饒州、信州妖盜。太尉劉光世因命統制官王德、靳賽，總兵會之。抓獲王念經，王德等人屠殺兩縣人，所殺不可勝計，趙構都說死了二十萬人，深感惋惜。

　　在范汝為之後不久，今天的浙江南部和安徽南部還有多次摩尼教徒起義，朝廷也嚴禁摩尼教。

　　紹興二年（1132年）十月二十九日，樞密院言：「宣和間，溫、台村民多學妖法，號吃菜事魔。鼓惑眾聽，劫持州縣。朝廷遣兵蕩平之後，專立禁法，非不嚴切。訪聞日近又有奸滑改易名稱，結集社會，或名白衣禮佛會，及假天兵，號迎神會。千百成群，夜聚曉散，傳習妖教。州縣坐視，全部覺察。」隨即下令溫州、台州捉拿頭目。

　　紹興三年（1133年）三月，令衢州守臣汪思溫，追捕事魔為首之人，重置於法，不得張皇騷擾。衢州妖民余五婆，住在開化縣九里坑，傳習魔法。新任秘書少監孫近在浙東，恐其為變，請令衢州、嚴州的守臣捕禁。江浙州縣，溪山深僻之民，更相傳教，各有主首，願為徒侶的人，即輸錢上簿，聽其呼率。私置軍器，群起舉事，里正害怕連累，匿不告官，因此人數更多。因為山民平時吃肉有限，不能因為吃肉少就牽連沒有參加的平民。四月十五日，收捕徽、嚴、衢州傳受魔法人。

　　五月，神武中軍統制楊沂中以大軍至桐廬縣（今浙江桐廬），摩尼教徒繆羅與其徒八人被招安。

　　紹興四年（1134年）五月，起居舍人王居正上書說，兩浙州縣有吃菜事魔之俗，方臘以前，法禁尚寬。方臘之後，法禁愈嚴，而不可勝禁。州縣官吏，平時不管。有想邀功請賞的官吏，又會殺人太多，致使矛盾加深。方臘平定十多年來，又死了成千上萬人。每鄉或每村有一兩個首領，稱為魔頭。魔頭詳細登記村民姓名，訂立盟約，結成黨羽。一家有事，同黨相助。如果地方官不能幫助平民，則地方領導權就落入魔頭手中。希望朝廷對平民寬容，挑選鄉紳，開導民眾，對自新的人予以獎勵，才能真正移風易俗。

　　侯會曾經指出，水滸故事中多次稱梁山好漢為魔君、魔頭、魔鬼、魔心

───────────────

〔註3〕《建炎以來繫年要錄》卷36、37、38、39、40、48、49、51、60、61。

未改，魔可能都是指摩尼教。宋代之前的書中很少出現魔字，早期的書中一般稱為妖，宋代的魔字開始多起來，很多指摩尼教。水滸中的晁蓋、宋江在江湖上有很大威望，慷慨接濟遠方來投的人，很像宋代摩尼教主和教徒之間的關係。宋江在石碣上發現好漢的名字，也像摩尼教徒登記名字。好漢們似乎都有排斥女人的傾向，也像摩尼教徒的一些教義。南宋摩尼教發動很多戰亂，也很像梁山好漢。宋江的江和字公明似乎沒有關係，明似乎源自明教。我認為這些推測有一定道理，否則很難解釋這些情節。

紹興六年（1136 年）六月八日，詔：「結集立願、斷絕飲酒，為首人徒二年，鄰州編管，從者減二等。並許人告，賞錢三百貫。巡尉、廂耆、巡察人並鄰保失覺察，杖一百。」

紹興七年（1137 年）三月二十四曰：「禁東南民喫菜有妄立名稱之人，罪賞並依事魔條法。」

紹興九年（1139 年）七月八日，因為大臣說喫菜事魔的立法太重，刑部遂立：「非傳習妖教，除了為首者依條處斷，其非徒侶而被誑誘不曾傳受他人者，各杖一百斷罪。」

紹興十年（1140 年）十月，命殿前司前軍統制王滋，捕東陽縣（今浙江東陽）摩尼教徒。

紹興十一年（1141 年）正月十七日，尚書省檢會《紹興》敕：「諸吃菜事魔或夜聚曉散、傳習妖教者絞，從者配三千里，婦人千里編管。託幻變術者減一等，皆配千里，婦人五百里編管，情涉不順者絞。以上不下以赦降原減。情理重者奏裁，非傳習妖教流三千里。許人捕至死財產備賞，有餘沒官。其本非徒侶而被誑誘不曾傳習他人者，各減二等。」

紹興十二年（1142 年）七月十三日，詔：「吃菜事魔，夜聚曉散，傳習妖教，情涉不順者，及非傳習妖教止吃菜事魔，並許諸色人或徒中告首，獲者依諸色人推賞，其本罪並同原首。自今指揮下日，令州縣多出印榜曉諭，限兩月出首，依法原罪。限滿不首，許諸色人告如前。及令州縣每季檢舉，於要會處置立粉壁，大字書寫，仍令提刑司責據州縣有無吃菜事魔人，月具奏聞。」

紹興十四年（1144 年）正月，宣州涇縣（今安徽涇縣）摩尼教徒俞一等竊發，被平定。

紹興二十年（1150 年）正月，江南西路兵馬鈐轄李橫，移東路，李橫寓

居信州。適逢貴溪縣的摩尼教徒竊發。守臣左朝散大夫李樺，檄李橫統弓兵，以備策應，才獲平定。李樺又遣添差東南第五副將孫青，統兵出戰，旋至撲滅。〔註4〕五月二十七日，詔：「申嚴喫菜事魔罪賞，仰提刑司督切檢察，須管每月申奏，務在恪意奉行。」

淳熙八年（1181年）正月二十一日，臣僚言：「愚民吃菜事魔，夜聚曉散，非僧道而輒置庵僚，非親戚而男女雜處。所在廟宇之盛，輒以社會為名，百十為群，張旗鳴鑼，或執器刃橫行郊野間。此幾於假鬼神以疑眾，皆王制所當禁。」

紹熙元年（1190年），朱熹在漳州知州任上的《勸諭榜》說：「不得傳習魔教。」《勸女道還俗榜》說：「佛法魔宗，乘間竊發，唱為邪說，惑亂人心……息魔佛之妖言，革淫亂之污俗。」

慶元四年（1198年）九月一日，臣僚言：「浙右有所謂道民，實吃菜事魔之流，而竊自託於佛老，以掩物議。既非僧道，又非童行。輒於編戶之外，別為一族。姦淫污穢，甚於常人，而以屏妻孥、斷葷酒為戒法。貪冒貨賄，甚於常人，而以建祠廟、修橋樑為功行。一鄉一聚，各有魁宿。平居暇日，公為結集，曰燒香，曰燃燈，曰設齋，曰誦經。千百為群，倏聚忽散，撰造事端，興動功役，夤緣名色，斂率民財，陵駕善良，橫行村疃間。有鬥訟，則合謀並力，共出金錢，厚賂胥吏，必勝乃已。每遇營造，陰相部勒，嘯呼所及，跨縣連州。工匠役徒，悉出其黨。什器資糧，隨即備具。人徒見其一切辦事之可喜，而不張惶聲勢之可慮也。及今不圖，後將若何？乞行下浙西諸郡，今後百姓不得妄立名色，自稱道民，結集徒黨。嚴切曉諭，各令四散著業。如敢違戾，將為首人決配遠惡州軍，徒黨編管。」

嘉泰元年（1201年）六月十三日，臣僚言：「比年以來，有所謂白衣道者，聲蹙愚俗，看經念佛，雜混男女，夜聚曉散，相率成風，呼吸之間，千百回應。江浙至今為盛，閩又次之。臣恐此風浸長，日甚一日，其患有出於意料之外者。乞申飭有司，必舉而行，以正風俗。不許私創庵舍。」

嘉定二年七月四日，權知漳州薛揚祖言：「古有四民，捨士農工商之外，無他業。自佛法流入中國，民俗趨之，而南方尤盛。有如漳郡之民，不假度牒，以奉佛為名，私置庵僚者，其弊抑甚。男子則稱為白衣道者，女子則號曰

女道。男女失時，不婚不嫁，竊修道之名，濟奸私之行。乞嚴切禁戢，應非度牒披剃之人，並繫各歸本業。」

范汝為的家鄉和貴溪縣僅隔一道武夷山，現在福建西北部還有贛語分布區，而且范汝為手下的熊志寧、丁朝佐，都是典型的江西姓氏。

方臘的手下有個首領叫鄭魔王，他鎮守衢州（今浙江衢州），宣和三年（1121 年）三月，被北宋軍隊打敗。衢州和南平，一山之隔，這也可以證明混世魔王就是摩尼教首領的外號。

據《宋史》卷四一九，紹定元年（1228 年），陳三槍在贛州松梓山起義，出沒江西、廣東、福建。朝廷調三路官軍鎮壓，端平元年（1234 年），官軍攻佔松梓山，張魔王自焚，陳三槍被殺。贛州緊鄰福建，衢州汪徐、來二破常山、開化，很可能是聲援福建摩尼教徒。張魔王和范汝為一樣自焚，陳三槍的名字令人想到福建的槍仗手。南宋中期，摩尼教徒向贛南轉移。

南宋吳勢卿的《痛治傳習魔教等人》說：「若不掃除，則女不從父從夫而從妖，生男不拜父拜母而拜魔王，滅天理，絕人倫。」

摩尼教徒方臘是睦州青溪縣（今浙江淳安）幫源洞的漆園主，販賣茶、鹽。范汝為住在回源洞，也販賣私鹽。因為浙閩山地多茶、漆，而缺鹽。上文引慶元四年（1198 年）大臣說摩尼教徒：「貪冒貨賄，甚於常人，而以建祠廟、修橋樑為功行。」說明摩尼教徒非常擅長經商，有很多錢來建設地方，這正是波斯商人的特點，這很可能是從泉州傳播開來的習俗。

有人勸方臘攻佔江寧（今南京），模仿六朝，割據東南。但方臘向浙江南部發展，佔領婺州（今金華）、衢州、處州（今麗水）。最重要的原因應該是浙江南部有大量摩尼教徒，婺州蘭溪縣靈山朱言、永康縣方岩山陳十四、處州縉雲縣陳箍桶、霍成富等人響應方臘。方臘被平定後，台州的摩尼教徒呂師囊、衢州的鄭魔王才被陸續平定。

摩尼教又名明教，是波斯人摩尼在 3 世紀創建。認為光明和黑暗鬥爭，光明世界的統治者大明尊召喚生命母，生出初人，有五個兒子，叫五明子。黑暗世界吞噬了五明子，生出了人類的始祖，人類的肉體由黑暗物質構成，靈魂則是光明分子。摩尼教最遲在唐代，從西北傳入中國。

唐武宗滅佛時，連帶禁止從西域傳入的三夷教：摩尼教、拜火教和景教（基督教）。摩尼教的呼祿法師逃到福州、泉州，因為唐代的福建非常偏遠，

山高林密，人口稀少，而且泉州聚集了很多來自伊朗、阿拉伯的商人，所以摩尼教在福建發展壯大，從此摩尼教的中心轉到了東南。南唐徐鉉《稽神錄》說泉州：「有善作魔法者，名曰明教。」

　　泉州晉江紫帽山的草庵就是一座歷史千餘年的摩尼教寺，據清朝晉江人蔡永蒹的《西山雜志》說在南宋紹興十八年（1148 年）建立，紫帽源自摩尼教的服裝。蔡永蒹的這本書不可全信，但是也不能輕易全盤否定，草庵應該在宋代已經建立。山崖上還有摩尼教的石刻，刻有四句話：「清淨光明、大力智慧、無上至真、摩尼光佛。」莆田也發現一塊石刻，有完全一致的詞語。〔註 5〕泉州海外交通史博物館藏有一件刻有明教會三個字的碗，還有殘存大力兩個字的摩尼教石刻，據說就是來自草庵。

晉江草庵

〔註 5〕黏良圖：《晉江草庵研究》，廈門大學出版社，2008 年。

晉江草庵的摩尼教石刻

明教會瓷碗、摩尼教石刻殘片

　　摩尼教從福建向浙江、江西傳播，從福州向北傳到霞浦和浙江溫州。北宋真宗修《道藏》，大中祥符九年（1016年）和天禧三年（1019年），兩次敕令福州獻《明使摩尼經》，說明摩尼教被很多人誤以為道教，摩尼教在傳播時或許也披上道教的外衣。

　　南宋僧人志磬《佛祖統紀》說：「吃菜事魔，三山尤熾。為首者紫冠寬衫，婦人黑觀白服，謂之明教會。所事佛，衣白……又名末摩尼。」三山即福州的別名，福州福壽宮原名明教文佛祖殿，供奉摩尼光佛。近年霞浦縣上萬村發現一座北宋林瞪建立的摩尼教寺廟，傳承了大量摩尼教的文書。屏南縣降龍村供奉的摩尼光佛，據說來自福清。霞浦縣、屏南縣的方言和福州都是閩東話，摩尼教從閩東傳入浙江。

陳寅恪所藏的摩尼教石刻拓本是吳越國寶正六年（931年）所刻，這塊石刻在今福州或浙江。宋徽宗時再修《道藏》，政和七年（1117年）和宣和二年（1120年），兩次命溫州送上明教經文。政和四年（1114年），官員報告：「溫州等處狂悖之人，自稱明教，號為行者。今來明教行者，各於所居鄉村建立屋宇，號為齋堂。如溫州共有四十餘處，並私建無名額佛堂。每年正月內取曆中密日，聚集侍者、聽者、姑婆、齋姊等人，建設道場，鼓煽愚民，男女夜聚曉散。」徽宗下令拆毀明教齋堂，焚毀明教經文，嚴懲明教首領。

紹興中期，鄭剛中上《定謀齊力疏》：「婺七邑鄉民，多事魔。東陽、永康尤甚，根株連結，雖弓手土兵，躬受其法，蓋不如是，則其家不安。故一處有盜，他邑為盜用者，已不可勝計。若竊發處，團聚已及一二千人，非官軍決不能了。」婺州（今金華）流行摩尼教，地方軍隊也因為家人而信奉，所以必須要用禁軍才能平定。

方勺的《泊宅編》說：「吃菜事魔，法禁甚嚴……始自福建，流至溫州，遂及二浙。」浙江的方臘起義，就是福建的摩尼教傳播到浙江的結果。《宋會要》說：「溫州等處狂悖之人，自稱明教，號為行者。」

陸游說：「淮南謂之二檜子，兩浙謂之牟尼教，江東謂之四果，江西謂之金剛禪，福建謂之明教、揭諦齋之類。名號不一，明教尤盛。至有秀才、吏人、軍兵亦相傳習。其神號曰明使，又有肉佛、骨佛、血佛等號。白衣烏帽，所在成社。偽經妖像，至於刻版流佈。」元代陳高的《不繫舟漁集·竹西樓記》記載溫州平陽縣炎亭的明教，說溫州很多人信奉摩尼教。

范汝為應該是摩尼教的首領，他的父輩外號叫黑龍、黑虎，源自摩尼教的思想，其實就是黑暗魔王。貴溪縣的龍虎山是道教的聖地，摩尼教在中國時間長了，很多方面受到道教影響，摩尼教假託道教也不易為外人發現，所以在貴溪縣特別容易傳播。在剡縣（今嵊州）響應方臘的裘日新，被方勺稱為魔賊仇道人，其實就是摩尼教徒，說明摩尼教會被誤認為道教。

范汝為被說書人、小說家改寫為樊瑞，身份改為道士，魔賊的名號變成了混世魔王。《水滸傳》中的樊瑞騎黑馬，變出黑氣，都和范黑龍、范黑虎有關。他的大將項充、李袞仍然使用福建的標槍，項充的名字很可能來自辛企宗，讀音非常接近，而李袞的名字來自李捧。這兩個人本來是范汝為的手下敗將，但是在說書人的口中變成了范汝為的部將。說書人說的是手下敗將，被聽的人誤記為手下稗（裨）將或部將。

今天福建南平的西北到建甌之間，還有一座山，就叫茫蕩山，還有茫蕩鎮，這正是樊瑞在芒碭山的由來！因為福建的漢族源自北方，所以福建有很多地名和中原的地名一模一樣，閩北是北方漢族進入福建的門戶，所以南平出現茫蕩山的地名實屬正常。南平的茫蕩山很早就有了，不是明清時代才出現，所以水滸的芒碭山地名是反映南宋的實況。

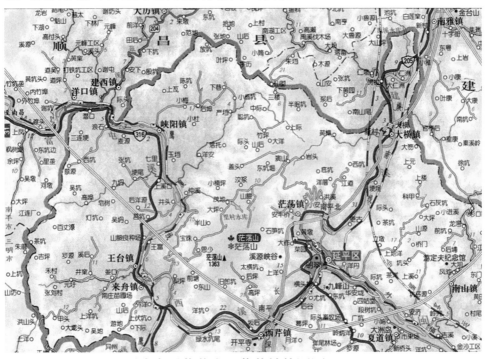

福建南平茫蕩山、茫蕩鎮位置圖〔註6〕

摩尼教還從浙江鄉村蔓延到都城，建炎二年（1128年）八月一日夜半，杭州第三將下士兵陳通等人叛亂，聯結台州仙居天台縣魔賊俞道、越州新昌縣魔賊盛端才、董閏，約好同日起事，被平定。紹興十五年（1145年），趙構發現官軍中也有摩尼教徒。因為摩尼教為杭州人熟知，所以范汝為的故事被編入《水滸》之中。

另外尤其值得注意的是，范汝為的謀士施逵曾任穎昌府的教授，而穎昌府正是岳飛大破金人的地方，連環馬就是金人的鐵浮屠。所以《水滸傳》第57回就是金槍手徐寧破連環馬，第59回就出現了樊瑞（范汝為）和槍仗手，岳飛沒有使用福建的槍仗手，說明連環馬的故事是由施逵任穎昌府教授的歷

〔註6〕星球地圖出版社編：《福建省地圖冊》，星球地圖出版社，2008年，第32頁。

史衍生出來，這是說書人後來的鋪排。

岳珂《鄂國金佗稡編》卷五說：「兀朮有勁軍，皆重鎧，貫以韋索，三人為聯，號拐子馬，又號鐵浮屠，堵牆而進，官軍不能當，所至屢勝。」照岳珂說，拐子馬就是鐵浮屠，是把鐵甲戰馬編成一排，鐵浮屠就是鐵塔。但是《大金國志》說：「兀朮自將牙兵三千，往來為援，皆帶重甲，三人為伍，貫韋索，號鐵浮屠，每進一步，即用拒馬子遮其後，示無反顧，復以鐵騎馬左右翼，號拐子馬。」說明拐子馬是包抄的騎兵，不是鐵浮屠。

最值得注意的是，范汝為之亂發生在建炎四年七月到紹興二年正月，邵青是紹興二年正月在杭州整編，所以《水滸傳》中，徐寧、樊瑞的故事排在燕青（邵青）的故事之前。

岳飛的孫子岳珂《桯史》記載，他聽淮南人臧子西講，范汝為的謀士施逵從海路逃到泰州，在吳姓富翁家做傭人，又逃到泗州盱眙縣的龜山，得到僧人的幫助，逃到淮河對岸的金朝境內，改名為施宜生，竟然又成為金朝的狀元，又在紹興三十八年出使南宋，用「今日北風甚勁」的暗語，透露金朝將要南侵。傳說那個龜山的僧人也是來往兩國，輕財好客，也是俠客。

三、羅真人的法術來自摩尼教傳說

在徐寧、樊瑞等人的故事之前，《水滸傳》第 53 回講述了公孫勝的師傅羅真人的故事，說羅真人做法，用兩個葫蘆變成了自己和童子，躲過了李逵的暗殺，又做法，興起一陣惡風，把李逵從空中送到了衙門。

孫楷第有一個非常重要的發現，他說這個故事來自南宋初洪邁的《夷堅志》支丁卷九《陳靖寶》，故事說紹興甲子年（1144 年），河南邳州、徐州（今江蘇徐州）一帶，有很多妖民，用左道迷惑世人，首領叫陳靖寶。金朝用重賞捉拿，有個下邳縣的樵夫叫蔡五，在野外砍柴，非常貧窮，很希望捉住陳靖寶，獲得重賞。蔡五正在喃喃自語時，忽然遇到一個白衣人，挑著擔子，上繫蘆葦席，問蔡五是否認識陳靖寶。蔡五說不認識，白衣人說他認識陳靖寶，要蔡五和他一起去捉拿。蔡五大喜，白衣人取下蘆葦席，鋪在地上，要蔡五坐上去，忽然大喝一聲，蔡五被蘆葦席帶到雲霄，飛了八百里，落在山東路治所益都（今山東青州）衙門，府帥以為他就是巨妖，把他關在牢中。蔡五說他是被陷害，下邳縣人證明他確實是平民，得以放回，很多人懷疑那個白衣人就是陳靖寶。

魯迅指出，李逵沂嶺殺四虎的故事，是源自《夷堅志》甲志卷十四《舒民殺四虎》。

孫楷第的《夷堅志與水滸傳》指出，趙能、趙得追捕宋江在古廟遇狂風故事，是源自《夷堅志》甲志卷一《黑風大王》故事。真假李逵故事，是源自《夷堅志》支丁卷四《朱四客》故事。李逵被羅真人投到官府故事，是源自《夷堅志》支丁卷九《陳靖寶》故事。

侯會的《從「山賊」到「水寇」：水滸傳的前世今生》一書，又找到《水滸傳》受《夷堅志》影響的更多證據。因為洪邁的《夷堅志》非常有名，所以《水滸傳》的作者可能吸納了很多故事。

不過前人沒有認真研究這個故事，其實陳靖寶的左道妖術就是摩尼教，因為摩尼教最典型的服飾是白衣，象徵光明。宋代文獻稱摩尼教及信徒為白衣道、白衣師，《舊五代史》卷十提到陳州（今河南淮陽）的摩尼教徒，元末白蓮教主韓山童的妻兒楊氏、韓林兒曾經藏身在徐州山中。〔註7〕

徐州、邳州的摩尼教傳統，很可能一直延續到明朝末年，因為我在南京圖書館，看到崇禎年間的《淮安府實錄備草・風俗》說睢寧縣：「俗尚鬼巫，齋食念魔燒香為美談，窩訪為得計，往往籍為局騙報仇之媒。」

睢寧縣緊靠下邳，齋食念魔就是摩尼教的吃菜事魔。陳靖寶的法術故事其實是摩尼教徒編造，警告膽小的民眾不要去官府告發，否則自己倒楣。人坐在蘆葦席上飛走，類似阿拉伯故事中的飛毯，或許來自西方。

因為這個故事也是來自摩尼教，李逵是沂州人，在密州做官，沂州、密州正是在邳州和益都之間，所以《水滸傳》的作者把這個故事改編在李逵的身上。又插入在樊瑞的故事前面，這也證明樊瑞就是范汝為。

四、八臂哪吒和通天大聖源自福建信仰

雖然項充、李袞的名字是來自南宋官軍將領辛啟宗和李捧，但是他們的外號八臂哪吒、通天大聖確實是典型的福建外號。因為編《水滸傳》的人沒有聽到范汝為部將的名字，只有外號。

福建北部的閩江流域，從武夷山到福州，都流行獼猴崇拜，洪邁的《夷堅甲志》卷六《宗演去猴妖》說，福州永福縣（今福建永泰）能仁寺的護山林神，是綁住活的獼猴，以泥裹塑，稱為猴王。寺廟在福州、泉州、南劍州、興

〔註7〕周運中：《唐宋江淮三夷教新證》，《宗教學研究》，2010年第1期。

化軍（今莆田）交界處，村俗害怕聽到猴王的名字，遭到猴神侵擾的人，開始是大寒熱，逐漸病狂，不食東西。爬上樹木，自己墜下，往往致死。小孩被害的特別多，於是祭祀猴王的人很多。如果祭祀了還不能好，則召巫師到寺廟前，鳴鑼吹角，稱為取攝。僧人聽到，亦撞鐘擊鼓，說是助戰。能仁寺的長老宗演，誦《大悲咒》，看到一隻妖猴，左腋下流血，妖猴說是當年被巫師射中，身邊還有一隻小猴，部將有三十多隻貓頭鷹。宗演以佛法為其開導，妖猴投到河裏自盡。

這個故事有附加的成分，其實是佛教和道教在爭奪猴王祭祀的領導權，佛教把妖猴形成的責任推給巫師射殺。

現存最早的《西遊記》文學作品是南宋《大唐三藏取經詩話》，孫悟空是花果山紫雲洞八萬四千銅頭鐵額獼猴王，這部作品雖然是南宋的杭州刻印，但是基礎來自唐代和北宋。元代楊景賢的《西遊記》雜劇中，孫行者說：

> 小聖弟兄、姊妹五人，大姊驪山老母，二妹巫枝祇聖母，大兄齊天大聖，小聖通天大聖，三弟耍耍三郎。

齊天大聖的名號是在南宋出現，其實就是來自福建的猴王崇拜。在今福建很多地方的廟中都可以看到猴王，稱為大聖。順昌縣出現還有供奉通天大聖、通天大聖猴王的廟，所以飛天大聖的名號源自福建。

宋代話本《陳巡檢梅嶺失妻記》說：

> 且說梅嶺之北有一洞，名曰中陽洞，洞中有一怪，號曰白巾公，乃猢猻精也。弟兄三人：一個是通天大聖，一個是彌天大聖，一個是齊天大聖。小妹便是泗洲聖母。這齊天大聖神通廣大，變化多端，能降各洞山魈，管領諸山猛獸，與妖做法，攝偷可意佳人，嘯月吟風，醉飲非凡美酒，與天地齊休，日月同長。

梅嶺就是現在江西大餘縣和廣東南雄縣之間的梅嶺，三個猴精就是孫悟空的由來之一，他們的名字都叫大聖，而且就是元代雜劇《西遊記》三個大聖的由來。因為梅嶺和武夷山很近，所以也有類似的傳說。

猴王信仰還從閩北傳到了閩南，南安石井鎮有大聖宮，廈門有一座一百多年前福州移民建立的廟宇保生堂，就供奉猴王。

廈門保生堂的猴王、廈門民間收藏的哪吒像

再看八臂哪吒，是說這個人投出飛刀的速度很快，看上去就像很多個手在揮舞。哪吒源自佛教，除了哪吒，佛教還有千手觀音。

這種三頭六臂的形象在印度教的神靈中也很常見，福建很早就通過海路和西方交往，宋元時期的泉州是中國乃至世界第一大港口，所以很多印度人來到泉州，建立了印度教的廟。現在這些印度教的廟雖然不存在或被改造，但是很多原來的石刻被佛寺使用。

現在開元寺的大殿前後都有來自印度教廟宇的石刻，還有一些石刻散落在泉州各地和一些博物館中。晉江池店村有一塊濕婆神的浮雕，就畫出了濕婆神的四隻手。

臺灣的廟會時常出現哪吒三太子，現代又發展出電音三太子，成為臺灣當代民俗文化的代表。

泉州的四臂濕婆、四臂毗濕奴石刻

　　福建廈門海滄、福州馬尾、寧德古溪、浙江溫嶺沙頭門、廣東湛江霞山、香港深水埗、澳門大三巴、高雄小港、桃園中壢、臺南新營、麻豆、高雄龍水、臺北艋舺、泰國春武里都有哪吒廟，而且都在沿海地區，湛江是閩南語分布地，溫嶺也有閩南語飛地。

　　廈門海滄區鍾山村，原來是海邊，一直有盛大的送王船活動。村北有聖公宮，門額寫有飛天大聖四個字，供奉的大聖、二聖，據說源自海滄石囷和雍厝交界處的玉真法院。大聖原名張聖者，傳說是保生大帝的弟子。原來是泉州安溪縣大坪村人，做過同安縣的主簿，棄官學醫。清代顏蘭的《吳真君記》，記載傳說宋仁宗明道二年（1033 年），尸魔王作祟，漳、泉大疫，張聖者跟隨保生大帝，降妖除魔。一說張聖君是福州永泰縣人，是閭山派道士，又稱為監雷法主、蕩魔將軍，在福州和莆田一帶有很多廟。

　　張聖者征服尸魔王的故事、蕩魔將軍的名字也和摩尼教有關，反映了民間信仰和摩尼教的競爭。

　　清代張聖者信仰又從閩南傳入臺灣，臺北市加蚋仔（今萬華區南部）的廣照宮，供奉來自同安縣皇渡庵的張聖者。

　　洪邁的《夷堅丁志》卷十提到福州的張聖，說明很可能源自福州，從海路流傳到閩南，被保生大帝的系統吸收，所以沿海的鍾山村有他的廟。張聖是北宋末到南宋初人，飛天大聖的名號未必全部源自張聖者，或許也有其他因素。福州移民在廈門建立的廟宇保生堂，也供奉監雷法主。福州的監雷法主信仰，也從福州傳入臺灣。

廈門鍾山村聖公宮外景

安置在福仁宮的哪吒像

廈門海滄聖公宮門額的飛天大聖

鍾山村哪吒廟就在聖公宮東南不遠，原來是一個很小的廟，2017 年拆除，但是哪吒像被安置到鍾山村的福仁宮。

八臂哪吒和飛天大聖成為混世魔王的部將，反映了摩尼教在福建發展時，為了和已有的民間信仰競爭，編造出不少征服其他信仰的故事。

五、公孫勝的疑點

宮崎市定說公孫勝是三十六人中最可疑的人，因為龔開的三十六人像贊沒有公孫勝，但是在《水滸傳》中很重要。龔開像贊沒有公孫勝、林沖、杜遷、李橫，但是宮崎市定的懷疑還是很有道理。因為公孫勝是道士，而《水滸傳》說智取生辰綱的七個人是對應北斗七星，可見有道教思想因素的滲入。那麼也有可能是因為這種思想，才編出公孫勝這個人物。公孫勝的主要作用是制服高廉、樊瑞、喬道清，這些人的原型是南宋真實的摩尼教徒，所以公孫勝很可能是為了情節需要才編出的人物。

侯會指出，公孫勝的疑點很多，很有可能是晚出的人物，在南宋的宋江三十六人之中，公孫勝的地位不高。在劫生辰綱之前，已有劉唐來報信，不必要再安排公孫勝來報信，這是累贅的情節。容與堂本的《水滸傳》有六人星夜逃出、供出你等六人的話，似乎原來不是七人而是六人。公孫勝對劫生辰綱的作用不大，在後續的水滸故事中也沒有出色的表現。公孫勝還喜歡出走，上梁山不久就回家。公孫勝還鄉探母，才安排戴宗去找他，才引出楊林、裴宣、鄧飛、孟康、楊秀、石雄，公孫勝的作用是一個黏合劑，把不同板塊的故事拼合成一個完整的故事。公孫勝的僅有作用是拼合結構，也證明他是個不重要的人物。一百零八將的九十一人有出場詩，沒有出場詩的十七人是：劉唐、公孫勝、白勝、杜遷、宋萬、曹正、宋清、張青、施恩、孔亮、朱富、呂方、郭盛、石勇、童威、童猛、薛永，其中就有公孫勝。

我認為這些看法有一定道理，公孫勝可能是一個變化較大的人物，至少其地位確實有顯著的提高。公孫勝的兩大功勞是降服高廉、樊瑞，根據我在上文的研究，這兩個人都是源自摩尼教。所以我認為公孫勝的功能，似乎是代表道教降服摩尼教。

信州貴溪縣的龍虎山從六朝以來就是道教的聖地，但是南宋初年貴溪縣的摩尼教勢力很大。摩尼教和道教的差異很大，外來的摩尼教和本地的道教一定會產生矛盾，貴溪縣的摩尼教雖然在南宋時期逐漸被鎮壓，但是道教一

定還要想方設法攻擊摩尼教，所以公孫勝的出現有其特定的作用。

公孫勝的情節可能確實受到道教的影響，道教影響最大的是開頭，說梁山好漢本來是被封鎖在龍虎山的魔王。天師道是南方最主要的道教宗派，南宋定都杭州，龍虎山在江西東部，靠近南宋最核心的江南。宋代有很多皇帝篤信道教，水滸故事很可能受到道教的影響。

從杭州去俗書印刷業的中心福建北部建陽，一般要經過龍虎山所在的江西信州貴溪縣。我在上文首次指出，水滸中的混世魔王樊瑞，原型是閩北的摩尼教主范汝為，而閩北的摩尼教和貴溪縣的摩尼教關係密切，所以《水滸傳》的作者很可能關注龍虎山。

侯會認為水滸重視道教源自明朝的嘉靖皇帝信道，我認為其原因很可能不在明代，而在更早的宋元時代。《水滸傳》在嘉靖之前早已成書，不是嘉靖時代突然出現。龍虎山在宋元時代的江南就有重要影響，不必等到嘉靖皇帝信道才有影響。小說家喜歡看雜書，自然關注道教。

我在研究《西遊記》的書中也指出，現在百回本的《西遊記》出現的很多道教內容，很可能是吳承恩的好友李春芳在吳承恩逝世之後增添。我還發現元初人所編的《湖海新聞夷堅續志》後集卷一的廣州商人的故事，情節非常類似南宋洪邁《夷堅志補》卷二十一的建康巨商楊二郎故事，但是將佛教改為道教，末尾還強調道士的法術。我認為這個故事出現得比《夷堅志》晚，很可能是改編《夷堅志》的故事。因為這本《湖海新聞夷堅續志》多閩北、浙西和江西的故事，道教的中心龍虎山正在附近，也靠近洪邁的老家鄱陽，所以很可能是這附近的道士或信道的人模仿洪邁的《夷堅志》編成。

現在龍虎山的伏魔殿中不僅有了鎮壓一百零八將的石碑，下面還真的有一個石龜，碑上真的有龍章鳳篆、天書符籙，完全是《水滸傳》開頭描述的樣子，牆上還有梁山一百零八將的畫像，這都是很晚才受到《水滸傳》影響才出現的布置，可見《水滸傳》的影響很大。

龍虎山伏魔殿

伏魔殿內的石碑、梁山好漢畫像

第五章　水滸祖本源自建康趙祥

一、長江下游故事源自邵青

　　濟南人邵青，原來是五丈河的船工，在兩宋之際的戰亂中，糾集群盜。建炎三年（1129 年）三月，沿泗水南下，進入泗州（今江蘇泗洪縣南）。金兵南下，韓世忠的部隊從淮陽軍潰散到宿遷、沭陽、漣水，又從淮河口的北沙（今阜寧）航海逃到江南。

　　韓世忠有個軍將李義，綽號李大刀，聚眾劫掠。楚州洪澤鎮（今江蘇洪澤北）的土豪羅成，約李義圍攻楚州。李義逃到六合縣（今江蘇六合），被官軍捕殺，部眾四散，李義、羅成的部眾被邵青、丁立吞併。

　　閏八月，邵青、丁立為江東安撫司招安，邵青任水軍統制官。十一月，達懶率領金朝的大軍在建康府渡江，南宋官軍大敗。邵青以一舟十八人，在長江和金人廝殺，艄公張青中十七箭。邵青退到建康府東北的竹條港，不久吞併了建康水軍將官宋金的部眾，有船百艘，聚眾萬人。

　　十二月，李成之黨周虎，佔據蕪湖（今安徽蕪湖），被邵青打敗。李成原來是雄州歸信縣（今河北雄縣）的弓手，建炎二年（1128 年）九月任河北京東路都大捉殺使，十月投降金人，被劉光世打敗。

　　建炎三年（1129 年）九月，李成任宋朝的知泗州，十一月又投降金人，協助金兵侵佔建康、舒州（治今潛山）。建炎四年（1130 年）五月，又任南宋的舒蘄鎮撫使。紹興元年（1131 年）八月投降劉豫，屢次率兵侵略南宋。

　　因為李成在現實中就是一個十足的小人，所以在《水滸傳》中成為反角，是大名府梁中書手下的兵馬都監，外號李天王，被梁山好漢殺了。李成是河

北人，所以小說中安排在大名府。

建炎四年（1130年）五月，邵青攻建康失敗。七月，磁州（治今磁縣）人崔增的水軍攻太平州不克，又被邵青打敗。邵青在無為軍和張琪戰鬥，又到饒州受呂頤浩招安。

紹興元年（1131年），邵青犯太平州。因為邵青與呂頤浩敘鄉誼，受招安為樞密院水軍統制，駐蕪湖。七月，邵青乘船由鎮江府、江陰軍，入平江府（今蘇州）常熟縣，又到通州海門鎮（今江蘇海門），所至劫掠。劉光世的陸軍即便是梟將銳兵，也不能制服邵青的水兵。

九月，邵青佔據崇明鎮（今上海崇明），沙上寨柵之外水淺，舟不可行，泥深，人不可涉。浙西安撫大使司統制官王德，以黃榜招安水軍統制邵青，王德的水軍駐青龍鎮（在今上海青浦白鶴鎮），王德率親兵往崇明，征討邵青，而為泥港所隔。邵青先派人在泥潭之中，鋪上木板，布滿釘簽，官軍不知，爭渡而過，多死於泥中。

十月，邵青的部將從義郎單德忠，殺了不願受招安的統轄官閻在，邵青接受招安。十二月，武翼郎單德忠充樞密院準備將領，以所部三千人自為一軍，以其忠節顯著。

紹興二年（1132年）正月，張俊揀選邵青的部眾兩萬三千人，得到精兵七千人，其餘老弱，任由為民。樞密院水軍統制邵青，為御前忠銳第四將，部眾仍作水軍，隸侍衛步軍司，非樞密院得旨，毋得擅發。邵青的部將單德忠，為御前忠銳第六將。五月，邵青充紹興府兵馬鈐轄，揀其所部精銳千三百人，隸神武中軍。紹興十年（1140年）十月，邵青為濠州兵馬鈐轄。十一月，金人攻陷濠州，邵青戰死。〔註1〕

邵青很可能是浪子燕青由來，因為燕青不僅樣樣精通，還是《水滸傳》後半部的主角，又是智撲擎天柱，又是秋林渡射眼，箭法簡直超過花榮。而且在第81回說，李師師要看燕青的紋身，燕青露出一隻胳膊，李師師大喜，來摸他身上，燕青慌忙穿上衣服，簡直又搖身一變為宋代的偽道學。燕青又在李師師處面見徽宗，請求招安，這是邵青成為御前忠銳軍將的反映。

因為邵青到紹興二年（1132年）才被整編，所以燕青的故事在《水滸傳》中很晚才出現。

〔註1〕《建炎以來繫年要錄》卷21、27、29、30、44、46、47、48、51、54、138、139。《三朝北盟會編》128、132、135。

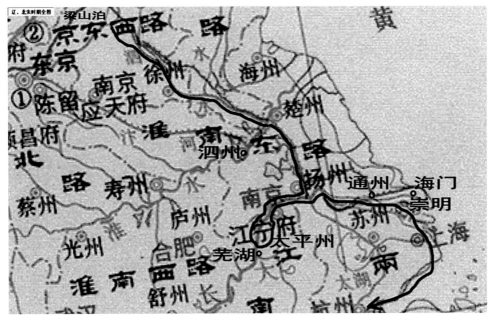

邵青活動路線圖

　　明代人吳從先《小窗自紀》卷三《讀水滸傳》，描述的《水滸傳》故事和今天我們看到的通行故事有很大差別，很多人認為這是另一個失傳的古本。吳從先說這個故事中：「而宋常若無棲之鳥，於是擇燕青、戴宗、林沖、張順等，投戈易服，潛攬西湖。」燕青排在很多人的前面，不提盧俊義。說明這個故事中，燕青的地位很高，這可能更接近最早的故事。

　　河北人玉麒麟盧俊義，《宣和遺事》作李進義，我認為很可能源自被邵青吞併的李義或盧進，讀音接近。南宋趙彥衛《雲麓漫鈔》卷七記載建炎四年（1130 年）正月，盧進攻下蕪湖。二月，邵青、張琪踵至。而李心傳《建炎以來系年要錄》卷三十記載建炎三年（1129 年）十二月，李成的部將周虎攻下蕪湖，邵青打敗周虎，奪取蕪湖。卷三十一記載建炎四年正月，李成渡江北去，後來投降劉豫。邵青是燕青的原型，盧進很可能就是盧俊義的原型。盧進原先可能是李成的部將，李成是河北人，所以盧進很可能也是河北人。或許因為盧進被邵青吞併，而成為水滸故事中的正面人物。

二、源自邵青部將的六個人物

　　邵青在泗州、楚州、真州、建康、蕪湖等地吞併了多支抗金義兵，所以《水滸傳》故事中出現了這一帶的水軍。

第 44 回說孟康：「能攀強弩衝頭陣，善造艨艟越大江。真州妙手樓船匠，白玉幡竿是孟康。」孟康在真州造船，很可能就是在真州（今儀徵）被邵青裹挾的造船匠。幡竿就是船帆的桅杆，建炎二年（1128 年）三月，命御營使司同都統制范瓊屯真州，創造戰舶。〔註 2〕

孟康經常被後人誤改為河北真定州人，其實宋代沒有真定州，北宋仁宗慶曆八年（1048 年）改鎮州為真定府。元代、明代都叫真定府，沒有真定州。清代雍正元年（1723 年）為了避胤禛的諱，改名正定府，1913 年改為正定縣。河北的真定縣不靠海，不可能有樓船。

而且《水滸傳》詩歌說的是真州，如果原來是河北的真定，不可能簡稱為真州。修改《水滸傳》的人不明白《水滸傳》中的很多人來自南方，誤以為都是北方人，或者是故意把很多南方人的家鄉改到北方，所以把真州改為真定州。《水滸傳》中的很多南方地名被元代的改編者挪到了北方，例子很多。

病尉遲孫立也是邵青的部將，紹興三十二年（1162 年）安豐軍（治安徽壽縣）水寨首領孫立，燒金人糧船兩百多艘。王明清說孫立是壽春（今壽縣）人，少年為盜，中年任安豐軍鈐轄。〔註 3〕這個孫立很可能是邵青的部將孫立，《水滸傳》說孫立是登州人，這是因為《水滸傳》的元代改編者把眾多南方人北移，例子太多。孫立在第 49 回就出現了，說明第 52 到 60 回的摩尼教樊瑞（范汝為）故事很可能是後來插入，把邵青的故事分為兩截。

病尉遲的病，應該是並，就是和尉遲恭相提並論。梁山好漢又有病大蟲薛永、病關索楊雄，南宋吳自牧《夢粱錄》卷二十的《角》講相撲說：「杭城有周急快、董急快、王急快、賽關索、赤毛朱超、周忙憧、鄭伯大、鐵稍工、韓通住、楊長腳等，及女占賽關索、囂三娘、黑四姐女眾，俱瓦市諸郡爭勝，以為雄偉耳。」賽關索就是並關索，《宣和遺事》和龔開像贊都是賽關索。

邵青的謀士是魏曦，倜儻之士，曾任西京安撫司參議，朝廷以白衣借補閤門宣贊舍人，在建康還沒上任。恰好金人渡江，被邵青俘虜。邵青和周虎在蕪湖激戰時，不能取勝。魏曦說是因為兩軍的號角相同，邵青部隊改用鑽

〔註 2〕《建炎以來繫年要錄》卷 14。
〔註 3〕《宋會要》卷 181。《揮塵錄》後卷 11。

風角子，一戰取勝。邵青攻太平州失敗，南宋守臣郭偉用響箭射書信給魏曦，邵青中了反間計，怒殺魏曦。〔註4〕

我認為，《水滸傳》的第67回聖水將軍單廷珪、神火將軍魏定國就是源自邵青最重要的部將單德忠、魏曦，廷和德的讀音接近，圭和忠的字形接近，或許是傳抄之誤。單廷珪是五代的真實人物，被小說家拿來替代單德忠的名字。單德忠深得宋高宗賞識，任為高官，所以小說中沒有用他的本名。

邵青在長江和金軍戰鬥時，艄公張青中十七箭，《水滸傳》第70回張清的外號叫沒羽箭，即箭如雨下，沒指陷沒戰死，張青很可能在此時戰死。

張清部將中箭虎丁得孫，應該是源自壽春府作亂的山東士兵丁進，外號丁一箭，建炎元年（1127年）十一月圍攻壽春府。建炎二年（1128年）四月，丁進跟隨韓世忠在河南戰敗。八月，丁進在淮西叛亂。十月，投降御營前軍副統制劉正彥。建炎三年（1129年）二月，丁進想回山東，在鎮江遇到御營都統制王淵，被王淵手下的小校張青誘殺。〔註5〕

這個張青應該不是邵青的部將，因為此時邵青的部將張青還在泗州。但是兩個人同名，丁一箭和沒羽箭又都有箭，所以被張青殺死的丁一箭，變成了沒羽箭張青的部將。

三、祝家莊、扈家莊來自祝友、扈成

第44回出現了建康人石秀，楊雄是河南人，石秀是建康人，不可能去薊州賣柴，這是因為原作者要把建康附近的義軍首領編入小說，所以安排公孫勝回家，再安排戴宗去找他，公孫勝是薊州人，所以說石秀在薊州賣柴。

章培恒說第44回楊雄是因為叔伯哥哥來薊州做知府，才流落到薊州。第46回楊雄自稱是公人，薊州不屬於宋，這是因為《水滸》由很多話本連綴形成，所以有這種矛盾。其實薊州曾經在北宋末年短暫歸屬宋朝，余嘉錫指出楊雄很可能是從金朝逃到南宋的小吏楊雄，所以這個矛盾不必解釋為話本連綴，薊州可能是小說家隨便使用的一個北方地名。

第47回說獨龍崗上的三個村，扈家莊在西，祝家莊在中，李家莊在東。我認為，這種排列，源自扈成在金壇，祝友在鎮江投降劉光世，金壇正是在鎮江的西南，說明《水滸傳》講的就是建炎、紹興年間的事。

〔註4〕《三朝北盟會編》卷135，《建炎以來繫年要錄》卷44。
〔註5〕《建炎以來繫年要錄》卷10、15、17、18。

獨龍壩和龔郢的位置

獨龍崗或許是編造的地名，或許有所依據。在今滁州之北就有獨龍壩，其東8千米就是來安縣龔郢，安徽中部的郢都是營的誤寫。所以獨龍崗很可能源自祝友的故事，龔家城就在龔郢。來安縣另有龔架子村，附近的全椒縣有龔店子村，明光、和縣有獨龍山，南京江寧有獨龍村，獨龍崗也可能在江南。

建炎三年（1129年）十一月，扈成是統制官，金兵從馬家渡渡江，攻打建康，從開封南逃到建康的奸臣杜充再次棄城逃跑，不久投降金朝。扈成、岳飛、劉經等人在蔣山（鍾山）被擊潰，逃到句容縣的茅山。三人約定去廣德縣，但是扈成自己逃往金壇縣。十二月，扈成在金壇被戚方殺害。龐榮率領扈成的餘部，投奔岳飛。建炎四年（1130年）三月，戚方率部攻打宣州（今宣城），知州李光守城，朝廷令巨師古從平江（今蘇州）、劉晏從常州去救援，劉晏戰死。六月，戚方投降張俊。紹興十六年（1146年）正月，寧武軍承宣使戚方到杭州任職。紹興二十四年（1154年）正月，侍衛步軍司統制戚方為龍神衛四廂都指揮使利州觀察使。紹興二十九年（1159年）五月，寧武軍承宣使侍衛步軍司第一將統制官戚方為本司前軍都統制。〔註6〕

〔註6〕《建炎以來繫年要錄》卷30、33、155、156、182，《三朝北盟會編》卷135、137。

建康潰兵中，扈成、劉經的軍隊大肆劫掠，唯有岳飛的軍隊紀律嚴明，所以扈成成為《水滸傳》中的反角。李家莊顯然源自李光守衛的宣州，因為李光打敗戚方，所以出現在《水滸傳》中，而且是正面角色。而戚方因為招安，做了高官，所以沒有成為《水滸傳》的反角。

建炎四年（1130年），祝友在江寧，邵青也在江寧，所以祝家莊的故事其實是夾在邵青的故事之中，才出現在《水滸傳》。這也證明從第44回開始，都是邵青的故事。

清代康熙六年（1667年），壽張縣知縣曹玉珂去梁山，看到梁山泊已經完全變成陸地，有個老農給他做嚮導，說竹口就是《水滸傳》的祝家莊。這種說法顯然不可信，是很晚的附會。現代還有人在河北滄州找出祝家莊，這不過是一個巧合的地名，祝家莊太多，顯然不能胡亂比附。還有人認為江蘇江陰的祝塘鎮和施耐庵有關，也是生拉硬扯。

四、趙祥講好漢小說給趙構聽

邵青的水軍被編成御前忠銳軍，駐紮都城臨安府（今杭州），他的部將趙祥被召入宮內，為宋高宗趙構講小說，主要就是南宋初年各地義軍抗金的故事，《三朝北盟會編》卷一四九說：

> 邵青受招安，為樞密院水軍總制。先是杜充守建康時，有秉義郎趙祥者，監水門。金人渡江，邵青聚眾，而祥為青所得。青受招安，祥始得脫身歸，乃依於內侍綱。綱善小說，上喜聽之。綱思得新事，編小說，乃令祥具說青自聚眾已後蹤跡，並其徒黨忠詐及強弱之本末。其祥綴次序，侍上則說之。故上知青可用，而喜單德忠之忠義。

趙構喜歡聽小說，趙祥把邵青從起兵開始的歷史編成小說講給他聽。看來各路抗金義兵的故事不僅在杭州的說書人中流傳，甚至被趙構欣賞。

趙構即位之初，就有一些人建議定都建康。建炎三年（1129年）三月，苗傅、劉正彥發動兵變時，就建議趙構移駐建康。五月初八，趙構在輿論壓力下，假惺惺地來到江寧府，作出抗金的假姿態。趙構改江寧府為建康府，八月二十六因為金兵南下而匆忙逃回浙江。趙構來過建康，所以他對建康的事情有興趣，自然對趙祥格外關注。

建炎三年的建康府：「戍兵故皆群盜，喜攘奪市井。」〔註7〕趙祥也有可能從此前的建康群盜處，聽到很多北方義軍的故事。邵青戰死在抗金前線，更使得趙祥要把他的忠義故事講給趙構聽。

王善餘部祝友在滁州，靠近邵青活動之地。王善是濮州人，緊鄰梁山泊，他的手下很可能有來自梁山泊的人。邵青和王善是同鄉，所以邵青的部將熟悉王善之事，這就是王善故事進入《水滸傳》的原因。

趙祥看管的是建康府的水門，就是秦淮河注入長江的地方，是航運要衝，所以要設官監管。宋代建康府西側有兩個水門，北面是柵寨門，南面是下水門，下水門是今天的西水關，兩個水門之間是龍光門。南宋景定《建康志》的建康府城圖上，畫出龍西門、下水門、柵寨門。秉義郎是武官，趙祥監管的水門或許是柵寨門。

南宋景定《建康志》建康城西南部

南宋景定《建康志》卷二十《城闕志一》：「柵寨門歲久弗葺，景定元年，馬公光祖創硬樓七間，每間闊六丈，入深一丈三尺，通闊四十二丈，其下前壁閃門子六扇，兩屋山武臺各一座，屋下車軸車頰一座，絞棒一十二條，車

〔註7〕《建炎以來繫年要錄》卷25。

匆麻索四條。圈門一座，高一丈五尺，橫闊一丈四尺，入深三丈四尺，前後城面包砌四丈二尺，其下石腳、石面並鐵水窗二扇，前後填石欄草椿木，兩邊雁翅各高六尺五寸，長三丈南北，兩慢道各長五丈五尺，前近濠岸木柵一路、護險牆一路長四丈五尺，兜幫前後舊城身長一十五丈。」

元代《至正金陵新志》卷一《地理圖考‧舊建康府城形勢圖考》：「柵寨門在城西門近南，鑿城立柵，通古運瀆，不詳其始，復置閘以泄城內水，入於江，俗呼為柵寨門，今呼鐵窗子是也。」柵寨門的水中有鐵欄杆，所以稱為鐵窗子，清代的地圖上是鐵窗櫺。

宋代兩個西水門之間是龍光門（龍西門），即今水西門，因為其南面有西水關，俗稱為水西門。明代稱為三山門，三山門的名字來自李白的《登金陵鳳凰臺》詩云：「三山半落青天外，二歲中分白鷺洲。」其實水西門附近沒有三山，三山在南京城的西南。李白詩中的白鷺洲是水西門之西的沙洲，不是現在的南京城東南的白鷺洲公園。水西門之北還有一個旱西門，明代改名石城門。

水西門有內甕城三座，門垣四道，類似東水門通濟門，但是規模比較小。雖然規模小於聚寶門（今中華門）、通濟門，但是超過南京的其他城門。西水關又名下水關，在明代水西門的南側。通濟門的水關稱為上水關，又名東水關，在近代被改造，下面的券洞被堵塞，外面建了水壩。水西門在 1959 年拆除，我們現在可以通過東水關想像歷史上西水關的原貌。

南京通濟門東水關

　　清代宮廷還藏有宋代的院本《金陵圖》，乾隆五十二年（1787 年）謝遂臨摹的《仿宋院本金陵圖》、乾隆五十六年（1791 年）楊大章臨摹的《仿宋院本金陵圖》、乾隆五十九年（1794 年）馮寧臨摹的《仿楊大章畫宋院本金陵圖》非常類似，都是出自宋代的《金陵圖》。〔註8〕

　　前人已經發現圖上畫出了建康城西的水門，但是沒有發現這幅圖上的建康城西門內側就畫有一個瓦子，在一個簡陋的棚子內，有一個人手持三弦，正在彈唱，兩側各有四人在聽，中間的一個小桌子上有茶。北宋開封和南宋杭州的瓦子可能也差不多，對比《清明上河圖》上的瓦子可以發現確實非常類似。可見宋代的瓦子建築簡單，多在人流密集之地。

楊大章《仿宋院本金陵圖》的西門和瓦子位置

馮寧《仿楊大章畫宋院本金陵圖》的瓦子

〔註8〕侯怡利：《江雨霏霏江草齊・六朝如夢鳥空啼：清楊大章〈仿宋院本金陵圖〉》，《故宮文物月刊》第 322 期，2010 年。

北宋《清明上河圖》的瓦子

　　由此我們也可以想到，趙祥或許正是因為在建康水門旁邊的瓦子聽了很多各路好漢的故事，才會講好漢的故事。由此可見，水門不僅是航運和商業中心，也是信息和文化交流的中心。今天的南京水西門內如果按照宋代的《金陵圖》，仿建一個宋代的瓦子，對紀念《水滸傳》非常有益。

　　宋末元初龔開的《宋江三十六人贊》序說，有南宋中期的大畫家李嵩畫了宋江三十六人畫像，李嵩是宮廷畫院的待詔，他畫宋江等三十六人，說明上層人士早已關注宋江，說明《水滸傳》的祖本已經出現。

　　南宋初，楊存中因士兵多是西北人，在杭州創立瓦舍作為軍人娛樂之地，南宋咸淳年間的杭州地方志《臨安志》卷十九說：「紹興和議後，楊和王為殿前都指揮使，以軍士多西北人，故於諸軍寨左右營，創瓦舍，招集伎樂，以為暇日娛戲之地。其後修內司又於城中建五瓦，以處遊藝。今其屋在城外者多隸殿前司，城中者隸修內司。」南宋吳自牧的《夢粱錄》卷十九《瓦舍》有相同記載，瓦舍的說書人講抗金義兵的故事自然為西北士兵喜歡，官軍中的很

多士兵原來就是北方的民兵。現在溫州老城的東北部還有一條瓦市巷，靠近東門，不知是否源自宋代的瓦子。清代東門外有天后宮，瓦市巷也有天后宮，可見瓦市巷也是外地商人匯聚之地。

南宋瓦舍勾欄的說書，還被《水滸傳》寫進書中，第 110 回說燕青和李逵晚上在都城，擠進桑家瓦舍的人群中，聽上面說平話《三國志》，講到關羽刮骨療毒。李逵喝彩，燕青說他好村，就是沒有進過城的鄉下人，不應該在瓦舍勾欄大驚小怪。

吳自牧《夢粱錄》卷二十《小說講經史》說：

> 又有王六大夫，元係御前供話，為幕士請給講，諸史俱通，於咸淳年間，敷演《復華篇》及中興名將傳，聽者紛紛，蓋講得字真不俗，記問淵源甚廣耳。但最畏小說人，蓋小說者，能講一朝一代故事，頃刻間捏合，與起令隨令相似，各占一事也。

王六大夫原來是宮廷說書人，流落到民間，說明宮廷說書和民間說書有交流的可能。王六說的包括南宋初年的名將，他因為有機會直接或間接瞭解高官和典籍，所以知道的歷史很多。但是他最怕遇到原來在民間說小說的人，因為說小說的人雖然瞭解的歷史不如他，但是擅長文學創作。宮廷和民間說書人在交流中無疑互相影響，宮廷說書人的話本可能比較長，他們在宮廷中有各種條件編輯長篇故事，但是民間說書人的故事更生動，更貼近百姓日常生活。

五、建康神醫安道全源自邵青受傷

第 65 回開始出現的神醫安道全也是建康人，宋江在梁山泊生病，張順竟然跑去遙遠的建康請醫生，其實是南宋的小說家編造。張順說他的母親以前生病，請來安道全治好。張順不過是江州的漁民，不可能去建康請神醫。

我發現洪邁《夷堅志》支癸卷七記載：「饒州黥卒楊道珍，本係建康兵籍，以罪配隸，因徙家定居，且稱道人。素善醫，而尤工針灸。」楊道珍、安道全，名字都很像。楊道珍的開價特別高，他聽說市民余百三開綢緞鋪，很有錢，於是開價三萬錢才去治病，余家答應，藥到病除。

在《水滸傳》中，安道全和娼妓李巧奴往來，張順為了把安道全騙上梁山，誣陷安道全殺人。鎮淮橋附近的秦淮河上，正是娼妓最多的地方。所以小說的作者非常熟悉建康，這個故事很可能有真實來源，但是小說的作者把

原來的故事嫁接到宋江的故事中。

　　鎮淮橋到新橋（飲虹橋）是南京最繁華的地方，江、淮、吳、蜀游民商賈，摩肩接踵，日夜不息。乾道五年（1169 年）到六年，鎮淮橋和新橋重建，寬三丈六尺，拓寬四分之一，鎮淮橋長十六丈，兩端建亭。新橋長十三丈，橋上建十六間連屋。

　　邵青退到建康府的竹條港時，探聽到金軍在建康城內的人很少，想攻下建康，但是他忽然被一頭牛撞傷，瘡口很深，所以沒有進攻。當時很可能有個建康府的醫生為邵青治病，演變為《水滸傳》中的安道全。景定《建康志》的《沿江大閫所部圖》畫出竹條口在建康府的東北部，而《水滸傳》的張順也是從建康府的北部渡江。

　　這就是宋江從來不生病，忽然在第 65 回生病的原因，因為《水滸傳》從 61 回開始都是源自邵青的故事。吳用說宋江的病，不是癰就是疽，安道全提到宋江的瘡口，說明宋江和邵青的病情非常吻合。

　　賈仲明《錄鬼簿》記載李文蔚有雜劇《抱冤臺燕青撲魚》，《古今雜劇》寫成《同樂院燕青搏魚》，講的是燕青被宋江趕出梁山，氣壞雙眼，燕二被嫂子王臘梅趕走，燕青被燕二用針灸治好眼睛。燕青販鮮魚，楊衙內搶魚。王臘梅和楊衙內私通，燕青和燕大捉姦，反而被下獄，二人越獄，又和燕二捉住王臘梅和楊衙內，上梁山。

　　這個故事雖然沒有被《水滸傳》小說採用，但是很可能有依據，證明原來生病的不是宋江，而是從邵青演變成的燕青。邵青是五丈河的艄公，所以他販鮮魚。建康神醫楊道珍最擅長針灸，所以燕二也用針灸治病。

　　第 65 回說建康府的王定六，赴水使棒，還說到江上打劫的截江鬼張旺、油裏鰍孫五，說孫五是華亭縣（今上海）人，描寫江邊景物非常細緻，說明作者非常熟悉曾建康。竟然還提到安道全住在建康城內的槐橋下，如此細緻的城內地名在《水滸傳》中不多，說明作者一定熟悉建康。

　　宋代的建康沒有槐橋，我懷疑是鎮淮橋之誤，因為趙祥的小說流傳到了說書人的口中，出現錯誤。鎮淮橋是六朝建康正南方秦淮河上的大橋，最早是浮橋，稱為朱雀航。趙祥在秦淮河注入長江的西水關，他一帶熟悉秦淮河上的鎮淮橋，所以編入小說。趙祥監管水門，所以對張順渡江和截江鬼、油裏鰍等人的描寫特別細緻。

　　華亭縣在長江口，華亭縣人孫五出現在建康府的江邊，這是因為宋代的

海岸線在現在的內陸。歷史上的建康離海很近，海潮可以一直沖到南京城西，《三國志・張紘傳》裴松之注引《獻帝春秋》說孫權在京口（今鎮江）對劉備說：「秣陵有小江百餘里，可以安大船，吾方理水軍，當移據之。」這是孫權定都在此的原因，小江是長江的汊道，汊道還可以停泊大船，說明那時的長江很寬。海潮經常深入到南京城內，《晉書》卷二九說，孝武帝太元十七年（392年）：「六月甲寅，濤水入石頭，毀大航，漂船舫，有死者。」安帝元興三年（404年）：「二月庚寅夜，濤水入石頭。商旅方舟萬計，漂敗流斷，骸胔相望。江左雖頻有濤變，未有若斯之甚。」

南京在南朝時就是重要海港，《南齊書》卷三十一說齊世祖為太子時任用張景真：「又度絲錦與崑崙舶營貨，輒使傳令防送過南州津。」崑崙舶是來自南洋的崑崙人海船。

唐代長沙窯瓷器銷往世界各地，深受阿拉伯人喜歡，很多瓷器上有阿拉伯文和椰棗樹。長沙窯出口的主要海港是揚州，來往路過南京。1986年，南京西水關發掘出一艘唐代沉船，上面就有長沙窯瓷器。

很多湖南的商人來往於長江上，也解釋了《水滸傳》的潭州（今長沙）商人小溫侯呂方和神算子蔣敬出現在長江中游，蔣敬擅長計算，顯然也是商人，他們是《水滸傳》中非常罕見的南方人。

郭盛，小說中說是西川嘉陵人，販賣水銀，其實嘉陵這個地點非常可疑，因為水銀主要來自朱砂，中國的朱砂主要產自沅水流域上游，就是重慶、貴州、湖南、湖北交界處。其中辰江產的朱砂最好，所以朱砂又叫辰砂。所以郭盛很可能不是嘉陵人，而是武陵也即湘西人。至少可以說，郭盛肯定要經過湖南，才能到達長江中游。

南宋時期的南京仍然是重要海港，洪邁《夷堅志》補卷二十一說，建康巨商楊二郎，本以牙儈起家，多次到南海貿易，往來十多年，賺錢千萬。孝宗淳熙年間（1174～1189年），楊二郎漂到一個島上，奇蹟生還。又說金陵商客富小二，在紹興年間（1131～1162年）泛海，至大洋，被暴風吹到猩猩國，回鄉活到寧宗慶元年間（1195～1200年）。因為南京和海外來往密切，所以有華亭縣人在南京的江邊。

張順去找安道全的時候，還出現一個活閃婆王定六，有的版本寫成霍閃婆。霍閃本來是指閃電，但是在江淮，霍閃往往指人的動作不安穩，比較危險，所以霍閃婆這個外號是非常正宗的江淮話。活閃婆編入《水滸傳》，也證

明《水滸傳》的原作者來自江淮。

六、從洞庭湖到采石磯的海鰍船

第80回造海鰍船的葉春是泗州人，也是因為邵青曾經在泗州水上活動。照理說，海鰍船是一種很大的海船，不可能開到梁山泊，也不可能從建康城開往梁山泊。但是小說中提到泗州的大船，完全是因為這個葉春是在泗州被裏挾到邵青的隊伍中。泗州在運河和淮河交匯處，是重要的河港。

第80回說：

> 最大者名為大海鰍船，兩邊置二十四部水車，船中可容數百人，每車用十二個人踏動。外用竹笆遮護，可避箭矢。船面上豎立弩樓，另造棧車擺佈放於上。如要進發，垛樓上一聲梆子響，二十四部水車，一齊用力踏動，其船如飛，他將何等船隻可以攔當！

紹興二年（1132年）十月，下詔捉拿楊太。楊太佔據洞庭湖，有眾數萬人，有周倫、楊欽、夏誠、劉衡之徒，大造車船及海鰍船，多至數百艘。車船是人在前後，踏車進退，每舟載兵千餘人。又設拍竿，長十餘丈，上置巨石，下作轆轤，遇官軍船近，即倒拍竿，擊碎之，官軍因此失敗。〔註9〕

海鰍也被官軍安置到了長江前線，紹興三十一年（1161年）十一月初七，金主完顏亮南侵，志在滅宋。虞允文指揮采石之戰，水軍將領蔡某、韓某，各有戰艦一艘，就是不開出。虞允文急命當塗縣的民兵，登上海鰍船，踏車迎敵。南宋有海鰍船780艘，金人有船1000多艘，但是金人的戰船很小。虞允文鼓勵民兵抱定必死的決心，民兵鬥志昂揚。

海鰍船把金人的船隊分開，宋軍士氣高漲。金人的船，底部很平，就像個箱子，很不穩定，而且不熟悉長江水道，每艘船僅有五到七個人，所以都被射殺在江中。金人的一艘船漂到采石磯下游數里的薛家灣，船上的人都中箭一兩百根。宋軍上船發現，金人的船是拆下和州民房的門板，簡單做成，所以必敗無疑。次日，海鰍船再次大敗金人，焚毀金船兩百多艘，金主完顏亮奔逃到揚州，不久被刺殺。〔註10〕采石之戰挽救了南宋，靠的是大船。

趙祥一直監管建康府的水門，自然熟悉長江上的各種船，所以他把海鰍船編入《水滸傳》。

〔註9〕《建炎以來繫年要錄》卷59。
〔註10〕《建炎以來繫年要錄》卷194，《三朝北盟會編》卷238。

七、瓦罐寺是建康瓦官寺

第 6 回說魯智深火燒瓦罐寺，說瓦罐寺是一個山上荒廢的古寺，被外地來的惡僧生鐵佛和外號飛天夜叉的丘道人佔據，魯智深殺了這兩個人。

瓦罐寺顯然是建康（今南京）的瓦官寺，全國同名的寺廟很少，而且瓦官寺非常出名。東晉興寧二年（364 年）建立，因為在原來官府燒瓦的瓦官之地，所以叫瓦官寺。南京的瓦官寺正是在山上，這個小山就是鳳凰臺，現在附近還有花露崗、高崗里地名。瓦官寺的大殿左側就是鳳凰臺，寺內有東晉時從獅子國（今斯里蘭卡）來的玉佛像，還有劉宋時劉義符鑄造的一丈六尺銅佛像，還有顧愷之畫的維摩詰像，稱為三絕。蕭梁時建瓦官閣，高 240 尺。楊吳改名吳興寺，南唐改為昇元閣。

北宋滅亡南唐時，富商大戶數千人在閣樓避難，被吳越兵焚毀。北宋太平興國五年，重建為崇勝戒壇院，立盧舍那佛閣。南宋的昇元閣成為軍隊駐紮的地方，曾極《金陵百詠》的《昇元閣》詩序說：「今之昇元閣非古基矣，石柱二，見屹立右軍教場中。」

瓦官寺在北宋衰落，南宋初年戰亂時很荒涼。據陳作霖的《鳳麓小志》說上瓦官寺改名鳳遊寺，其東北部的集慶庵改名下瓦官寺，後來瓦官寺的名字就成為集慶庵的專名。

瓦罐寺既然來自瓦官寺，更可以證明《水滸傳》最早的作者是趙祥。因為建康西水門離瓦官寺很近。所以趙祥非常熟悉瓦官寺，把魯智深的故事安排在瓦官寺，也可能趙祥的故事就是來自一個從北方流落到瓦官寺的僧人。因為水西門是南京城西最繁華的地方，所以有很多外來的和尚來到瓦官寺。雖然我們不能肯定魯智深和瓦官寺的確切關係，但是我們可以肯定瓦官寺證明《水滸傳》在最早作者就是趙祥。

瓦官寺緊靠孫吳康僧會建立的建初寺，這是江南最早的佛寺。劉宋在附近建鳳凰臺，改名祇園寺。南齊改名白塔寺，唐代改名長慶寺。北宋太平興國時，改名保寧寺。政和七年，因為徽宗信道，改為神霄宮。南宋復為佛寺，建炎三年，宋高宗到江寧，曾以此廟為行宮。元代併入瓦官寺，因為宋高宗曾經來過瓦官寺附近，所以趙祥把瓦官寺編入小說。正是因為北宋末年瓦官寺改為道觀，所以魯智深才看到道士。

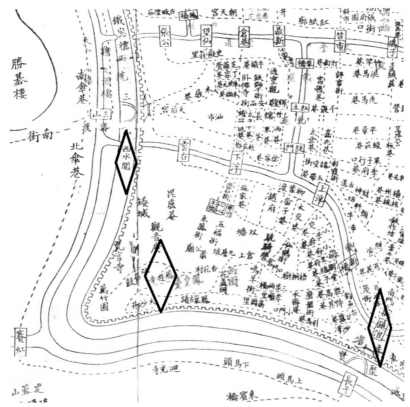

1853 年《江寧省城圖》的西水關、鳳遊寺、鎮淮橋（菱形框內）

現代南京的瓦官寺大門

趙祥不可能把瓦官寺寫成瓦罐寺，說明《水滸傳》在趙祥之後發生了很大的改變。最初可能是趙祥的口頭講述，被人記下來，或者被人聽到，傳到了杭州的瓦舍勾欄。因為瓦官寺在宋代已經荒廢，所以杭州的說書人不知道瓦官寺，說成瓦罐寺，官和罐的音調在吳語中相同。

有人說，小說中的瓦官寺在山西五臺山到開封府的路上，所以不是建康的瓦官寺。這種看法顯然錯誤，《水滸傳》原來是小說，所以不能根據小說中的描寫來判斷。

而且《水滸傳》中很多南宋的南方地名都被挪到了北方。上文說過，福建的范汝為（樊瑞）就被移到了芒碭山。高廉和羅真人也是來自邳州摩尼教的傳說，被北移到了高唐州和薊州。唐州董平被北移到了東平府，二龍山很可能源自湖北的三龍河，都被北移到了山東。

八、曾頭市在淮河岸邊

第 32 回說錦毛虎燕順是萊州（治今掖縣）人，是販養馬的客人。第 60 回說段景住投奔宋江時，自報家門：

> 小人姓段，雙名景住。人見小人赤髮黃鬚，都喚小人為「金毛犬」。祖貫是涿州人氏。生平只靠去北邊地面盜馬。今春去到槍竿嶺北邊，盜得一匹好馬，雪練也似價白，渾身並無一根雜毛。頭至尾，長一丈，蹄至脊，高八尺。那馬一日能行千里，北方有名，喚做「照夜玉獅子馬」，乃是大金王子騎坐的，於在槍竿嶺下，被小人盜得來。江湖上只聞及時雨大名，無路可見，欲將此馬前來進獻與頭領，權表我進身之意。

這段描寫，非常可信。段景住的家鄉涿州，靠近北宋邊境，他本來是游牧民族的後代，所以能去盜馬。段姓源自鮮卑段姓，鮮卑人有黃頭髮的特徵，《世說新語》卷二七《假譎》記載王敦稱晉明帝為黃鬚鮮卑奴，因為晉明帝的母親是鮮卑人，所以鬍鬚是黃色。唐代張籍詩《永嘉行》：「黃頭鮮卑入洛陽，胡兒執戟昇明堂。」

燕順的家鄉在萊州，向北渡海就是遼東，所以也能販羊馬。錦毛虎很可能是金毛虎，他很可能是也是黃髮。徽宗重和二年（1118 年），宋朝派馬政和呼延慶從登州航海到遼東，聯合金朝滅遼。呼延慶是平海軍士兵，通曉女真語。

　　宋朝和遼、金打仗，戰馬非常關鍵。北宋的戰馬還能從西北獲得，南宋的戰馬更少，所以南宋初年有不少北方的抗金義軍，盜馬賣給南宋。這讓金人非常憤怒，這等於把最重要的戰略物資送給敵國。

　　紹興三十一年（1161年）八月十五日，南宋獲得金主完顏亮下給本國的詔書說：

> 念境內群寇越擾，邊民叛逆，入於南宋。況兩朝之民，舊屬宋處，自來狼子野心，始由宋私自來我朝，盜買戰馬，後至彰露而止。又以探報群卒，諸路變形，或作紅巾，或作商旅。或兩朝奸吏，妄說悠辭，撰造異端，而無厭怠貪，夢榮身斗，作兩朝講好親睦之意。朕已詳之，今朕親將五百萬兵，速降夏國。以九月下旬回國，遣使往宋，以決顛末。

　　完顏亮說有有些人，今天朝宋，明天朝金，稱為兩朝之民，來金朝盜買戰馬。宋朝的密探，有時成為紅巾義軍，有時化作商人。段景住偷的馬被曾頭市搶去，曾頭市應該是城頭市，就是城外的市場，最有可能在淮河岸邊。

巴林左旗契丹博物館藏遼代石版畫拓片

　　建炎四年（1130年）十一月，劉豫在宿州建歸受館，招延四方士大夫和軍民，設置榷場，通南北之貨，順便派密探，探聽南宋情報。〔註11〕

　　紹興二年（1132年）正月，濠州知州寇宏、壽春知府陳卞、光州知州許約等人都出身義軍，兼用南宋紹興和劉豫阜昌年號。此時有北方商人來到建康府，說中原人都希望王師光復中原，江東安撫大使葉夢得派人去招降守陳卞、寇宏。劉豫派人來攻，陳卞逃離壽春府所在的下蔡縣（今安徽鳳臺），到

〔註11〕《三朝北盟會編》卷143，《建炎以來繫年要錄》卷39。

淮河南岸。三月，劉光世和葉夢得招降淮北很多義軍。四月，盧州知州王亨殺陳卞。七月，王亨收復花駻鎮。花駻鎮在壽春城北，是南宋著名的邊貿市鎮。十二月，淮西巡撫使郭偉和神武后軍統制巨師古、御前忠銳軍第一將崔增，一起出兵，捉殺王亨，因為王亨也接受劉豫的偽命。有人說，劉豫派到南方的商人打探消息，所以往往得到南宋的情報。〔註12〕

可見，投靠金朝的官員以淮南西路最為普遍，所以曾頭市的原型很可能在這一帶。王亨殺陳卞，自己也暗通劉豫。其實這不不一定要怪陳卞、王亨等人不忠，而是沿邊貿易能帶來很多利潤，解決軍餉。

南宋周密的《齊東野語》卷十一《鄧友龍開邊》，稱在淮河兩岸來往的人，外號是跳河子。

晁蓋死在曾頭市，曾頭市很可能在淮南西路，而邵青正是死在濠州，或許晁蓋死在曾頭市的故事就是從邵青的故事演變而來。

曾頭市也有可能是瀆頭市的訛誤，賣和曾的字形接近，瀆頭鎮在今天江蘇省洪澤北部，也在淮河岸邊。

紹興五年（1135年），提點淮南兩路公事都督府提領市易務，管理泗州、楚州、濠州、盧州、壽春府的市易務，而總管機構是建康府的都市易場監官。此時淮南路沒有轉運司，淮南西路的錢糧由江東轉運司調撥，淮南東路的錢糧由浙西轉運司調撥。〔註13〕所以淮河岸邊的市場貿易情況會被建康德知，這就是曾頭市被建康人趙祥寫入《水滸傳》的原因。

南京是宋代長江下游的經濟中心，南宋在臨安、建康、鎮江三府設立権貨務、都茶場，宋孝宗乾道六年（1170年），規定三地的份額，建康達1200萬貫，都城臨安僅有800萬貫，鎮江僅有400萬貫，建康竟有半數。因為建康面對長江中上游和北方，貿易的地域最廣。宋理宗嘉熙四年（1240年）設立全國性的制置茶鹽司，駐在建康府，長官是岳飛的孫子戶部尚書岳珂。次年岳珂回到朝廷，制置茶鹽司降格為提領江淮茶鹽所，長官由建康知府、江東轉運使兼任。但是合併了鎮江的権貨務，還在溧陽、蕪湖、采石、池州、江州（今九江）、鎮江、丹陽、常州、無錫、江陰、宜興等地設立分支機構。

〔註12〕《建炎以來繫年要錄》卷51、53、54、56、61。
〔註13〕《建炎以來繫年要錄》卷87、101。

九、張榮從梁山泊到泰州

張榮，原來是梁山泊的漁民。因為英勇無敵，所以俗稱張敵萬。靖康元年（1127年），金兵南下，張榮聚集數百艘船，打劫金兵。東京留守杜充，給張榮武功大夫、忠州刺史的官號。

建炎年間，張榮從泗水南下，到楚州（今江蘇淮安）的鼉潭湖，用菱和泥做城，逐漸有上萬人。高郵、楚州之間有樊梁等三湖，水面綿三百里。水賊薛慶佔有高郵，張榮和薛慶互為聲援。建炎四年（1130年）五月，朝廷以高郵軍升為承州，薛慶任知州，兼管興化縣。八月，楚州的水寨首領趙立打敗張榮，才打通東南的鹽城縣糧道。十一月，通泰鎮撫使岳飛自泰興縣柴墟鎮渡江，金左監軍昌既得楚州，攻張榮的鼉潭湖水寨。金人在夏天不能渡湖，此時湖面結冰，金人打敗張榮，張榮焚其積聚而去，從鹽城縣南下興化。金人進犯泰州，岳飛以泰州不可守，棄城去，率眾渡江，屯江陰軍的沙上，這塊沙洲很可能就是馬馱沙，也即明代設縣的靖江。

紹興元年（1131年）二月，張榮到通州（今江蘇南通），想從海路回山東，但是不能過捍海堰，非常缺糧，於是大肆抓人來吃，砍下手腳，用鹽醃製。三月，張榮回到興化縣的縮頭湖水寨，金將達懶來攻，船擱淺在泥中，張榮大敗金軍，殺死五千多人。有的金兵陷在泥中未死，兩三天才全部殺光。張榮派人投降劉光世，劉光世大喜，舉薦以張榮為泰州知州。五月，朝廷下詔張榮部眾4029人都進官。三年（1133年）二月，張榮知承州。七月，張榮以所部到杭州。四年（1134年）二月，張榮屯平江（今江蘇蘇州）。

紹興三十一年（1161年）五月，因為完顏亮南攻，任張榮為淮南東路馬步軍副總管，泰州駐紮。十月，江淮制置使劉錡，令淮東副總管張榮選所部戰船六十五艘、民兵千人赴淮陰軍前使喚。先是有詔，調淮東丁壯萬人付榮，於射陽湖等處緩急保聚。十一月，采石水戰有張榮。十二月，張榮在全椒縣（今安徽全椒）的馬村後河楚湄溝大敗金兵，奪回被掠鄉民數千人。〔註14〕

紹興元年（1131年），張榮打敗金人的消息傳到杭州，邵青、趙祥等人很可能聽說。邵青本來在五丈河作艄公，往來梁山泊，很可能認識張榮。所以我認為船火兒張橫或許就是源自張榮，因為讀音很近，在《宣和遺事》中是火船工張岑，《誠齋樂府》是火船攻張岑。榮、岑的古音韻部相同，都是侵部，

〔註14〕《建炎以來繫年要錄》卷33、36、39、42、43、44、63、67、73、190、193、194。《三朝北盟會編》卷143、144、145、248。

南方很多方言讀音接近。元代雜劇有《全火兒張弘》，橫、弘在今天的江淮話中，讀音仍然相同，都是 hong。但是吳語的橫、弘在多數地方讀音不同，唯獨諸暨話都是 əng。諸暨雖然靠近杭州，但是我們似乎還不能肯定諸暨話和《水滸傳》有直接的聯繫。

船火兒的火可能不是指夥伴，而是指船上的火長，火長即領航員，最為重要。明代廣州人黃衷《海語》卷下《鬼舶》：「海舶相遇，火長必舉火以相物色。」海船相遇，火長要用火來問候，類似現在的旗語。火長的名字源自舉火，鄭和下西洋的船隊還有外國的番火長。《宋會要輯稿》兵二三記載，宋孝宗乾道二年（1166年）二月十三日，夔州路轉運判官周時、查鑰奏：「綱馬改移水路……每只用招梢四人，搖櫓四枝，用火兒四名。」可見火兒不是艄公、水手，北宋江休復《嘉祐雜志》提到辨別舵工火兒，可見火兒不是舵工。

余嘉錫從《中興小紀》找到的太行山張橫、從《周南山房文集》找到的湖南張橫都是同名的張橫，太行山的地理不符合船工、船火的身份。因為張榮的戰功卓著，又來自梁山泊，所以被編入《水滸傳》。

第六章　抗金義軍風俗

一、呼保義

　　關於宋江的外號呼保義，李拓之指出，兩宋之際的莊綽《雞肋編》卷中有一個小故事：

> 金人南牧，上皇遜位，乃與蔡攸一二近侍，微服乘花綱小舟東下，人皆莫知。至泗上，徒步至市中買魚，酬價未諧，估人呼為保義。上皇顧攸，笑曰：「這漢毒也。」歸猶賦詩，用就船魚美故事，初不以為戚。

　　宋徽宗趙佶為了躲避金人，微服東逃，在市場買魚，談不妥價格，被人稱為保義。李拓之認為，呼保義指的是有眼不識真天子。[註1] 我認為，這個觀點不對，趙佶無論如何微服，肯定還會被人看出來是士大夫，如此身份還要和平民討價還價，所以被人稱為保義，這是平民嘲笑小官吝嗇，所以保義在北宋是一個嘲笑低級官吏的口頭禪。

　　保義是宋朝的保義郎，是非常低級的官階。至於呼保義的呼，可能是指被人稱為保義，也就是我們現在經常用的所謂兩個字。也可能是譚保義或活保義的訛誤，就是以假亂真的保義郎。

　　王利器指出宋代曾慥《高齋漫錄》：「近年貴人僕隸，以僕射、司徒為卑小，則稱保義，又或稱大夫也。」

　　文獻記載宋代外號保義的人很多，徐夢梓《三朝北盟會編》卷一八一有

〔註 1〕李拓之：《呼保義考》，《水滸研究論文集》，第 250～251 頁。

張保義，卷二四六有軍中弟子康保義。王明清《揮塵錄餘話》卷二記載靖康時：「有甄陶者，奔走公卿之前，以善幹事，大夫多使令之，號甄保義。」陸游《老學庵筆記》卷八記載臨安（今杭州）有四川人費縣外甥寇保義的卦肆，洪邁《夷堅志》甲卷十二有雷震田保義的巡轄遞鋪，支卷九有張保義，三志辛卷八有馬保義。西湖老人《繁勝錄》有瓦市影戲有尚保義，吳自牧《夢粱錄》卷二十有講經史的王保義，周密《武林舊事》卷四有教坊樂部雜劇有保義郎王喜，卷六諸色伎藝人，小說有徐保義、汪保義。

保義郎往往被南宋賞賜給民間武裝首領，這正是多數水滸人物的身份。《宋會要輯稿》兵十二之二十六：「宣和三年十二月十九日，奉御筆：河北群賊自呼賽保義等，昨於大名府界往來作過。」

兵二之五〇：「靖康元年六月一二敕節文，勸募到鄉民丁壯忠義社，各使推擇為首領，自相團結。若及千人以上，與借保義郎。八百人以上，借授承節郎。五百人以上，借授承信郎。」

職官四一之六，紹興九年二月九曰：「很那州郡文武官及土豪……土豪優與推恩，欲乞給降敦武至保義郎空名官告各一道。」

職官五五之四二，靖康元年五月十八日，尚書省言：「天下士民有能推其財穀贏餘，以佐軍興者，各以名聞，等第推恩……如沂州沂水縣民程渥，獻斛斗五千石，搬輦至京，已與保義郎。」

岳珂《金佗粹編》卷九《楊幺事蹟》卷上，水寨小首領有謝保義。明代《四賢記》第二十六齣、第二十九齣，有造反的棒胡，自稱保義王。[註2]

有人說呼保義是呼喚保義，這顯然是望文生義，不是正解，保義郎是一個小官，不存在呼喚的價值。

或許宋江在被招安時，真的獲得了保義郎的官階，演變為小說中的呼保義。如果是這樣，呼（諢）保義仍然帶有假保義郎的意思，因為這是打家劫舍獲得的保義郎，不是從正路獲得。《水滸傳》第110回說宋江征討王慶成功，被封為保義郎。但是《水滸傳》是由多個環節拼接而成，這個情節不知是何時形成。我認為在最早的小說版本中，很可能是在海州投降時被封為保義郎。

二、人肉包子

很多人看到《水滸傳》中多次描寫人肉包子，毛骨悚然。母夜叉孫二娘

〔註2〕王利器：《「水滸」英雄的綽號》，《水滸研究論文集》，第 274～275 頁。

的酒店經常做人肉包子，朱貴在酒店殺人，把瘦肉做成靶子，靶子正是史書記從梁山泊南下的張榮，在通州大吃人肉時使用的字，靶是乾肉。孫立在揭陽（原型是湖北漢陽）開酒店，也殺人作人肉包子。

晚唐五代，戰亂頻繁，也曾經一度流行吃人。唐僖宗中和三年（883 年），黃巢圍攻陳州（今河南淮陽）三百天，軍隊吃人，每天殺上千人，用磨粉碎，連骨吃下，分發人肉的地方稱為春磨寨。

光啟三年（887 年），合肥軍閥楊行密圍攻揚州，城中草木都被吃光，餓死大半，掠人賣肉，血流滿地。李含之攻打山西的晉州、絳州，吃人無數。龍紀元年（889 年），楊行密圍攻宣州（今宣城），城中吃人。

唐昭宗天復元年（901 年），朱溫圍攻鳳翔，城中每天餓死上千人，一斗米七千錢，父親吃兒子，有人來搶肉，人肉一斤數百錢。

朱溫建立後梁，開平三年（909 年），幽州軍閥劉守光圍滄州上百天，城中一斗米三萬錢，人吃人。

後漢隱帝劉承祐乾祐二年（949 年），趙思綰守長安，取婦孺為食，每天計數分發，趙思綰喜歡吃小孩的肝，有時吃完人肝，人還沒死。

周世宗柴榮征南唐，南唐的將領劉仁瞻固守壽春（今壽縣），得不到救援，城中人吃人。

吃人肉的惡俗在北宋初年仍然流行，但是被皇帝嚴禁，逐漸消失。北宋將領李處耘進攻湖南，選取體肥的俘虜，分食左右。防禦使王彥升，喜歡割取戎人俘虜的耳朵，當眾生吃。

太祖趙匡胤認為白起殺人太多，下令把他的畫像從武成廟中撤除。他聽說西川行營大校，割取民妻乳房又殺害，召他回京，在街上斬首。他告誡進攻南唐都城金陵的將領曹彬，不要濫殺。太宗趙匡義聽說地方官柳開喜歡吃人肝，認為是五代亂習，給他定罪。趙匡胤皇后的弟弟王繼勳吃了很多奴僕，被趙匡義斬首示眾。國舅也不能赦免，使得吃人之風得到有效遏止。〔註3〕

所以吃人肉不是北宋和平時期的景象，而是兩宋之際大混亂中重新出現的現象。因為北方的流民和潰軍，被裹挾到民間武裝中，動輒數萬人，缺少糧食。雖然可以流竄打劫，但是各地結寨自保，也很難擄掠到糧食。所以不得已開始吃人，成為習慣。上文提到祝友在滁州專門吃人，從梁山泊南下的

〔註3〕 李華瑞：《唐末五代宋初的食人現象——兼說中國古代食人現象與文化陋俗的關係》，《西北師大學報》2001 年第 1 期。

張榮在通州大吃人肉，其實這是所有義軍的習慣。

南宋初年，莊綽《雞肋編》卷中說：

> 唐初，賊朱粲以人為糧，置搗磨寨，謂「啖醉人如食糟豚」。每覽前史，為之傷歎。而自靖康丙午歲，金人亂華，六七年間，山東、京西、淮南等路，荊榛千里，斗米至數十千，且不可得。盜賊、官兵以至居民，更互相食。人肉之價，賤於犬豕，肥壯者一枚不過十五千，全軀暴以為臘。

> 登州范溫率忠義之人，紹興癸丑歲，泛海到錢唐，有持至行在猶食者。老瘦男子，庾詞謂之「饒把火」，婦人少艾者名為「不羨羊」，小兒呼為「和骨爛」，又通目為「兩腳羊」。

> 唐止朱粲一軍，今百倍於前世，殺戮、焚溺、飢餓、疾疫、陪墮，其死已眾，又加之以相食。杜少陵謂「喪亂死多門」，信矣！不意老眼親見此時，嗚呼痛哉！

流行吃人的地方主要是山東、京西、淮南，不加入吃人的隊伍就要被人吃掉，所以吃人愈發流行。莊綽看到南宋吃人的景象比前代還要慘烈，非常痛心，他實在沒想到有生之年經歷這種事。

范溫率領的忠義人，從海路到了杭州，士兵的手中還有人肉。其實范溫確實忠義，他先守嶗山，又到福島（今青島東南），據說是個沒有任何特長的萊州農家子弟，因為待人真誠，所以被推舉為首領，可見吃人實在是迫不得已。紹興二年（1132年）八月，范溫在福島堅持了五年，實在缺糧，率2600多人到杭州。趙構親自召見，賜金帶衣甲，以范溫為御前忠銳第四將。神武中軍統制楊沂中，請以所選水軍五百人創置第六將，當時中軍才五千人。密州人徐文在靈山島（今膠南東南）聚眾，也從海路來到定海縣（今寧波鎮海），成為南宋海軍將領，但是他在紹興三年（1133年）就叛變，投奔劉豫。

洪邁《夷堅志支乙》卷五：

> 建炎、紹興之交，江湖多盜，張花項、戚方尤凶虐。張破池州，駐軍於教場，所掠婦女無數，為官兵所逐，不忍棄之，乃料簡其不行者得八百人，諭其徒曰：「各納腳子。」須臾間，則八百女雙足剉迭於庭，然後去。剉者未即死，則叫呼號泣，經日乃絕。

張花項大概因為脖子上有紋身，出身不明，戚方本來是官軍，張花項一次砍掉八百個婦女的腳，非常殘忍。

洪邁《夷堅志補》卷九還記載了一起建炎年間荊州人吃親人的慘劇，本來想叫妻子進門勒死兒子來吃，妻子勒死自己，兒子幸存。

南宋杭州就有人肉包子，《湖海新聞夷堅續志》前集卷二：

> 紹定庚寅，江西瑞州管下，禾稼秀而不實，民間饑荒，屬地頑民，屠牛為市，浪賣人肉，雜而為餡。饑民輻輳，發賣盛行，而牛肉多有存者，以故人皆物色得實，緝捕到官，一一招伏。宮司慮此聲旁達，暗行予決，不敢明正典刑。據其供吐，人之一身，苦無多肉，僅有臀腿，亂削之餘，有淨肉一緡半重，所得寧幾，何忍哉？
>
> 嘉定庚子，臨安大旱，歲饑。城外溜水橋，亦騙死人，剔其肉，為餛飩、包子之屬。辛丑春尤甚，其中間有花繡之皮，稍可辨認，人無敢言。凡買肉者，必先問，買米豬？買糠豬？米豬則人肉也，糠豬則真豬也，後因劉自事，始敗。

可見吃人肉的風俗不僅在南宋各地有，連都城杭州都有。人肉包子還能看到有紋身的人皮，而且是在南宋中期。

梁山好漢攻打祝家莊，祝家莊害怕梁山好漢劫糧，梁山好漢認為如果打下祝家莊就有三五年的糧食，果然打下祝家莊，得糧五千萬石。宋江給祝家莊的莊戶各賜糧米一石，絕大多數糧食被梁山好漢帶走。

三、紋身

眾所周知九紋龍史進，紋身有九條龍。第16回說花和尚魯智深的外號，來自背上有繡花。那麼花榮很可能源自紋身，或許就是張用的外號。第15回阮小五，胸前刺著一個青色的豹子。第24回，西門慶說到花胳膊陸小乙。第44回說楊雄，兩臂雕青。第74回說泰安的相撲手任原，身邊有三二十個花胳膊的好漢。花項虎龔旺，也是因為脖子有紋身。盛巽昌指出，北宋張齊賢的《洛陽縉紳舊聞記》說有個軍人脖子多紋身，外號張花項。

紹興二年（1132年）二月，泉州人花鄭貴想起兵造反，被南宋鎮壓，〔註4〕我認為花也是因為紋身。

南宋初年的義軍普遍紋身，莊綽《雞肋編》卷下說：

> 車駕渡江，韓、劉諸軍皆征戍在外，獨張俊一軍常從行在。擇卒之少壯長大者，自臀而下文刺至足，謂之「花腿」。京師舊日浮浪

〔註4〕《建炎以來繫年要錄》卷52。

> 輩，以此為誇。今既倣之，又不使之逃於他軍，用為驗也。然既苦
> 楚，又有費用，人皆怨之。加之營第宅房廊，作酒肆名太平樓，般
> 運花石，皆役軍兵。眾卒謠曰：「張家寨裏沒來由，使他花腿抬石頭。
> 二聖猶自救不得，行在蓋起太平樓。」紹興四年夏，韓世忠自鎮江
> 來朝，所領兵皆具裝，以銅為面具。軍中戲曰「韓太尉銅額，張太
> 尉鐵額」，世謂無廉恥不畏人者為鐵額也。

其實張俊、韓世忠的部隊，整編義軍最多，所以張俊的士兵紋身傳統很可能來自義軍。韓世忠的親軍背嵬軍來自馬友、曹成、李宏的義軍，據趙彥衛《雲麓漫鈔》卷七說韓世忠、岳飛的士兵最精銳，背嵬軍經過多重選拔而出，背嵬的名字源自西夏。[註5] 韓世忠是延安人，他用銅面具，很可能也是源自西夏，狄青作戰就戴銅面具。關於更多刺青的歷史，請看虞雲國《水滸亂彈》。

四、火炮

梁山泊有轟天雷凌震，第54回說他會造火炮，十四五里外，能讓山崩石倒。凌震是燕陵人，或許是今河南鄢陵縣。他是東京甲仗庫副使，出身官軍。

盛巽昌引《金史》卷一百十三《赤盞合喜傳》記載赤盞合喜守衛鳳翔，用震天雷抵抗蒙古軍隊：「其守城之具有火炮名震天雷者，鐵罐盛藥，以火點之，炮起火發，其聲如雷，聞百里外，所蓺圍半畝之上，火點著甲鐵皆透。大兵又為牛皮洞，直至城下，掘城為龕，間可容人，則城上不可奈何矣。人有獻策者，以鐵繩懸震天雷者，順城而下，至掘處火發，人與牛皮皆碎迸無跡。又飛火槍，注藥以火發之，輒前燒十餘步，人亦不敢近。大兵惟畏此二物云。」盛巽昌認為震天雷就是轟天雷，在金朝末年才有。

南宋初年的義軍也有很多火炮，大概是因為有很多官軍在北宋末年潰散，加入義軍。趙彥衛的父親趙公泉，在建炎四年（1130年）到紹興元年（1131年），參加了太平州（今當塗縣）之戰，趙彥衛的《雲麓漫鈔》卷七詳細記載了這場戰鬥的經過。

當塗縣西面的長江比較狹窄，采石磯是歷史上重要的渡江地點。太平州治所在的當塗縣原來沒有城牆，情況萬分緊急。

〔註5〕彭向前：《党項西夏名物匯考》，甘肅文化出版社，2017年，第121、183～187頁。

建炎三年（1129 年）八月，丞相呂頤浩命趙公泉督建當塗縣的城牆，七月二十九日劉麟來攻，十一月十八日金兵渡江，仍然加急修城。動員一萬多人，終於修成城牆，周長六里多，高三丈，具有門樓、月城、馬面、敵樓。壕溝寬十二丈，深二丈。

建炎四年（1130 年）正月，盧進佔據蕪湖縣。二月，邵青、張琪接踵而至，七月崔增也來圍攻。紹興元年（1131 年）五月十六日，邵青率單德忠、孫立、魏曦、閻在，驅趕數萬人，駕駛大小戰船數千艘，直入姑溪河，紮下硬寨，開河水，斷援軍。地方二百里內，焚毀民居，擄掠鄉民三千多人。沿江採木材，壘為柴堆，稱為慢道。鄉民稍為遲緩，就被斬首，屍體滿路。一天就壘成比城牆還高的慢道，邵青部隊爬上慢道，用火箭射入城內，抓住孕婦十二人，當眾在城下剖腹取胎。

十七日到二十七日，晝夜攻城，用雲梯、三梢、五梢大炮一百多座，天橋、對樓、鵝車、洞子，四面填壕溝。趙公泉招募長槍敢死隊，出城劫寨，乘東風急，發火燒木材壘成的慢道，再燒炮樓、鵝車、洞子。邵青驅趕強壯的鄉民，穿上錦繡衣服，推到江口，剖腹取心，想用活人祭祀，希望出現西風。官軍連日戰鬥，殺死邵青部眾無數。派人掘開河堤，沖毀邵青的營寨。邵青被迫於二十七日，離開太平州。趙公泉中箭，返回杭州治療，不久又帶傷回太平州巡城。

民間武裝因為不熟悉地方，最大的弱點是缺糧，所以必須猛攻州縣，才能號令地方。守城的官軍必須堅持，才能使來敵最終撤退。

五、紅巾、赤帕隊、尺八腿、赤髮鬼

元末的起義軍，頭戴紅巾，所以叫紅巾軍。這種傳統源自南宋初年抗金的紅巾軍，建炎元年（1127 年），山西、河北的紅巾軍，紛紛起來抗金。紅巾軍很快南下江淮，建炎二年（1128 年），紅巾軍到鄧州（今鄧縣）。建炎三年（1129 年）三月，趙士從在高郵殺紅巾軍百餘人，山東邵青和河北李成的軍隊都用紅巾裹頭。紹興元年（1131 年）九月，金朝的河東南路兵馬都總管蕭慶，招降太行山紅巾軍首領齊宣、武淵、賈敢等，送給宗維，盡殺之於獄。〔註6〕

方勺的《泊宅編》說方臘「以巾飾為別，自紅巾而上凡六等，」紅巾是最

〔註6〕《建炎以來繫年要錄》卷 9、18、21、30、40、47。《三朝北盟會編》卷 115。

低級的士兵。

在《水滸傳》中，多次提到義軍的紅頭巾，第 5 回說魯智深把小霸王周通的紅頭巾扯下來，第 20 回說阮氏三兄弟在船上，頭戴絳紅巾，都是一樣紅羅繡襖，金末山東還有紅襖軍。第 34 回說山，三五百個小嘍囉，都是頭裏紅巾，說明不僅首領戴紅頭巾，小嘍囉都是紅頭巾。第 77 回說：「前面山坡背後又衝出一隊步軍來，那軍都是鐵掩心甲，絳紅羅頭巾。」

周密《齊東野語》卷十三說有南宋戲子演戲時，忽然脫下烏紗帽，露出紅頭巾，旁邊的戲子問，做官的也裏賊人的紅頭巾嗎？戲子答：「如今做官底，都是如此。」這是嘲諷官員原來都是賊，說明紅頭巾是民間武裝的標誌。

元代一些有關《水滸傳》的雜劇，還可以看到梁山好漢的紅頭巾，《魯智深喜賞黃花峪》第二折：「看你那茜紅巾、紅納襖、乾紅搭膊。」《黑旋風雙獻功》第一折：「你這般茜紅巾，腥衲襖，乾紅塔膊。」《同樂院燕青博魚》第四折：「若見俺公明太保，還了俺這石榴色茜紅巾，柳葉砌烏油甲。」《爭報恩三虎下山》楔子：「繡衲襖千重花豔，茜紅巾萬縷霞生。」

赤巾很可能誤寫為赤心，宋徽宗宣和四年（1122 年），遼朝的進士劉晏，率眾數百人來歸，金人圍攻開封府時，以劉晏統率從遼東來的士兵，稱為赤心隊。劉晏有八百赤心騎，建炎三年（1129 年）十二月，赤心隊在常州打敗戚方。四年（1130 年）五月，赤心隊在宣州和戚方作戰，劉晏戰死。〔註7〕

紅巾又作紅帕，《宋史·寧宗紀四》嘉定十二年（1219 年）閏三月：「興元軍士張福、莫簡等作亂，以紅巾為號。」《張威傳》：「興元叛兵張福、莫簡作亂，以紅帕蒙首，號紅巾隊。」

紅巾隊印證了劉晏的赤心隊是赤巾隊，而紅帕則能解釋赤髮鬼劉唐的由來，龔開寫成尺八腿，發的古音接近八、帕。尺八是一種宋代流行的簫，所以赤帕誤寫成尺八。尺八腿說不通，一尺八寸相當於 60 釐米，一個人的腿不可能是一尺八寸，一個腿很短的人不太可能成為好漢。劉唐是彪形大漢，腿應該更長。腿和隊讀音很近，吳語難分。

我認為赤髮鬼、尺八腿很有可能源自赤帕隊，赤巾隊的首領正是劉晏，劉唐很有可能來自劉晏。赤髮鬼不是紅頭髮，不僅中國很少有紅頭髮的人，就是世界上也不多。中國北方很多人是黃頭髮，但是黃色和紅色差別很大。但是南宋吳自牧《夢粱錄》卷二十的《角》講到相撲高手有赤毛朱超，或許宋

〔註7〕《建炎以來繫年要錄》卷 18、30、33。

代人也會把黃色和紅色混淆，劉唐不是來自赤心隊。

張俊與太湖中的義軍首領赤鬚龍費保結義，赤鬚龍是指龍的赤鬚，不是人的赤鬚，江南沒聽說有人赤鬚。

六、白范陽氊帽

雖然宋江部將楊志在史書有記載，但是花面獸的外號是源自山東人劉忠，建炎三年（1130年）正月丁亥，山東大盜劉忠，外號白氊笠，引兵佔據海州懷仁縣（今江蘇贛榆縣）。御營平寇前將軍范瓊在京東路，遣其統制張仙等擊之。劉忠假裝投降，這天張仙與將佐進入劉忠的營寨，撫諭劉忠，劉忠留張仙喝酒，伏兵擊殺張仙，吞併其部眾。范瓊怒，屢與劉忠戰，皆敗績。劉忠自黥其額頭，頭上有花紋，所以當時人又稱他為花面獸。自滕縣（今山東滕州），以五千騎趨臨淮縣（今江蘇泗洪縣），都是金裝鐵騎、白氊笠子。十一月，劉忠侵犯蘄州（今湖北蘄春），被蘄黃都巡檢使韓世清打敗，劉忠進入湖南。四年（1130年）十月，劉忠佔據岳州（今湖南岳陽）平江縣的白面山。紹興二年（1132年）七月，韓世忠大破劉忠，劉忠退回蘄春，九月又被韓世忠前軍統制解元的水軍打敗，劉忠率領數十騎北投劉豫。〔註8〕

白氊笠是北方人所用，《水滸傳》出現五次白范陽氊笠，第2回史進頭帶白范陽氊大帽，第11回楊志頭戴一頂范陽氊笠，第19回劉唐頭帶白范陽氊笠兒，第19回宋江出逃時戴著白范陽氊笠兒，第22回武松戴著個白范陽氊笠兒，第62回燕青戴白范陽遮塵笠子，第74回河北盧俊義頭戴白范陽氊笠兒。這些人多數是河北人或西北人。

唐、遼、金的范陽縣在今河北涿州，范陽氊帽或許很早出現，從范陽開始向南流傳。因為能夠禦寒，所以深受河北、山東人喜歡。有學者誤以為《水滸傳》的氊帽是元代才出現，這個觀點不能成立。

唐代晚期，長安的達官顯貴戴揚州氊帽。《舊唐書》卷一百七十《裴度傳》記載唐憲宗元和十年（815年），御史中丞裴度因為戴了揚州氊帽，竟然未被刺客殺死。《太平廣記》卷一五七引唐代人的《河東記》說，李敏在唐文宗大和初年（827年）在長安的旅舍中，到了陰間，遇到故人，向人求揚州氊帽。晚唐氣候變冷，唐朝的胡人很多，所以源自胡人的氊帽流行，則宋代北方人戴氊帽是很正常的事情。

〔註8〕《建炎以來繫年要錄》卷19、29、38、56、58。

七、戴宗的神行術

第 38 回戴宗出場時，說戴院長有一等驚人的道術，齎書飛報緊急軍情事，把兩個甲馬拴在兩隻腿上，作起神行法來，一日能行五百里。把四個甲馬拴在腿上，便一日能行八百里，因此人都稱做神行太保戴宗。

北宋的山西有一種神行法術，《金史》卷八十《突合速傳》說，金朝將領孛菫烏谷攻打石州（治今山西離石），屢被戰敗，損失三員將領，軍士戰死數百人。突合速對烏谷說，敵人都是步兵，不能用騎兵。烏谷聽說宋軍挾有妖術，畫馬繫在腳下，比馬跑得還快，步兵追不上。突合速不相信宋軍的法術，下令軍隊不要用騎兵，獲得勝利。

盛巽昌又引明代的徐復祚《花當閣叢談》、近代蔣瑞藻《花朝生筆記》記載的急行法術，也提到符咒甲馬，不過這兩種書的時代很晚，很可能是受到《水滸傳》的影響，未必能解釋宋代的歷史。又引北宋沈括《夢溪筆談》卷十五記載的金字急腳遞，日行五百餘里，證明宋代的郵遞事業迅速發展。

其實唐代段成式的奇書《酉陽雜俎》卷五《怪術》記載了一個類似戴宗的人，說唐玄宗元和末年，來自鹽城縣（今江蘇鹽城）的送信人張儼，遞牒入京。到宋州（今河南商丘），遇到一個人，兩個結伴。到鄭州的路上，那個人感謝張儼照顧他，說可以讓張儼速度加快數百倍。於是挖了兩個小坑，讓張儼的腳垂下，針刺他的兩腳，有黑血流下。張儼覺得腳步輕快，中午就到了汴州（今河南開封）。邀請住在陝州（今河南三門峽），張儼推辭，他說可以幫張儼卸下膝蓋，日行八百里。張儼害怕，那個人於是飛去，頃刻不見，說晚上就到陝州。

戴宗的甲馬不知是不是假馬，不知其詳。張儼大概是因為長年走路，所以出現靜脈曲張的病，被人放血治療，自然行走更快，日行八百里是一種誇張。晚唐倚靠淮南，淮南和關西的交通最為重要。很多看似在北宋出現的變化，其實都是在晚唐開始出現，這就是唐宋變革論的由來。

八、南宋大將與《水滸傳》

全書僅有第 78 回提到董平在南宋的外號董一撞，而非元代修改的外號雙槍將，說明第 78 回比較古老。又說：「原來這十路軍馬，都是曾經訓練精兵，更兼這十節度使，舊日都是綠林叢中出身，後來受了招安，直做到許大官職……金陵建康府有一枝水軍，為頭統制官，喚做劉夢龍。」趙祥原來監建

康水門，所以說到建康的水軍。

十節度使都是綠林出身，招安做到大官，這是南宋初年的情況。十個節度使中的雲中雁門節度使韓存保顯然是影射韓世忠和楊存中，因為韓世忠得到少保的官銜，南宋一般稱為韓少保。楊存中是代州崞縣（今山西原平）人，封和王。韓世忠是延安人，封蘄王。秦檜迫害岳飛，韓世忠和楊存中都為岳飛鳴不平，有很多相似點，所以把兩個人合成為韓存保。

如果用北宋真實的韓存寶、韓忠彥來解釋小說中韓存保、韓忠彥，就沒法解釋小說中的韓存保是國太老師韓忠彥的侄兒，滿朝官員都是他的門下，北宋的韓存寶不是韓忠彥的侄兒。我認為小說中的韓存保、韓忠彥是影射韓世忠，出現了韓世忠的忠字，彥字很可能來自王彥。宋江放回韓存保，韓忠彥請求招安宋江，說明小說家心目中的韓世忠是正面形象，符合韓世忠在南宋人心目中的普遍形象。韓世忠能夠在《水滸傳》中有如此高的地位，根本原因是因為《水滸傳》最早的作者趙祥在建康監管水門，韓世忠在建康的黃天蕩（在今南京東北）大戰金人，所以趙祥要拔高韓世忠。

京北弘農節度使王文德，影射王德，通遠軍熟羊寨（今渭源縣）人，因為上陣勇敢，外號王夜叉。長期追隨劉光世，戰功卓著。靖康二年，打敗李成。建炎三年，追殺苗傅，平定貴溪縣的摩尼教首領王念經，四年，在鎮江、揚州打敗金軍。紹興元年，招降邵青。六年，因為藕塘大捷，拜相州觀察使。十年，因為宿州大捷，封隴西郡侯。十一年，在巢縣柘皋大敗金人。二十年去世，追贈少保，後追贈到少傅、太保。

建康水軍統制官劉夢龍可能是影射劉光世，劉光世雖然是將門出身，但是能力最差，軍紀不嚴，被南宋初年的很多人指責糜費錢糧。宣和四年（1122年），北宋已經取得燕山府（今北京），正是因為劉光世膽小潰退，使得城內的宋軍被圍攻，高世宣戰死，郭藥師逃出，燕山府得而復失。建炎三年（1129年）九月，劉光世在江州，每日縱酒，聽說金兵渡江，趕忙逃跑，致使金兵三天渡江，進入江西、湖南。紹興六年（1136年），偽齊南攻，劉光世又丟棄盧州（今合肥），渡江南逃。次年，高宗趙構罷免劉光世官職，軍隊改屬都督府。或許正是劉光世經常臨陣脫逃，《水滸傳》中把他降為統制官，而且逃跑過一次，但是最終死在梁山好漢的刀下。因為《水滸傳》不是一個人改寫，所以這一處如果是諷刺劉光世，和第112、120回說金節、朱全跟隨劉光世破金不矛盾。

百回本《水滸傳》第 90 回，征討方臘的是張招討和劉光世，侯會認為張招討是指張俊，隱去其名是因為張俊跟隨秦檜迫害岳飛，名聲下降。我認為歷史上的張俊不曾征討方臘，北宋末年的張俊還是西北的低級軍官。

不過張招討確實指張俊。《宋史》卷一百六十七《職官志七》：「招討使，掌收招討殺盜賊之事，不常置。建炎四年，以檢校少保、定江昭慶軍節度使張俊充江南路招討使，定位在宣撫使之下、制置使之上，著為定制。軍中急速事宜，待報不及，許以便宜行事……紹興五年，岳飛為湖北、襄陽招討使，請州縣不法害民者，許一面對移，或放罷以聞。從之。十年，金人犯三京，以韓世忠、岳飛、張俊併兼河南、北招討使以御之。」

張俊因為在南宋初年幫助宋高宗趙構平定苗傅、劉邦彥的叛亂，所以地位很高，位列中興四大名將之首。我認為正是因為張俊的地位高，所以《水滸傳》的作者才隱去其名，而不是因為其名聲下降。

張俊聚斂財富，號稱占田遍天下，子孫在南宋還有很高的政治和經濟地位，元代才破落。所以《水滸傳》隱去張俊的名字，尊稱為張招討，又把征討方臘的功勞加到張俊的身上，證明《水滸傳》原作者是南宋人。

張俊的四世孫、浙西安撫司參議官張濡因為在獨松關（在今浙江安吉）殺了元朝的使者嚴忠范，激怒元朝攻打獨松關，消滅南宋。張濡逃跑，被元軍抓住，磔殺抄家，張濡的孫子張炎，在元代淪落到以占卜為生，元代人顯然不必再尊稱張俊為張招討。

梁山忠義堂的兩塊朱紅色牌子上各有七個字：常懷貞烈常忠義，不愛資財不擾民，很像是岳飛軍隊的口號。岳飛的名言是：文臣不愛錢，武臣不惜死，天下太平矣。

這些證據，都說明《水滸傳》底本來自南宋初年，元代人沒有必要去影射或顧忌南宋初年的大將。不過元代人可能把十節度使做了不少增補，湊足十個人。所以十節度使之中，有的描寫非常簡單，這些是出自增補。

第七章　十個部分的由來

一、宋江故事（1～11回）

今本《水滸傳》各故事順序有一定依據，第1到第11回是小說的第一部分，包括史進、魯智深、林沖、楊志的四組故事。

全書開頭是九紋龍史進，因為其原型是宋江的部將史斌或史準，建炎元年（1127年）七月就在興州稱帝。因為史斌對南宋的影響更大，所以宋江的另一個部將楊志，排在下文。楊志在宣和四年（1122年）兵敗，或許受到懲罰，所以出現了楊志賣刀的故事。在宋代的《宣和遺事》中，楊志因為花石綱不來而賣刀，楊志不是生辰綱的押運者，不是《水滸傳》的楊志故事，說明小說中的很多楊志故事出自小說家的編造。

史進、楊志都排在全書的前列，說明《水滸傳》的第一部分來自宋江的事蹟。宋江因為在北宋末就消失，沒有什麼事蹟流傳下來，所以在《水滸傳》中竟到十八回才出場，而且仍然沒有任何作為，他殺的是一個女人閻婆惜，很可能是小說家實在找不到宋江的事蹟，而捏造了這個故事作為宋江上山的理由。現實中的宋江從來沒有到過梁山泊，也不是鄆城縣人而是河北人，所以宋江的故事基本上都是小說家編造。這類涉及男女關係的情節，包括西門慶和潘金蓮，裴如海和潘巧雲，都是後來擴展。

因為《水滸傳》中的宋江故事不是來自真實的歷史，所以我仍然按照章回順序，列入第二部分。

魯智深的故事很可能源自建炎元年五月种師中在太原潰散時逃到五臺山的士兵，因為時間較早，所以出現在全書的前面。聶紺弩提出前十三回是晚

出的情節，侯會指出前十三回好漢沒有出場詩，都證明前十幾回確實應該是全書的第一部分。

二、晁蓋故事（12～22 回）

第二部分包括智取劫生辰綱和宋江的兩組故事，但是宋江故事是小說家後來編造，而且是由生辰綱故事衍生出來，所以這一部分不稱為。

智取生辰綱的故事，或許有一定歷史依據。歷史上的宋江沒有去過梁山泊，晁蓋或許才是真正在梁山泊的首領。北宋鉅野縣的晁姓是名門望族，晁迥在真宗時任工部尚書、集賢院學士，仁宗時任禮部尚書，以太子少保致仕。其子宗慤任參知政事，晁迥五世孫是著名文學家晁補之。鉅野縣就在梁山泊的南岸，所以晁蓋的名字很可能不是虛構。晁氏既然是地方大族，自然很有可能出現晁蓋那樣的保正，而且有能力在地方起兵。

劉唐的籍貫是東潞州，宋代沒有東潞州，我認為古人不會犯這種低級錯誤。東潞州很可能是東路州，也即東路州縣的簡稱。東路州縣就是京東路的州縣，這是北宋人的用法。

因為《水滸傳》這本書源自邵青的部將趙祥，邵青就是梁山泊附近的艄公，所以很可能有來自梁山泊的真正故事。但是生辰綱可能是花石綱的改造，因為小說中說晁蓋等人假裝成濠州去開封的商人，濠州在今天的安徽，從濠州北去開封，不可能走到大名府南下開封的路上。花石綱經過安徽北部的汴河，從濠州去開封，正是花石綱經過的地方。濠州這個地名是一個活化石，說明《水滸傳》形成很早，否則濠州這個地名不可能留下來。

三、張用故事（23～42 回）

第三部分是第 23 到 41 回，又可以分為兩大塊，第 23 到 32 回是武松故事，可能源自從北方流落到湖北的武僧故事。下文會論證，武松故事的主要內容來自南方，是小說家晚出的增補，不是北方故事。

這一部分的武松故事和上一部分本來沒有關係，為了聯繫兩個部分，就安排宋江和武松在柴進家裏見面。宋江不去投奔本縣的梁山，卻去遙遠的滄州，顯然是嚴重破綻。又說宋江一天就到滄州，其實鄆城縣和滄州很遠。

第三部分的主體是第 33 到 41 回，來自長江中游的張用故事，張用是花榮的原型。張用在建炎三年（1129 年）南下，紹興元年（1131 年）六月被整編，時間上晚於宋江、史斌、楊志，所以排在全書的第二部分。

這一部分和第一部分也沒有聯繫，為了聯繫，小說家安排宋江又去投奔花榮。宋江冒著被抓捕的危險，又離開了柴進家，反而去投奔官軍的清風寨。而且宋江不去武松、魯智深的二龍山，破綻太多。

第 32 回出現的王英是洛陽義軍首領，因為張用從開封南下湖北，所以把王英被安排在此處，其實是代表洛陽的義軍。

第 36 到 37 回出現的呂方、郭盛、石勇、戴宗、李俊、李立、童威、童猛、薛永、張橫、張順、穆弘、穆春都是長江中游的義軍首領，都是源自張用的故事。宋江揭陽渡江源自張用漢陽渡江，這是小說家為了突出宋江的形象而轉到宋江的身上。3 回就出現 13 位人物，是《水滸傳》人物出現的第一個密集期，因為張用故事本來有真實依據。

前人早已指出，梁山泊在數千里之外，不可能去江州劫法場。也有人猜測，除了太行山系統，還有一個江南系統。很可惜，前人沒有發現長江中游故事來自張用的經歷。

四、建康故事（43～50 回）

第四部分是第 44 到 50 回，可以稱為建康附近的故事，主要包括石秀、祝家莊兩個故事。開頭夾雜了李達的小故事，密州李達在建炎三年（1129 年）閏八月降金，[註1] 所以排在此處。上文說過，第 38 回出現李達，第 43 回才是李達的精彩故事，所以第 39 到 42 回的宋江在江州的故事都是小說家很晚才編造出來，原來第 38 回緊接第 43 回。

第四部分和第三部分本來沒有關係，為了安排這些人出場，於是安排戴宗去找公孫勝，遇到這些人。

第 44 回出現的人物有彰德人楊林、襄陽人鄧飛、真州人孟康、京兆人裴宣、建康人石秀、河南人楊雄，主要故事是石秀殺潘巧雲。裴如海令人想到瓦罐寺（建康瓦官寺）的惡僧崔成，石秀的故事很可能來自建康。

第 46 到 50 回的祝家莊和扈家莊，源自祝友和扈成，祝友從滁州到建康，扈成從建康到金壇。第三部分兩個故事都發生在建康，都是來自趙祥的敘述。祝友和扈成的故事，發生在建炎三年（1129 年）到四年（1130 年），所以排在張用故事之後。祝友於紹興元年（1131 年）十月在楚州降金，所以在《水滸

[註1]《建炎以來繫年要錄》卷 27，《三朝北盟會編》卷 131。

傳》中成為反角。建康失陷時扈成趁亂劫掠，所以成為反角。〔註2〕

　　祝家莊的故事中，插入了登州人解珍、解寶、孫立、孫新、顧大嫂、樂和的故事，很可能源自紹興元年（1131年）五月從膠東來到江南的范溫。不過孫立是邵青的部將，應該在下一個部分，說明第51到60回的范汝為故事是後來插入，范汝為不是北方抗金的義軍首領，原來不應該出現在《水滸傳》中。原來的版本從第49回開始，就是邵青的故事了。

　　這個部分僅有8回，在十個部分中分量較少，這是因為這個部分的人物在歷史上都不是很重要。

五、明教故事（51～60回）

　　第五部分是第51到60回，源自福建摩尼教徒范汝為的起義和福建的槍仗手，范汝為變成了樊瑞，槍仗手變成了項充和李袞。

　　因為范汝為的謀士施逵曾經在潁昌府，而岳飛在潁昌破金人的鐵浮屠和拐子馬，所以衍生出了金槍手徐寧破呼延灼的連環馬。

　　因為范汝為是摩尼教徒，小說中稱為道士，所以又衍生出了高廉做法，高廉的飛天神兵顯然也是來自羅真人飛走李逵和下邳陳靖寶的飛席。因為這一部分的故事不僅來自福建，也有北方摩尼教故事，所以統稱為明教故事。

　　這一部分的地點都在北方，這是後來人的改動，或許就是元代施耐庵或羅貫中的改動。

　　范汝為的戰亂發生在建炎四年（1130年）到紹興元年（1131年）正月，大體上和邵青故事同時，所以被插入邵青故事的前面。

六、邵青故事（61～82回）

　　第六部分是第61到82回，主要源自邵青故事。邵青在紹興二年（1131年）最終招安，所以排在梁山故事的結尾，印證《水滸傳》最初源自邵青的部將趙祥給趙構講故事。

　　因為曹成、馬友原來是張用的同夥，被韓世忠收編，韓世忠在建炎三年（1129年）到紹興二年（1132年）一直駐紮在建康，所以趙祥能夠聽到張用的故事。紹興二年十二月，端明殿學士、江東安撫大使趙鼎，到建康府上任。此時參知政事、權同都督江淮荊浙諸軍事孟庾和太尉、江南東西路宣撫使韓

〔註2〕《三朝北盟會編》卷207、208，《建炎以來繫年要錄》卷30。

世忠，都在建康府駐軍，軍中多招安強寇，趙鼎素有剛正之風，孟庾、韓世忠對趙鼎都加禮，兩軍肅然知懼，民眾安定，商賈通行。〔註3〕

第72到82回，表面上看是梁山故事，其實仍然源自邵青，燕青仍然是主角。因為燕青就是邵青，燕青去見宋徽宗，源自邵青受招安到杭州見宋高宗。梁山好漢打敗十節度使的故事，或許也是源自趙祥。泗州人葉春造海鰍船顯然源自邵青在泗州和長江的活動，證明這一部分仍然源自邵青。

七、征遼故事（83～90回）

第七部分是第83到第90回，因為宋江投降劉光世，其部眾跟劉光世征方臘、征遼，所以《水滸傳》有征遼、征方臘。邵青也投降劉光世，所以趙祥可能從宋江的舊部處，聽到宋江的不少故事。

第112回說：「有副都督劉光世，就留了金節，升做行軍都統，留於軍前聽用。後來金節跟隨劉光世大破金兀朮四太子，多立功勞，直做到親軍指揮使，至中山陣亡。」第120回說：「呼延灼受御營指揮使，每日隨駕操備。後領大軍，破大金兀朮四太子，出軍殺至淮西，陣亡。只有只有朱仝在保定府管軍有功，後隨劉光世破了大金，直做到太平軍節度使。」這兩條顯然是頌揚劉光世，而且提到破金。

梁山士兵因為官員剋扣軍餉而兵變，這是南宋典型的兵變套路，說明這一部分有南宋的成分。

具體路線，先到檀州（今密雲），再到平峪（平谷）縣、玉田縣、薊州，再到益津關、文安縣、霸州，再到幽州（今北京）。益津關應該是易津關，是易水的渡口，在平原上，不在小說中的高山。霸州在南面，本來屬宋。檀州在幽州的北面，宋江不可能越過幽州，首先攻打檀州。雖然看似有這麼多錯誤，其實大體上有依據，因為只說到玉田縣，而不提再往東的平州（今河北盧龍），因為宋金聯合滅遼時，平州屬金，宋只有燕山府。

征遼故事中的玉田縣非常突出，很可能因為南宋初年楊浩和智和在玉田縣的山中集結抗金義軍，也可能因為玉田縣是接壤金朝平州的地方。征遼故事在南宋初年的版本只可能非常簡單，僅有幾個地名，南宋晚期才鋪排衍生出很多文字。此時的江南人已經不熟悉北方地理，所以錯誤較多。到了元代，因為此前的故事大體上定型，所以改編不多。

〔註3〕《建炎以來繫年要錄》卷61。

　　薊州的寶嚴寺，中間是大雄寶殿，前面是寶塔，很可能是薊州著名的獨樂寺，山門和觀音閣是遼代建築，正是在大殿前面，所以小說中的描寫有根據。

　　獨樂的名字來自地名，北魏酈道元《水經注》卷十四《鮑丘水》說沟河：「西北流逕平谷縣，屈西南流，獨樂水入焉。」平谷現在還有獨樂河，薊州就在獨樂河的東南。《水滸傳》第 86 回有幽州的獨鹿山，就在獨樂河上游，在平谷和薊州之間。《逸周書・王會》說東北有獨鹿族，《晉書》卷九七說匈奴有獨鹿王，獨樂即涿鹿。涿鹿不是河北涿鹿縣的專名，蔚縣、淶源縣古代也有涿鹿山，河南修武縣在漢代就有濁鹿城，河南、河北都有大陸澤。這是一個地名通名，濁、涿、漉都是水，涿和獨在古代讀音相同，涿鹿（獨樂）是多水之地。《樂府詩集・獨祿辭》說：「獨祿獨祿，水深泥濁。」李白的《獨漉篇》說：「獨漉水中泥。」蒙古的土拉河，唐代叫獨樂水。唐代還記載寧夏有鐸洛泉，內蒙古有大洛泊。怛羅斯 talas 就是多水之地，蒙古語的湖是 dalai。〔註4〕雖然《水滸傳》的北方地名錯亂，但是還是有一些地名有依據，說明是南宋人寫成。到了元代統一，南方人也有機會熟悉北方的地名。

　　征遼部分的地名錯誤不能說明南宋時期的南方人不熟悉北方地名，因為現在日本京都府東福寺塔頭栗棘庵收藏的南宋末年寧波刻印的《輿地圖》，就畫出了整個北方，而且錯誤很少。

　　這一部分僅有 8 回，第 90 回其實不是征遼故事，而是羅貫中的增加，把自己改名許貫忠，加入書中。所以這一部分僅有 7 回，是十個部分中分量比較少的部分，這是因為征遼故事發生在遙遠的北方，南方人不熟悉，所以一般沒有太大興趣去擴充。或許正是因為這一部分原來比較少，所以羅貫中要增加一回，使得十個部分的比例更均勻。

八、太行故事（91～100 回）

　　第八部分是第 91 到 100 回的沁源田虎故事，源自南宋初慶源府五馬山寨和山西各山寨的抗金故事，太行山高托天高勝率部投奔南宋又在江南叛變，成為江南人心目中的反面人物，所以田虎成了《水滸傳》中的反面人物。因為五馬山也靠近太行山脈，所以這一部分可以統稱為太行故事。

　　這部分經過宋元時期的改造，因為已經不是南宋初年，作者不熟悉北方

〔註4〕周運中：《中國文明起源新考》，花木蘭文化出版社，2015 年，第 223～228 頁。

地理，所以竟然把河北的慶源移植到了山西沁源，還把澤州誤稱為蓋州。而且前後矛盾，前面說田虎佔有威勝、汾陽、昭德、晉寧、蓋州，後面宋江一直打到太原，可見宋元時期的小說家鋪排得過度。

這種鋪排很可能源自說書人，因為第 94 回說抱犢山寨主唐斌，原來是蒲東軍官。蒲東應該是河東，北部吳語的河從 hu 轉變為 fu，誤為 pu，寫成了蒲。因為錯誤過程經過了語音轉換，而不是字形轉換，所以一定出自說書人。說書人不熟悉北方的地理，等到宋元時期已經成型，小說家也不好再改。

第 63 回說關勝是關羽的嫡孫，用青龍偃月刀，作蒲東巡檢，顯然也是河東巡檢，因為關羽是河東人，所以有這種小說家言。但是第 67 回關勝說他以前和單廷珪、魏定國在蒲城相會，這是明代的改編者不瞭解蒲東原來是河東，誤以為是陝西的蒲城。

田虎故事中的喬道清完全就是羅真人、樊瑞的翻版，這也說明田虎故事是在元代才被大幅度地擴展出來。樊瑞的名字就是來自真實人物范汝為，所以看不出道教的因素，而羅真人、喬道清的名字因為是小說家的刻意編造，所以是典型的道教用字。

吳從先讀到的《水滸傳》版本中的四大寇有河北賊高托山，其實是建炎元年在鎮江嘩變的太行山軍人首領高托天，鎮江緊靠南京，我發現《水滸傳》的最早作者是南京人趙祥，或許正是因為鎮江靠近南京，所以趙祥在最早的《水滸傳》祖本中就記載了高托天，演變為田虎故事。

九、京西故事（101～110 回）

第九部分是第 101 到 110 回的淮西王慶故事，源自南宋初年王善、祝友、祝靖、傅亮故事的混合。王善、祝友從京西路到淮西路，祝靖、傅亮在京西路，所以混合。雖然《水滸傳》中稱為京西王慶，但是小說描寫的地域全部在京西路、湖北路，甚至包括傅亮牽扯出的四川地名，絲毫不提淮西路。按照歷史事實，我們把這一部分稱為京西故事。

因為王慶、祝靖、傅亮等人沒有到中國的東南地區，所以開始沒有進入水滸故事的主體。可能是在元代才被施耐庵或羅貫中收集，編入《水滸傳》。雖然王慶、祝友降金，但是祝靖受招安，傅亮則多次抗金，他們變成反面角色，主要原因也是因為沒有到東南，杭州的小說家不熟悉他們的歷史，為了情節需要，把他們變成了宋江的征討對象。

　　王慶故事和田虎故事有兩個很大的不同點，在京西故事的開頭有長篇的生活場景，佔了 3 回，講王慶如何吃官司被刺配，又逃到房州，做了段家莊的女婿，這種生活描寫在田虎故事中看不到。

　　第二個不同點是宋江去征王慶，是亳州太守侯蒙調到京城，向宋徽宗推薦。而《宋史·侯蒙傳》記載北宋歷史上，確實是亳州知州侯蒙建議招安宋江。

　　既然歷史上真的是侯蒙建議宋徽宗招安，為什麼不出現在《水滸傳》梁山好漢受招安時，或出現在征遼、征田虎之前？可見王慶故事的真實成分遠超田虎故事，形成較早。

　　在荊州和雲安軍（今雲陽）、開州（今開縣）之間沒有南豐，但是靠近南浦縣（今萬州），所以南豐很可能是南浦的訛誤。如果是南浦的訛誤，說明這一部分也經過南宋杭州的說書人之口。

　　王慶的原型之一祝友曾經侵擾南京，我發現《水滸傳》最早作者是南京人趙祥，或許這就是王慶故事很早進入《水滸傳》的原因。

十、方臘故事（111～120 回）

　　第十部分的第 110 到第 120 回的方臘故事，這是宋江真實參加的戰爭，很早就出現了《水滸傳》中。因為宋江征方臘死了很多梁山好漢，所以施耐庵、羅貫中把田虎、王慶故事插在征方臘的前面，這樣宋江征田虎、王慶就不需要死一個梁山好漢，方便組成全書。

　　這部分的內容很多是元明時期編出，因為南宋時代的江南人不可能不熟悉方臘的歷史，但是這部分的錯誤非常嚴重，說方臘一直打到潤州，其實方臘佔領到杭州而已。

　　第 111 回說揚州城外定浦村的陳將士要投靠長江南岸的方臘，被去鎮江金山探聽的張順發現。揚州確實有定浦村，現在有定浦路在邗江區南部。古代在長江邊，現在因為沙洲淤積，已經不靠長江了。而且定浦村的南面確實直對金山寺，說明這一段描寫很可信。

　　又說宋江先到淮安軍壩，其實是車壩之誤。南宋建炎二年（1128 年），東京留守杜充為了阻擋金兵南下，掘開黃河大堤，黃河南流到淮安，注入淮河，當時還叫楚州，宋理宗寶慶六年（1227 年）才改名為淮安軍。宋、元時期的黃河在淮安以下，和淮河一起入海，叫合淮入海。

　　因為黃河的泥沙特別多，到了元、明時期，黃河的河床淤高，淮河不能流入下游河床，等於黃河奪了淮河的河道，變成了奪淮入海。所以南方運河上的船，到了淮安城下。向北過黃河，需要經過水壩，用絞關拖船上下，叫盤壩或車盤。每過一個壩，水位就升高，才能爬過黃河。明代永樂二年（1404年），漕運總兵陳瑄在淮安城外建仁、義、禮、智、信五個壩。仁、義二壩在城東，走漕船。禮、智、信三壩在城西，走商船。宋元時期還沒有在淮安車壩的說法，這是明代人的增加。

淮安運河的清江閘遺址

　　以上十個部分，分量最大的是張用和邵青故事，張用故事有 20 回，邵青故事有 22 回，其他八個部分基本上各是 10 回，加起來 120 回。各個部分的分量非常均勻，大體上不是 10 回就是 20 回，說明這是經過小說家精心安排。《水滸傳》在南宋初年的原本雖然非常簡略，但是各個部分的分量可能就十分均勻。改編者雖然把各個部分加以擴充，但是仍然是按比例擴充，所以我們今天看到的版本，各個部分的分量仍然非常均衡。

　　邵青故事有 22 回，分量最多，這是因為《水滸傳》源自邵青的部將趙祥。加上建康故事的 10 回，直接源自趙祥的有 32 回，占全書四分之一。或許還有其他部分，也是趙祥搜集。

　　很多研究文學的人，因為不看宋代歷史，不能發現《水滸傳》各部分的真正來源，所以產生很多誤解。比如章培恒說宋代的《水滸傳》故事在太行山，元代才轉到梁山泊。〔註5〕這個觀點顯然非常荒謬，梁山泊故事本來就是《水滸傳》的重要核心，梁山泊和太行山系統不矛盾，宋代並存。

　　石昌瑜說《水滸傳》由太行山、梁山泊、江南等幾個部分連綴而成，這個觀點更加合理。不過他沒有看史書，所以沒有發現還有很多其他系統，沒有發現所謂的江南部分其實包括張用、建康系統，沒有發現邵青系統和趙祥的作用，沒有發現田虎、王慶故事都是來自南宋初年。〔註6〕因為石昌瑜沒有對比《西遊記》和玄奘的《大唐西域記》，沒有發現《西遊記》的基本情節都是來自《大唐西域記》，所以他誤以為《西遊記》也是連綴而成。

〔註5〕章培恒：《關於〈水滸〉成書過程的幾個問題》，《不京不海集》，復旦大學出版社，2012 年，第 187～200 頁。

〔註6〕石昌瑜：《中國小說源流論》，北京三聯書店，2015 年，第 326～331 頁。

第八章　元代明代的累積部分

一、地名增改

　　王曾瑜先生指出，《水滸傳》中有宋、金、元、明四個朝代的內容。樞相、殿帥、吳七郡王、緝捕使臣反映宋代官制，大名府中書、總兵府反映元、明官制。里正是金、元制度，北宋中期已經廢除。第35、60、62回的社長是元代特有，押司、孔目、庫子都是宋時吏名，庫子沿用到元代。虞候、承局、押番、節級，是宋代低級軍官名稱或統稱。廂軍、禁軍、金槍班是宋代軍制，教頭是吏，宋代的吏地位很低，小說誇大了教頭的地位，王班直的叫法不符合宋代情況。第55回的團練使是宋代的虛職，州級不用團練使，金代撤銷，這是後人的誤解。宋時弓手和土兵都有都頭，小說中的馬弓手、步弓手源自金朝開始的分類。第41回說歐鵬出自軍戶，第48回說歐鵬出自軍班，軍戶是元、明稱呼，軍班是宋代稱呼。刺配是宋代制度，登州沙門島（今山東長島縣的廟島）是北宋流放犯人的著名地方。

　　衙內、小乙是宋代稱謂，莊客、佃戶、傭工是宋代情況，沒有出現元代的奴隸。第19、71、75回的幹人，是宋代富貴人家的高級奴僕。第7、21、30、31回稱女僕為女使，是宋代法律的正式名稱，金、元的奴隸地位低下。第83回的遼國洞仙侍郎字董相公、第84回的大遼郎主，都是金朝官制。第85回有兀顏光都統軍，是女真姓。第24回的點茶是宋代飲食，生辰綱反映了宋朝的綱制，軍州是宋代政區。〔註1〕

〔註1〕王曾瑜：《用現代史學眼光審讀〈水滸傳〉》，《文史知識》2004年第11期。

　　雖然《水滸傳》在南宋已經基本形成，但是也有元代的成分，最明顯的是第 114 回湧金門張順歸神一段描述杭州，說：「原來這杭州舊宋以前，喚做清河鎮……目今方臘佔據時，還是錢王舊都，城子方圓八十里，雖不比南渡以後，安排得十分的富貴……這西湖，故宋時果是景致無比。」舊宋、不比南渡以後、故宋等詞句，都是南宋滅亡之後才有的話。

　　再比如第 119 回說李俊、童威、童猛三人，去太湖中尋見費保四個，不負前約，在榆柳莊上商議定了，盡將家私打造船隻，從太倉港乘駕出海，自投化外國去了，後來為暹羅國之主。第 112、113 回也說到太倉，其實太倉在南宋還不出名，元代才成為重要海港，所以這一段是元代出現。第 113 回說到嘉定，嘉定縣是南宋寧宗嘉定十年（1217 年）才設，北宋末年還不存在嘉定。

　　元代陶宗儀的《南村輟耕錄》卷二十八說吳興錢泰窩云，至正初年（1341 年），有兩個商人從嘉興來平江（今蘇州），買船去海口，收購市舶貨。又說緊鄰太倉的嘉定州大場沈氏，因下番買賣，致巨富。

　　元滅南宋之前，左丞相陳宜中離開廣東，去占城國（在今越南中部），又去暹羅（今泰國），所以《水滸傳》說李俊等人成為暹羅國主。暹羅這個名字是元末才出現，元末泉州海商汪大淵的《島夷志略》暹國說：「至正己丑夏五月，降於羅斛。」汪大淵是到了海外，才熟知此事。己丑是至正九年（1349 年），一般人應該是到明初才能知道暹和羅斛合併為暹羅，所以《水滸傳》的暹羅一定是明代人添加。

　　雖然暹羅這個地名是在元代產生，但是這種到海外稱王的思想則是很早就有了。唐代的傳奇《虯髯客傳》說隋末的大俠虯髯客看到李世民取得天下，去扶餘自立為王。宋代確實有中國人在海外稱王，南宋周密的《齊東野語》卷十九說安南國王陳日煚本來是福州長樂人。

　　第 24 回說西門慶看到潘金蓮很漂亮，於是：「那怒氣直鑽過爪哇國去了，變著笑吟吟的臉兒。」爪哇國形容很遠的地方，爪哇在宋代翻譯為闍婆，元代開始才翻譯為爪哇。

　　第 72 回說柴進到了內廷，看到徽宗御座，正對的屏風上，堆青疊綠畫著《山河社稷混一之圖》。中國的地志和地圖，以混一為名，基本上都是從元代開始。因為元朝統一了很多個政權。元代有《混一方輿勝覽》、《大元混一圖》、《混一疆里圖》，明初在元代地圖的基礎上畫成《大明混一圖》。《宋史·藝文

志三》的《混一圖》一卷，很可能是元初改繪。

小說三次提到全真，第 17 回說公孫勝是全真先生，第 95 回說喬道清是全真先生，第 120 回說朱武跟隨樊瑞，做了全真先生。全真教是金代由王陽明在山東創立，所以這些元代的增補。

第 48 回說孫新：「祖是瓊州人氏，軍馬子孫，因調來登州駐紮，弟兄就此為家。」這也不可能是南宋的事，登州不屬南宋。此事很可能發生在明初或元代，明初曾從南方調很多軍戶到膠東。不過從歐鵬的軍班被改為軍戶來看，這一段很可能是明代的篡改。

第 52 回說到高唐州，宋代、金代是高唐縣，元世祖至元七年（1270 年）才升為高唐州。第 54 回說高唐州附近有東昌、寇州，第 67 回說喪門神鮑旭住在寇州的枯樹山。寇州是冠州之誤，即今山東冠縣。宋代、金代是冠氏縣，《元史・地理志》說至元六年（1269 年）才升為冠州。

第 67 回又說魏定國失了凌州，去中陵縣。其實陵州是現在的山東陵縣，宋代、金代叫將陵縣，元憲宗三年（1253 年）升為陵州。中在現在的南部吳語讀為 jiong，接近將，說明這是江南人的誤寫。

第 63 回說梁山好漢攻打大名府，在庾家疃紮寨，疃源自村、屯，這個地名用字在元代才開始大量出現，主要在中原。

第 37 回張橫在江州的江上，唱的是湖州歌，顯然也是杭州的說書人添加，歌詞中的江邊應該是湖邊的改動。

第 90 回講燕青在雙林鎮遇到許貫忠，雙林地名在浙江和江蘇最多，湖州有雙林鎮，浙江餘杭、富陽、寧海、金華、開化和江蘇吳江、江都、姜堰都有雙林村，所以雙林鎮很可能也是浙江人添加。

第 110 回說：「那淮西乃淮瀆之西，因此，宋人叫宛州，南豐等處是淮西。」這一句是明代人畫蛇添足，因為宋代的淮西根本不是淮水之西，而是淮南西路的簡稱，都在淮河以南。元代人不可能不知道淮西的由來，因為元代距離宋朝很近，而且元代還有淮東路宣慰司。

第 116 回阮小七說：「小弟赴水到海口，進得赭山門，被潮直漾到半塯山，赴水回來。」赭山門是赭山兩側的航道，赭山在今蕭山北部，宋代是在錢塘江海口的海島，現在已經在陸地上。半塯山是半瓣山，又作半月山，在今蕭山西部的錢塘江東岸。

有人認為《水滸傳》很多地名來自明代，第 1 回江西信州，宋代信州屬

江東路，元代屬江浙行省。第 2 回淮西臨淮州，臨淮在北宋、元代屬淮東。第 2 回蒲州解良，蒲州在宋金元為河中府，明代改回蒲州。第 3 回太原府指揮使司，明代出現。第 44 回的彰德府，是金代、明代地名。書中多次出現東昌府，是明代的地名。第 60 回的濟寧，是明代地名。第 41 回南京建康府，今南京在南宋為建康府，但宋代不是南京，明代才是南京。〔註2〕我認為這是明代人改動地名，不能證明全書在明代寫成。書商為了營銷，改動地名便於理解。

還有人說《水滸傳》出現了明代才有的泰山神封號「天齊仁聖帝」，所以明代才成書。這就和地名一樣，很有可能都是明代的改動，都是細枝末節，不能說這本書來自明代。

雖然明代人作了一些改動，但不能說《水滸傳》在明代成書。鄭振鐸說明代朱有燉寫有《豹子和尚自還俗》，證明當時還沒有《水滸傳》的定本。此說太過荒謬，《水滸傳》成書，任何人都可以寫有關人物的雜劇。

有人說我們現在看到的《水滸傳》最早版本在明代中期，所以《水滸傳》在明代成書。又說元末明初不可能出現百餘回的《水滸傳》和《三國演義》，說《水滸傳》、《三國演義》是因為明武宗喜歡才出現。又說明代的陸容《菽園雜記》記載，陸容家鄉崑山流行水滸葉子牌，上自士大夫，下到僕人，都喜歡鬥水滸葉子牌。陸容提到《宣和遺事》和《癸辛雜識》，但是不提《水滸傳》，所以說《水滸傳》在陸容的時代尚未成書。〔註3〕

這種說法已經被很多人駁斥。我們現在看到很多宋代之前的書，最早刻本都在宋代，自然不能說這些書是宋代才有。陸容說他自己從來不玩水滸葉子牌，所以被很多人嗤笑。我們不能因為陸容不提《水滸傳》，就說明代沒有《水滸傳》。既然水滸文化已經影響到了葉子牌，怎麼能沒有《水滸傳》？《水滸傳》是從南宋到明代逐漸形成，宋末元初的施耐庵整合了很多故事，元末明初的羅貫中又增補了一些故事。

更有甚者是顧頡剛，看到有人說《金瓶梅》、《寶劍記》的作者是明代山東人李開先，就說《水滸傳》作者也是李開先，證據是李開先的《寶劍記》寫的高俅情節類似《水滸傳》，說《水滸傳》前半部是北方景象，多山東話。〔註4〕

〔註2〕周維衍：《〈水滸傳〉的成書年代和作者問題》，《學術月刊》1984 年第 7 期。
〔註3〕方致遠：《明代城市與市民文學》，中華書局，2004 年，第 191～194 頁。
〔註4〕顧頡剛著、印永清輯：《顧頡剛書話》，浙江人民出版社，1998 年，第 303 頁。

這個說法太過荒謬，為什麼不是李開先的《寶劍記》抄《水滸傳》呢？《水滸傳》寫的是梁山泊，自然多北方景象，照此推測，北方人都有可能是《水滸傳》作者？李開先的年代已經很晚，《水滸傳》早已寫成。

王學泰認為，元代人改編《水滸傳》時，把故事確定在梁山泊，這是因為很多元代雜劇的作者的東平人。宋代的水滸文學主題是忠義，源自抗金的義軍。元代早已不存在抗金的社會背景，所以忠義的主題淡化。〔註5〕

我們現在看到的《水滸傳》因為是從南宋傳承下來，所以仍然可以看到很多忠義的字句，至於元代的雜劇不被現代人熟知。南宋時的《水滸》相關雜劇和小說可能還在互相影響，到了元代就漸行漸遠。

我在上文考證出，有很多南方地點都被北移：

石碣村從睦州青溪縣移到了梁山泊

瓦官寺從建康（今南京），北移到了五臺山和開封府之間

二龍山從湖北，北移到了青州

孫立從濠州（今鳳陽），北移到了登州

高廉和羅真人從邳州，北移到了高唐和薊州

樊瑞（范汝為）從福建芒碭山，北移到徐州芒碭山

董平從桐柏縣，北移到了東平府

石碣村本來是方臘的家鄉，被說書人搬到了梁山泊。還有從未到過梁山泊的宋江，也被移到了梁山泊。太行山上的碗子城，也被移到了梁山。李逵坐衙的密州，被移到了靠近梁山的壽張縣。因為元代人把太多地名搬到了梁山泊，所以我們千萬不能認為這些地名真的在梁山泊。

安山是元代出現的大運河重要樞紐，元代人在《水滸傳》中增加的北方地名東平、安山、壽張、東昌、高唐、陵州、滄州，都是在大運河沿線，說明作者對北方的瞭解非常有限。如果作者是北方人，增加的地名不可能是線狀，而應該是面塊狀，或者根據作者活動呈現不規則的散點狀。因為元世祖忽必烈至元年間開通的京杭大運河，向南通到杭州，所以《水滸傳》的改編者在杭州聽說了這些運河沿線的北方重要城市，加入書中。說明作者是杭州人，施耐庵和羅貫中正是在杭州活動。

〔註5〕王學泰：《水滸識小錄》，第318～320頁。

二、武松故事細節是江南人編出

　　小說中魯智深、武松都是武僧，武松的讀音非常接近武僧，很可能是從武僧演變而來。魯智深和武僧的很多事蹟都很類似，武松醉打蔣門神，魯智深拳打鎮關西，武松也投奔魯智深的二龍山，兩人關係也很好。在今天的江淮西部安慶話和江西省北部的贛語之中，ong 經常讀成əng，所以武松和武僧的讀音很容易混淆。這種混淆在吳語、客家話中比較少見，在閩語、粵語中看不到，所以這種混淆很可能最早在南宋的江淮產生，這和我提出的《水滸傳》最早作者是南京人比較吻合。

　　施恩的名字更是明顯的破綻，施恩施了很多恩給武松，於是他就叫施恩，說明施恩醉打蔣門神的一段情節很可能是魯智深拳打鎮關西的不同版本。

　　武松的部分是全書最精彩的部分，武大郎、潘金蓮、西門慶、王婆的故事不僅在中國家喻戶曉，而且還衍生出了長篇小說《金瓶梅》。可是這樣的細節描寫越是精彩，越有可能是晚出的小說家言。因為這類生活場景不涉及梁山好漢，本來不必這麼長。劉世德認為，從武松部分的細緻描寫可以看出《水滸傳》是施耐庵的作品，不是說書人的集體創作。我認為二者也不矛盾，說書人的臨場發揮和歷代累積也很重要。

　　武松刺配到孟州（今河南孟州），居然靠近青州的白虎山和二龍山，可見作者根據不懂北方的地名。但是五臺山的僧人南渡黃河，必經孟州，所以孟州很可能是南宋初年的《水滸傳》的原生地名，是魯智深南下時路過的地名，轉到了武松的故事中。為了安排武松等人上梁山，不顧破綻，必須安排武松飛到靠近梁山的青州。

　　清河縣和陽穀縣不是鄰縣，宋代的清河縣就是恩州的治所，《水滸傳》的武松竟然又被從孟州轉去恩州牢城，這不是回到老家？自相矛盾。因為清河縣在元代太宗七年（1235 年）改屬大名路，不屬恩州。明代沒有恩州，清河縣屬廣平府。小說的改編者並不知道自己的破綻，可見編造武松故事的人離宋代很遠了，應該是元代或明代人。

　　看《水滸傳》中的清河縣，更像是杭州這樣的大城市，何九叔是團頭，團頭是手工業者的組織，南宋耐得翁的《都城紀勝》說杭州城南有花團，泥路有青果園，江下有鮝團，後市街有柑子團。團頭發展為民間頭目的名字，《古今小說》的《金玉奴棒打無情郎》說南宋都城臨安府的乞丐也有團頭，每天從乞丐群體中收取日頭錢，就是保護費。還在乞丐中放債盤利，成為巨富。大城市才

有團頭，才有西門慶這樣的大商人，西門慶一次給何九叔十兩銀子，鄆哥說武松給的五兩銀子夠用三五個月，十兩銀子是一般人大半年的開銷。

潘金蓮水性楊花，王婆和潘金蓮沆瀣一氣，投靠市儈流氓西門慶，害死武大郎，很像是江南商業都會杭州的事情。浙江的商業習氣太重，所以很多人為了錢而不擇手段。

宋朝的主要貨幣不是銀子，但是中國人的銀本位制也不是明朝開始，其實是從元朝開始。〔註6〕有人指出，宋元話本小說和戲曲中經常看到用銀子交易，〔註7〕所以不能因為用銀子就說《水滸傳》在明代產生。

即使到了明朝晚期，中國南北的錢幣還有很大差別。明代謝肇淛《五雜組》卷十二說，北直隸（今河北）用錢，山東是銀、錢雜用，顯然是因為大運河的交通，受到南方影響。南直隸鑄錢但是不多，福建、廣東則絕不用錢，全部用銀。中國的銀礦主要分布在南方，所以南方原來用銀就比北方多。《水滸傳》是在南方成書，所以使用銀子的描寫比較多。

遼寧省博物館藏南宋銀錠、銀塊

遼寧省博物館藏金朝銀錠

〔註6〕〔日〕上田信著、高瑩瑩譯：《海與帝國：明清時代》，《講談社・中國的歷史》
　　　　第9冊，廣西師範大學出版社，2014年，第43～45頁。
〔註7〕沈伯俊：《文學史料的歸納與解讀──元代至明初小說戲曲中白銀的使用》，
　　　　《文藝研究》2005年第1期。

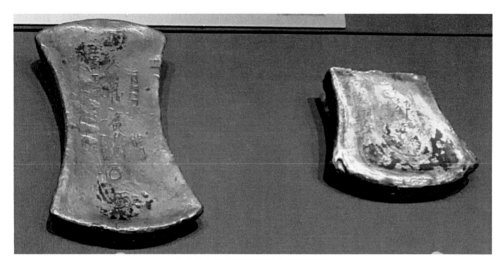

內蒙古博物院藏金朝銀錠

　　王婆要西門慶買白綾、藍綢、白絹和十兩好綿，綿花在南宋時期才從嶺南傳到江南，宋代的北方還不可能有綿花。王重民發現《元史》卷十五說忽必烈至元二十六年（1289年）四月癸酉：「置浙東、江東、江西、湖廣、福建木綿提舉司，責民歲輸木綿十萬匹，以都提舉司總之。」他說既然在元初的江東路、浙東路已經植棉，則松江府（今上海）的棉花種植不是始於黃道婆，進而推出黃道婆是編造出的故事。〔註8〕其實元代人也沒說黃道婆帶來棉花，說的是黃道婆改進織布機，南宋的上海很可能早就種植棉花，但是元代初年的北方還沒有棉花。

　　宋史大家漆俠，又在元初的嘉興地方志《至元嘉禾志》中找到證據，卷六說紡織品有：「絲、綿、綃、綾、羅、紗、木棉、克絲、綢、絺、綺繡（以上多出崇德）、絡（海鹽者佳）、布（松江者佳）。」這本地方志刊於忽必烈至元二十五年（1288年），所以木棉和棉布傳到松江很可能在宋代。這本地方志是在南宋嘉定年間（1208～1224年）的《嘉禾志》基礎上修訂，所以這條記載的年代甚至可以早到南宋。〔註9〕

　　我發現南宋的地理志《方輿勝覽》中卷三嘉興府土產說：

　　　　草布，鄉落間績此布以為業。

　　所謂草布其實就是草棉織成的布，草棉就是今天我們熟悉的棉花。棉花

〔註8〕王重民：《辨黃道婆》，張淵、王孝儉主編：《黃道婆研究》，上海社會科學院出版社，1994年，第13頁。
〔註9〕漆俠：《宋代植棉考》，《黃道婆研究》，第81頁。

分為木棉、草棉兩種，木棉是高大的木棉樹，又名攀枝花。草棉是草本植物，原產於西亞和南亞，從海路和陸路向中國傳播。陸路經過新疆和雲南，海路經過華南等地，包括海南島。

說明南宋中期的江南就有綿花，但是南宋時期的江南，綿花種植還不普遍，所以西門慶給王婆賣綿花肯定出自宋元時期的江南。

王婆提醒西門慶不要忘記十兩銀子，西門慶說：「但得一片橘皮吃，莫便忘了洞庭湖。」這是江南的諺語，反映的是蘇州太湖中的洞庭山盛產橘子，洞庭山因為沒有土地，所以民眾種植橘子，外出販賣。

明代蘇州人王鏊《震澤編》卷三：「湖中諸山，大概以橘柚等果品為產，多或至千樹，貧家亦無不種。」陸容《菽園雜記》：「蘇之洞庭山人以種橘為業，亦不留惡木，此可以觀民俗矣。」洞庭山上的人，把橘子以外的樹全部砍掉。由此還形成了著名的洞庭商幫，豐厚的經濟基礎又使得洞庭山考出了很多進士，出現了鑽天洞庭的俗語。

明代《初刻拍案驚奇》的《轉運漢巧遇洞庭紅》說：

> 太湖中有一洞庭山，地暖土肥，與閩廣無異，所以廣橘、福橘，播名天下。洞庭有一樣橘樹，絕與他相似，顏色正同，香氣亦同。止是初出時，味略少酸，後來熟了，卻也甜美。比福橘之價十分之一，名曰「洞庭紅」。

明代《醒世恒言》卷七《錢秀才錯占鳳凰儔》說：

> 話說兩山之人，善於貨殖，八面四路，去為商為賈，所以江湖上有個口號，叫做「鑽天洞庭」。

正是因為南宋時期的洞庭山民就以經商為業，所以紹興二年（1132 年）冬天因為湖面結冰，得不到外來糧食而餓死很多人。

武松的故事很可能主要來自小說家的編造，還有很多證據。施恩的施姓，蔣門神的蔣姓，都是主要分布在南方。飛雲浦是一個典型的東南地名，中國的浦字地名主要分布在東南，浙江有飛雲江。

孫二娘說押送武松的兩個人為瘦蠻子，武松又被快活林酒店的酒保說成外鄉蠻子，都說明故事的地點在江南。第 74 回說宋朝南及南蠻，北濟幽燕，說明南蠻是華南。

武松的部分還用了很多吳語，比如第 26 回的胡盧提，就是第 4 回的囫圇竹，現在江淮話還說胡盧塗，就是糊塗。因為古音知端合一，所以竹讀成 duk，

現在閩語還保留這個特點。第 24 回的斗分子，斗是組合的意思，現在江淮話、客家話等都有這個字，讀為 tou，也可以寫成投。

寬容武松的東平府知府陳文昭，黃俶成指出，很可能是羅貫中的朋友陳文昭，元順帝至正甲午（1354 年）進士，是浙江慈谿縣令。因為他得到大家愛戴，所以被寫成了《水滸傳》的清官。〔註 10〕如果陳文昭的情節是羅貫中增加，那麼武松故事的另外一些內容也有可能是羅貫中增加。

武松打虎的故事，很可能也是湖北的故事，洪邁《夷堅志》支丙卷一：「自鄂渚至襄陽七百里，經亂離之後，長塗莽莽，杳無居民……多猛虎，而虎精者素為人害。」又說：「紹興初，岳少保閫於荊襄。是時墟落尤蕭條，虎狼肆暴，雖軍行結隊伍，亦為所虐。」可見，紹興初年的湖北最荒涼，猛虎很多。鄂州（今武昌）和襄陽之間，是廣闊的雲夢澤，所以人煙稀少。既然魯智深和武松的故事很可能來自湖北，武松打虎的故事很可能也來自湖北。

不過在長江下游也有打虎故事，《太平廣記》卷四百三十一引唐代的《廣異記》有海陵縣（治今江蘇泰州）人王太打虎故事：「海陵人王太者與其徒十五六人野行，忽逢一虎當路……海陵多虎，行者悉持大棒。太選一棒，脫衣獨立……料其已遠，乃持棒直前，擊虎中耳，故悶倒，尋復起去。」海陵縣多沼澤荒野，所以多虎，行人多帶大棒防虎。古代各地都有很多老虎，各地有很多打虎的故事，所以武松打虎的故事未必來自古代某個文獻中的特定故事，而是古代各地都流行的故事。

武松的故事中出現了嚴重的地名破綻，二龍山似乎是靠近孫二娘酒店所在的孟州（今河南孟州），但是又說是在數千里之外的山東青州，可見故事的地點很不可靠，很可能是因為宋元南方的說書人不熟悉北方的地方，上文說過很可能是湖北的地名北移。

三、施耐庵的生平之謎

明代高儒的書目《百川書志》卷六《野史》記載：「《忠義水滸傳》一百卷，錢塘施耐庵的本，羅貫中編次。」

郎瑛《七修類稿》卷二三說：「《三國》、《宋江》二書，乃杭人羅本貫中所編。予意舊必有本，故曰編。《宋江》又曰：錢塘施耐庵的本。昨於舊書肆中，得抄本《錄鬼簿》，乃元大梁鍾繼先作，載元、宋傳記之名，而於二書之事尤

〔註 10〕黃俶成：《施耐庵與〈水滸〉》，上海人民出版社，2000 年，第 135 頁。

多。據此見原亦有跡，因而增益編成之耳。」

卷二五說：「史稱宋江三十六人，橫行齊魏，官軍莫抗，而侯蒙舉討方臘。周公謹載其名贊於《癸辛雜志》，羅貫中演為小說，有替天行道之言。今揚子、濟寧之地，皆為立廟。據是，逆料當時非禮之禮，非義之義，江必有之，自亦異於他賊也。但貫中欲成其書，以三十六為天罡，添地煞七十二人之名。又易尺八腿為赤髮鬼，一直撞為雙鎗將。以至淫辭詭行，飾詐眩巧，聳動人之耳目。是雖足以溺人，而傳久失其實也多矣。」

郎瑛的書在嘉靖末年編成，此前的揚州、濟寧已有宋江廟，說明《水滸傳》早已流行很久，不可能是明代才出現。

王利器據此認為《水滸傳》的原名可能是施耐庵編的《宋江演義》，再經過羅貫中增加了太行山等系統，變成現在的《水滸傳》。這個說法現在從我的研究看來，太過簡單。

明代徐復祚的《三家村老委談》說《水滸傳》作者是施君美，元代鍾嗣成的戲劇家文獻《錄鬼簿》說：「施惠，字君美，杭州人。居吳山城隍廟前，以坐賈為業。公巨目美髯，好談笑。余嘗與趙君卿、陳彥實、顏君常至其家，每承接款，多有高論。詩酒之暇，惟以填詞和曲為事。有《古今砌話》，亦成一集，其好事也如此。」很多人認為施惠不是施耐庵，施惠的作品不提有《水滸傳》，徐復祚不明情況，混淆二人。

明代有人說羅貫中是南宋人，田汝成《西湖遊覽志餘》卷二五：「錢塘羅貫中本者，南宋時人，編撰小說數十種，而《水滸傳》敘宋江等事，奸盜脫騙，機械甚詳。」現在看來不可信，羅貫中是元代人。

明代有人說施耐庵是元代人，羅貫中是施耐庵的門生，胡應麟《少室山房筆叢》：「然元人武林施某所編《水滸傳》，特為盛行。世率以其鑿空無據，要不盡爾也。余偶閱一小說序，稱施某嘗入市肆，袖閱故書，於敝楮中得宋張叔夜禽賊招語一通，備悉其一百八人所由起。因潤飾成此編，其門人羅本，亦傚之為《三國演義》，絕淺陋可嗤也。」從上述明代人經常說錯的例子來看，羅貫中未必是施耐庵的門生。

明代李贄《忠義水滸傳敘》：「施、羅二公，身在元，心在宋……是故施、羅二公傳《水滸傳》，而復以忠義名其傳也。」我認為《忠義傳》的名字很可能是從南宋沿襲而來，前人不知《水滸傳》故事來自南宋初年抗金義軍，這些人在南宋時就是忠義人，所以叫《忠義傳》。

　　謝興堯有一個極為重要的發現，他發現《靖康稗史》的序是：「咸淳丁卯，耐庵書。」說明咸淳七年（1271 年）有個叫耐庵的人看過此書，這個人很可能是施耐庵，〔註11〕因為《水滸傳》的本事正是兩宋之際的抗金義軍。

　　南宋在 1279 年滅亡，如果這個耐庵就是施耐庵，那麼他很可能活到元代中期。因為南宋都城主動投降蒙古，所以杭州沒有遭到破壞，元代的杭州仍然非常繁榮，原有的文化得以延續。如果施耐庵是南宋末年人，而且很關注兩宋之際的抗金義軍，則可以解釋《水滸傳》的由來。因為施耐庵熟悉南宋歷史，所以才能編出《水滸傳》。

　　清末有人根據祠堂牌位和族譜發現施耐庵是江蘇興化縣白駒鎮人，今天的江蘇大豐白駒鎮，原來是白駒鹽場，分屬現在的大豐和興化兩地。大豐縣是 1942 年從東臺縣分出，東臺縣是乾隆三十三年（1768 年）從泰州分出。

　　古代很多家譜都會攀附名人，把明代流行的《水滸傳》作者施耐庵附會為祖先很正常。離大豐不遠的濱海縣《朱氏族譜》，就把根本沒有到過此地的元末明初江南人朱公遷附會為祖先。〔註12〕

　　1943 年出版的《興化縣續志》說：「施耐庵，原名耳，白駒人。」施耐庵原名耳的說法，竟然因為民國初年才編成的《張士誠載記》說張士誠：「聞耐庵名，徵聘不至。」1928 年 11 月 8 日《新聞報》轉載說：「耳耐庵名，徵聘不至。」耳是指耳聞聽說，地方文人看不懂，竟然以為耳是耐庵的名，〔註13〕可見這部地方志的可信度值得懷疑。

　　而且書中卷十四的明代王道生《施耐庵墓誌》說：「公諱子安，字耐庵，生於元元貞丙申歲，為至順辛未進士。」查元代的科舉沒有至順辛未科，元代的進士中也找不到施耐庵。有人認為，至順辛未是咸淳辛未之訛。〔註14〕

　　現存《施氏長門譜》的明代楊新撰寫的《故處士施公墓誌銘》說：「處士施公，諱讓，字以謙。鼻祖世居揚之興化，後徙海陵白駒，本望族也。先公耐庵，元至順辛未進士，高尚不仕。國初，徵書下至，堅辭不出，隱居著《水滸》以自遣。積德累行，鄉鄰以賢德稱。」

　　這部族譜的世系表，說第一世祖施彥端，字耐庵，其子施讓，字以謙，

〔註11〕謝興堯：《水滸傳作者考下》，《古今半月刊》第 24 期，1932 年。
〔註12〕周運中：《濱海史考》，江蘇鳳凰科學技術出版社，2015 年，第 95 頁。
〔註13〕黃俶成：《施耐庵與〈水滸〉》，第 31 頁。
〔註14〕王頲：《古代文化史論集》，上海古籍出版社，2007 年，第 230 頁。

孫施文昱，字景朧。但是字耐庵是用小字，寫在旁邊，而從第二世開始，字都是用大字寫在正文中間。同一頁上的格式都不同，始祖的字卻是小字，很不正常，所以很多人懷疑字耐庵是晚近加上。

有人說，經過鑒定，字耐庵三個小字的筆跡和其他字跡是同一個人所寫。我認為即使如此，字耐庵三個小字也有可能是清代某種族譜添加，被現存的這種族譜原樣抄下。字跡相同只能證明，現存這個抄本的字耐庵三個字是同時寫出，不能證明不是清代人添加。

1918 年釋滿家抄的《施氏家譜簿》，楊新的《故處士施公墓誌銘》說：「先公彥端，積德累行，鄉鄰以賢德稱。」不僅沒有隱居著《水滸》一句，名字也是彥端而不是耐庵。滿家是出家的施氏族人，他不可能擅自篡改祖先名諱。所以《施氏長門譜》的耐庵很可能是很晚才被改動，隱居著《水滸》那一句也是很晚才被加入。如果明朝初年，施耐庵有名到讓朝廷下書徵用，不可能在史書中找不到任何線索。

1979 年興化縣施家橋出土的《處士施公廷佐墓誌銘》說：「祖施公元德，於大元丙申，生曾祖彥端。會元季兵起，播浙，遂家之。及世平，懷故居興化，還白駒，生祖以謙。以謙生父景□，至宣德十九年生公。」墓誌銘的歷代祖先都不用其名，而是用字，以謙、景朧都是字。說明彥端也是字，但是在族譜中，彥端竟然變成了名！

1943 年《興化縣續志》的明代王道生《施耐庵墓誌》又說施子安，字耐庵，說他在錢塘做官，而不是墓誌銘所說因為戰爭而逃難。三種說法，互有矛盾。如果施耐庵在杭州僅有兩年，不可能被看成是杭州人，或者自稱杭州人。

典籍中找不到任何王道生的記載，王道生又說施耐庵住在淮安，興化和泰州歷史上不曾屬淮安府，族譜說施耐庵隱居在家鄉而不是淮安。

王道生說施耐庵和羅貫中一起完成的著作有《志餘》、《三國演義》、《隋唐志傳》、《三遂平妖傳》、《江湖豪客傳》，但是《處士施公廷佐墓誌銘》說施耐庵的著作僅有《水滸》。

王道生說他根本沒有看過施耐庵，施耐庵死的時候，他還是小孩子，是受施耐庵的後代施述元改之託寫墓誌銘，這違背墓誌銘撰寫的常識。墓誌銘一般是下葬之時，由墓主的好友撰寫。

王道生的墓誌銘被收入 1943 年的《興化縣續志》，來自胡瑞亭發表於 1928

年 11 月 8 日上海《新聞報》副刊《快活林》的文章，他說來自施氏家譜，但是我們在家譜中找不到王道生的墓誌銘，這很不正常。甚至胡瑞亭中的墓誌銘文字和縣志中的墓誌銘文字，都有不同。

元代的進士比較少，白駒的進士更是非常罕見。白駒在元代還非常偏僻，根本找不到明代之前的名人。不僅如此，因為長期戰亂，宋元時期整個淮南東路的進士都很少。現在的鹽城、大豐、阜寧、東臺等縣，根本找不到一本明代之前的著作。施耐庵如果真的是進士，或者做過官，各地文獻應該留下一點蛛絲馬蹟，可是現在根本找不到任何記載。

因為張士誠就是白駒人，張士誠曾經佔有杭州，所以白駒施彥端去杭州兩年很可能因為他的同鄉佔據江南。這時候的白駒人作為張士誠的同鄉，是江南的征服者，不可能在杭州兩年，就改口說自己是杭州人。就是在杭州住了二十年，也不一定會自稱杭州人。很多人搬到別的地方好幾代，還標榜自己的祖籍地。元代的杭州和白駒文化差異已經很大，杭州人也不可能把一個白駒人說成是杭州人。以上列出白駒說的疑點多達十多處，可見白駒說未必可信。

元代的白駒還在海邊，明清時期因為黃河泥沙淤積，現在才遠離大海。如果施耐庵是白駒人，確實大幅修改《水滸傳》，應該在《水滸傳》中看到不少海洋的描寫，但是《水滸傳》中的海洋描寫比《西遊記》還少。吳承恩是山陽縣人，明代的山陽縣包括今天的阜寧縣、濱海縣一部分，向東直到海邊，所以《西遊記》中有一些海洋描寫。清代的李汝珍住在板浦鹽場（今江蘇灌雲縣板浦鎮），寫出航海為背景的小說《鏡花緣》。

即便施耐庵確實是白駒場人，他也只是《水滸傳》的改編者，因為我已經揭示《水滸傳》的原作者是南宋初年的趙祥。

最近還有一個更為荒謬的說法，說施耐庵的《水滸傳》源自江蘇濱海縣，理由是元末董搏霄在至正十六年（1256 年），剿平北沙、廟灣、沙浦等寨，沙浦是今濱海縣東坎鎮東南部的沙浦村，這些都是張士誠的軍寨，施耐庵和張士誠是同鄉。我認為此說極為荒謬，北沙（今北沙村）、廟灣（今阜城鎮）在今阜寧縣，沙浦是地名通名，元末激戰的沙浦未必在今濱海縣東坎鎮東南部的沙浦村，東坎鎮東南部的沙浦村在元末或許還是海灘，或許尚未成陸，很有可能在明代前期到中期才成陸。即便元末激戰的沙浦是今濱海縣東坎鎮東南部的沙浦，這些軍寨也和張士誠無關，因為我早已論證阜寧縣北部的羊寨

鎮在南宋時期就是邊界著名的軍寨，本地有抗元的傳統，不必等到張士誠發號施令。施耐庵未必是白駒人，未必是張士誠的同鄉。《水滸傳》在南宋已經基本形成，未必和張士誠有關。我的家鄉濱海縣在明代屬山陽縣，我曾經論證《西遊記》最終作者吳承恩是淮安府山陽縣人，但我不認為《水滸傳》源自我的家鄉濱海縣。治學需要實事求是，不能為了地方利益而穿鑿附會。

元末激戰的那個沙浦，其實是緊靠在廟灣南部的沙浦，廟灣在射陽湖北岸，沙浦在射陽河南岸，乾隆《阜寧縣志》卷一《鋪遞》：「由縣至沙浦鋪五里。」卷二《墩臺》：「沙浦墩，去城南三里。」光緒《阜寧縣志》卷二《鋪遞》有相同記載，卷四《岡阜》記載沙浦墩在范堤，即射陽河南岸。卷十二《人物》記載劉袞的祖先：「明洪武初，遷廟灣沙浦⋯⋯袞葬射湖南范堤河東，坊表尚存。」劉袞的墓和劉園都在射陽湖南的沙浦老家，卷二三《名勝》：「劉園在治南射湖南岸，詩見《藝文》。」民國《阜寧縣志》卷八《墩堡》記載，沙浦墩在范公堤，設草營三間。李洪甫不認真看歷代《阜寧縣志》，所以他不知道廟灣的對岸就有一個沙浦，這個沙浦在歷史上更有名。

有的地方學者為了把施耐庵說成是江淮人，說《水滸傳》中的草料場、岡子都是江淮文化，其實這些都是全國各地都有的事物。

鹽城人胡喬木曾經對劉世德說，《水滸傳》中看不出有描寫家鄉鹽城的內容。胡喬木甚至反對把施耐庵說成是自己家鄉人，他的這個看法非常合理。《水滸傳》中奇缺江淮文化，這和淮安人吳承恩的《西遊記》通篇充滿淮安話和江淮文化形成鮮明對比。

四、江淮話和吳語的由來

張丙釗研究《水滸傳》的方言詞，列出江淮話和吳語共有的有 10 條，吳語有 33 條，江淮話又 27 條。〔註 15〕

不過他的區分不嚴格，他列出的有些吳語詞，他自己也說這些詞在江淮也有。我認為，他列出的吳語詞，有 8 條也是江淮話，即：回、晦氣、促掐、攢、做生活、胡梯、明早、一腳。胡就是扶，現在我的家鄉濱海縣方言仍然把扶住梯子，說胡住梯子，在《水滸傳》第 7 回出現。我的家鄉話現在仍然把做工稱為做生活，活的讀音是不圓唇的 uu，保留了古音特點。

〔註 15〕張丙釗：《從〈水滸傳〉的語言看作者的籍貫問題》，《明清小說研究》第二輯，1985 年。

則真正的吳語詞和江淮話條目差不多，如果去除江淮話中幾條可疑的詞，仍然有很多。其中硬諍、眼睛頭、一家、噇、來家、有的沒的等詞，都是典型的江淮話，不是吳語。

張丙釗說第 51 回白秀英把雷都頭說成雷都頭，因為興化東南和泰州話的雷、驢同音，第 71 回的《滿江紅》熟、竹、菊、玉、幅、蕭、國、目、足押韻是江淮話特點，不是吳語特點。

張丙釗的原義是要證明施耐庵就是白駒人，不過我認為，《水滸傳》中的江淮話未必能證明施耐庵是白駒人，因為現在泰州話的雷、驢還是略有差別，雷讀 lvi，驢讀 lv。而且杭州話本來受到北方話影響，趙祥來自建康（今南京），還有其他江淮說書人或小說家到杭州。南宋末年，大量江淮人因為躲避戰爭，逃到江南。最有名的是鹽城人陸秀夫，他跟隨很多江淮人逃到鎮江，鎮江的淮海書院招納了很多流亡的兩淮學生，陸秀夫就在其中。

六百年前的江浙方言，和現在有很大差別。現在的一些地方詞彙，可能當時在其他地方也有，所以不能率爾判斷。比如省得，現在是如皋、泰州、興化、東臺、大豐、泰興等地的常用詞，但是在元代，皇帝詔書的白話漢譯就有這個詞，說明是元代官話的通用語，不能看成是江淮話的特有詞。即便是施耐庵真的是白駒人，他也可能只是在改編時添入一些江淮話。

除了張丙釗列出的詞，還有不少詞是吳語和江淮話，比如小說中多次出現闊字，第 9 回闊板橋、闊河，堤 13 回闊潤，第 14 回闊臉，第 29 回闊路，第 30 回闊板橋、闊河，第 37、79 回闊港，闊是現在吳語詞，現在杭州、湖州都有闊板橋。江淮話原來也有這個字，現在江蘇省濱海縣還有闊港村。

書中多次把愈發寫成一發，這也是江淮話，在我家鄉濱海縣的方言中，愈發就說一發。

第 14 回說劉唐臉上有一搭朱砂記，江淮話的一搭就是一塊，這搭、那搭和這塊、那塊是同樣意思，吳語的這裡說該搭。

第 20 回戰爭場面中用的灰瓶，不是裝灰的瓶子，而是火瓶，因為古代山東話的火讀作灰，西漢揚雄《方言》卷十說：「煨，火也，楚轉語也，猶齊言煨火也。」根據東晉郭璞的注，煨、煨的讀音都是 hui，說明火可以讀成 hui。不過江淮話也有這種讀法，我的家鄉濱海縣的方言中，傢伙的夥讀 hui。

第 21、24、104 回的杌子是凳子，第 23 回說宋江的腳趷了火鍬柄，很多人誤以為趷是指踩到或蹬到，其實江淮話的趷指腳往前滑。因為宋江和武松

還有距離，所以鐵鍬要往前滑，才能把炭火灑到武松的臉上。

第 75 回的㧓布，是江淮話的抹布，㧓是擦拭的動作，所以江淮話又叫㧓潮布，連讀變成 jiao 布，有人寫成繳布。

朱貴的外號是旱地忽律，忽律是鱷魚，吳語的忽 ut 和鱷 uk 讀音接近，北方話和江淮話讀音不近，江淮話的鱷讀 ak。

第 4 回出現的乾呆，其實就是現在吳語的憨大，讀音很接近，第 101 回說蔡攸的兒子，生來憨呆，就是憨大。

有人列舉《水滸傳》中的江淮話，包括活泛這個詞。但是根據我的認知，活泛不是江淮話的詞。

李永祜指出《水滸傳》不像《西遊記》、《紅樓夢》有某種特定的方言文化背景，而是有山東和江浙兩種方言文化背景，《水滸傳》作者是南遷到杭州的山東人。不過列出的很多詞其實是南北通語，不能證明作者就是山東人。南方人容易說北方的官話，但是北方人不容易說南方話。〔註 16〕他列出的山東話，我認為其中也有很多江淮話或古代官話通語，比如：娘兒兩個、時辰、財主、做媒、說親、親事、扁擔、抹布、貨郎、便宜、長工、那夥人、脊樑、趁錢、作死、好歹、勾搭、不自在、家來。如果我們除去這些詞，則所謂的山東話就不多了。其實《水滸傳》的方言比較駁雜，既有北方話，也有江淮話，也有吳語。這是因為《水滸傳》本來就是各地故事的匯總，最初在杭州講水滸故事的人，很多是南宋初年流落到杭州的北方人。南宋晚期，流落在杭州的北方人已經南方化，水滸故事也傳播到了很多南方人的口中。

有人說，江蘇興化有西滸、東滸地名，證明作者施耐庵是興化人。我以為這個說法不能成立，因為浙江嘉善、江西南昌、福建詔安、山西夏縣都有西滸地名，嘉善的西滸也在水鄉澤國。安徽郎溪、江西銅鼓、山西夏縣都有東滸地名，既然不是興化特有，不能證明施耐庵是這裡人。

五、羅貫中在至正年間改編

上文說過，羅貫中在書中為自己安排了一個角色：第 90 回的許貫忠，介於征遼和征田虎之間，是作為一個引子，引出羅貫中編入《水滸傳》的田虎故事。小說中的許貫忠是燕青的老朋友，這是羅貫中為之間安排和《水滸傳》

〔註 16〕李永祜：《〈水滸傳〉的語言地域色彩與南北文化融合〉，《明清小說研究》2008
　　　年第 2 期，收入《水滸考論集》，第 322～323 頁。

風流倜儻的人物結交。令人感到奇怪的是，許貫忠住在大伾山，書中說：

> 原來這座山叫做大伾山，上古大禹聖人導河，曾到此處。《書
> 經》上說道：「至於大伾。」這便是個證見。今屬大名府濬縣地方。

天下名山很多，為何羅貫中為自己安排在大伾山？現代很多人不知大伾山，但是古代的讀書人都知道。因為《尚書·禹貢》說大禹：「導河積石，至於龍門。南至於華陰，東至於底柱，又東至於孟津，東過洛汭，至於大伾。北過降水，至於大陸。又北，播為九河，同為逆河，入於海。」

大伾山是大禹治河的重要地方，而元代人認為是黃河的大水災導致元朝滅亡。南宋建炎二年（1128年），東京留守杜充為了阻擋金兵南下，掘開黃河大堤，致使黃河南流在江蘇入海，直到咸豐五年（1855年）才回到山東入海。南宋初年，朝廷無力整修黃河，還想借機阻擋金兵。而泛濫的地方在今山東、江蘇、安徽、河南，是金朝的南部邊疆，人口稀少，所以金朝也不去整修。元代黃河多次決堤，規模越來越大。

元世祖至元九年（1272年），新鄉縣決堤。二十三年（1286年），河決十五處。二十五年，河決汴梁路的太康、通許、杞縣，泛濫陳州（今淮陽）、潁州（今阜陽）。二十七年，河決祥符縣（今開封），太康、通許、陳、潁被害。

元成宗元貞二年（1296年），河決杞、封丘、祥符、寧陵、襄邑（今睢縣）、開封。大德元年（1297年），三月，歸德府徐州、宿遷、睢寧、鹿邑、許州臨潁、鄢城、睢州襄邑、太康、扶溝、陳留、開封、杞縣河溢。大德二年，杞縣蒲口決堤，水淹汴梁、歸德。八年，祥符、太康、獲嘉、陽武（今原陽）河決。九年，陽武河決，寧陵、陳留、通許、扶溝、太康、杞縣河溢。

武宗至大二年（1309年），歸德府、封丘河決。三年，河北河南道廉訪司上言說，歸德府、太康縣堵住了兩個汊流，黃河有向北泛濫的趨勢，或許會恢復梁山泊。

仁宗皇慶元年（1312年），睢陽縣河溢。二年，河決陳、亳、睢州（今睢縣）、開放、陳留。延祐二年（1315年），河決鄭州。三年，太和縣河溢，汴梁河決。七年，榮澤縣、原武縣（今原陽）河決。

泰定帝泰定二年（1325年），汴梁路十五縣河溢，睢州河決。三年，歸德府、鄭州河決，亳州河溢。四年，睢州、夏邑縣河溢，汴梁路河決。致和元年，碭山、虞城縣河決。

文宗至順元年（1330年），大名路長垣、東明縣河決，曹州濟陰縣河溢。

三年，睢州、陳州、蘭陽（今蘭考）、封丘河溢。

順帝元統元年（1333年），陽武縣河溢。至元元年，封丘縣河決。三年，蘭陽、尉氏縣河溢。至正三年（1343年），河決白茅口。

至正四年（1344年）：

> 夏五月，大雨二十餘日，黃河暴溢，水平地深二丈許，北決白茅堤。六月，又北決金堤，並河郡邑濟寧、單州、虞城、碭山、金鄉、魚臺、豐、沛、定陶、楚丘、武城，以至曹州、東明、鉅野、鄆城、嘉祥、汶上、任城等處皆罹水患，民老弱昏墊，壯者流離四方。水勢北侵安山，沿入會通、運河，延袤濟南、河間，將壞兩漕司鹽場，妨國計甚重。省臣以聞，朝廷患之，遣使體量，仍督大臣訪求治河方略。

此次河決，因為向北威脅到了今河北，所以才引起皇帝的高度重視。但朝政腐壞，拖到十一年（1351年）四月，才命賈魯以工部尚書為總治河防使，發汴梁、大名十三路十五萬人，廬州等戍十八翼軍二萬人供役。十一月竣工，黃河仍由今江蘇入海。

賈魯治河之前的庚寅年（1350年），河南河北開始流傳童謠：「石人一隻眼，挑動黃河天下反。」賈魯治河時，真的在黃陵岡（在今蘭考縣東北）挖出一隻眼的石人，於是韓山童、劉福通等人開始在潁州起兵。那個石人顯然是起義軍事先埋下，說明元末起義在黃河水災中埋下了基礎。

明代寫《元史》的人，在《河渠志三》中說，很多人說是因為賈魯治河，損耗民力，導致天下大亂，其實是元朝長期腐朽，不是治河的原因。

其實明代人這段話也不對，元朝自然是長期腐朽，但是元朝的疆域很大，為何偏偏是在黃河附近開始動亂？根本原因還是黃河長期泛濫，導致黃河兩岸民不聊生，潁州就是長期遭受水災的地方。

元代江南人葉子奇《草木子》記載了元末的一首詩：「丞相造假鈔，舍人做強盜。賈魯要開河，攪得天下鬧。」江南人陶宗儀《南村輟耕錄》記載了元末的一首小令：「堂堂大元，姦佞當權，開河變鈔禍根源，惹紅巾萬千。」這兩首詩的作者肯定是江南人，不知中原人在水災中受盡苦難，不是賈魯要開河，開河不是禍根，不修水利才是禍根。

所以我們才能明白，元末的羅貫中為何要在《水滸傳》中安排自己住在大伾山，他是希望回到上古的黃金時代，希望中國再出現大禹一樣的聖人，

治好黃河。羅貫中希望自己能為治河而效力，所以羅貫中改編《水滸傳》的時代，最有可能在至正四年到十一年之間。

書中第 110 回記載桑家瓦子的平話《三國志》關雲長故事，這一段記載的平話風格在《三國演義》之前，應該是在明代之前寫成，羅貫中也改編了《三國演義》，所以他在《水滸傳》中也很關注三國故事。梁山好漢有病關索楊雄，有關羽的後代關勝，水滸故事受到三國故事的影響也可能是反映宋元社會流行的現象，不是羅貫中一個人的偏好。

六、羅貫中的家鄉之謎

這就要說到羅貫中的家鄉問題，賈仲明《錄鬼簿續編》：

> 羅貫中：太原人。號湖海散人。與人寡合，樂府、隱語極為清新。與余為忘年交，遭時多故，各天一方。至正甲辰復會，別來又六十餘年，竟不知其所終。《風雲會》〔趙太祖龍虎風雲會〕、《蜚虎子》〔三平章死哭蜚虎子〕、《連環諫》〔忠正孝子連環諫〕。

但是很多明代出版的《三國》、《水滸傳》署名都是東原羅貫中，不是太原。我認為也有可能是東原，鍾嗣成的《錄鬼簿》記載各人籍貫，上卷和下卷都用元代地名，但是賈仲明的續編則主要是用地名的雅稱和古名，比如古汴（開封）、金陵（南京）、廣陵（揚州）、錫峰（無錫）、京口（鎮江）、嘉禾（嘉興），還有北方、西域、山東、燕山（北京）、江右（江西）、隴右（甘肅）等地點不詳的地名。說明續編的很多人是賈仲明交往不多的人，所以不熟悉具體地點，很多籍貫來自詩文，詩文多用地名雅稱。

東原即元代的東平陸，《禹貢》：「大野既豬，東原底平。」大野即鉅野澤，即梁山泊，所以東原、東平地名其實都是源自梁山泊。東平多湖，才叫湖海散人。太原少湖，不太可能是太原人。

如果羅貫中是東平人，那麼他關注《水滸傳》就很好理解。我們也可以理解他在《水滸傳》要住在大禹治河的大伾山，至正大水災淹沒的正是他的家鄉！如果黃河能夠回歸北宋故道，流向河北，就不會使他的家鄉東平受災。

所以我認為，羅貫中編成《水滸傳》，就在至正大水災時。明代王圻《稗史彙編》說：「如宗秀、羅貫中、國初葛可久，皆有志圖王者。」說明羅貫中關心時政，排在國初之前，所以王圻認為羅貫中在元末。

根據《水滸傳》現在的內容根本無法判斷羅貫中的家鄉，因為山東地名

錯誤很多，陽穀縣和清河縣就不是鄰縣，鄆城縣也不是一天到滄州，但是山西地名同樣錯誤很多，澤州寫成了蓋州，臨縣也不靠近沁源。

王利器認為，東字的草書，如果日久模糊，很容易被看成是太字，所以太原很可能是東原的筆誤。

我們看到《錄鬼簿》卷上的東平人有高文秀、張時起、顧仲清（清泉場司令）、張壽卿（江浙省掾史），卷下的東平人有趙君卿（嘉興、杭州吏）、陳彥實（浙東、福建吏）、李顯卿（江浙省吏）。卷下的三人和鍾嗣成關係極好，羅貫中很可能和這些在南方做官的東平人有來往。

東平人高文秀寫有九部雜劇涉及《水滸傳》，即《黑旋風雙獻頭》、《黑旋風窮風月》、《黑旋風大鬧牡丹園》、《黑旋風喬教學》、《黑旋風詩酒麗春園》、《黑旋風借屍還魂》、《黑旋風鬥雞會》、《黑旋風敷衍劉耍和》、《雙獻頭武松大報仇》。元代山東棣州（治今山東惠民）人康進之有雜劇《黑旋風老收心》、《黑旋風負荊》，可見元代的山東人有很多涉及《水滸傳》的作品，羅貫中更有可能是東平人，而不是太原人。

再看太原，《錄鬼簿》卷上有太原人李壽卿、劉唐卿，卷下有太原人喬夢符。不僅數量少，也沒有涉及《水滸傳》的作品。

有人根據許貫忠為宋江出兵山西指路，斷定羅貫中是山西人。有人為了否定羅貫中是山西人，說許貫忠不是源自羅貫中。其實許貫忠即使是源自羅貫中，也不能證明羅貫中是山西人。小說中，宋江是去平定山西，如果羅貫中是山西人，他不一定要出現在平定自己家鄉的故事中。

羅貫中雖然可能是東平人，但是他未必在東平生活，很多人南遷數代，仍然標榜祖籍地。周密是杭州人，他的祖先從山東南遷，但是他的書叫《齊東野語》，仍然自稱是齊東野人。

全真教雖然是金代的山東出現，但是元代的南方仍然不屬全真教，而《水滸傳》中出現了多次全真先生，很可能因為羅貫中是山東人。第42回說九天玄女授予宋江天書，第88回說九天玄女幫助宋江打敗遼國。九天玄女廟主要在北方，江浙很少。

鍾嗣成生活在元代，羅貫中是他的忘年交，從羅貫中是施耐庵門生來看，則羅貫中的年齡更大。至正甲辰即二十四年（1364年）後，鍾嗣成未再見過羅貫中。歐陽健發現，《門人祭寶峰先生文》列出的趙偕（寶峰）門人按照年齡排序，羅本在烏斯道（1314年生）、王恒（1319年前生）之間，推出羅貫

中生於 1315 到 1318 年間。〔註 17〕

　　羅貫中比施耐庵小太多，也有可能是施耐庵的門生，他是改編了施耐庵改寫的《水滸傳》。萬曆十七年汪道昆的《水滸傳》序說：「故老傳聞，洪武初，越人羅氏，訕詭多智，為此書共一百回。」則羅貫中可能活到洪武，符合 1315 到 1318 年的出生時間。

　　有人說，《三國志通俗演義》在很多古代地名下標注當代地名，提到建康、江陵，元代天曆二年（1329 年）改建康為集慶，改江陵為中興，說明此書在天曆二年之前成書，所以羅貫中生於 1300 年之前。〔註 18〕

　　我以為此說不確，羅貫中很可能改編《三國志通俗演義》，這些地名標注未必都是出自羅貫中，很可能是羅貫中抄錄前人的標注。古人改編前人的書，對於無關緊要的文字，不會刻意刪去，所以這些內容被書商改刻時保留下來。

　　羅貫中在至正四年大概 30 歲，正是年富力強之時。可惜元朝已經到了末世，所以他的抱負得不到施展。

　　有人說，梁山好漢沒有姓羅的人，僅有一個羅真人是來自南宋初年的摩尼教故事，這些都證明羅貫中在《水滸傳》的改編中影響不大。

　　陳中凡認為施耐庵是元代後期的人，羅貫中是元末明初的人，元代出現很多水滸雜劇，施耐庵校訂此前的《水滸傳》，羅貫中又有加工。《水滸傳》很多俗語見於元曲，比如對外人稱妻子為渾家，對自己妻子稱大嫂。《水滸傳》第三回魯智深說：「殺人須見血，救人須救徹。」元曲《爭報恩》第一折正旦對徐寧說、《西廂記》第四本第四折張生唱，都有此句。《水滸傳》第六十一回盧俊義說：「祖宗無犯法之男，親族無再婚之女。」《金錢記》第三折王府尹和《西廂記》第二本第一折崔夫人，都有此句。《水滸傳》第五回小嘍囉說：「帽兒光光，今夜做個新郎。衣衫窄窄，今夜做個嬌客。」《鴛鴦被》第二折道姑見劉員外、《李逵負荊》第二折宋江，語意全同。《水滸傳》第一百二十回高俅、楊戩說：「恨小非君子，無毒不丈夫。」《還牢末》楔子的劉唐所說，完全相同。《水滸傳》第二十四會潘金蓮罵武大郎：「我是一個不帶頭巾男子漢，叮叮噹噹響的婆娘，拳頭上立得人，胳膊上走的馬，人面上行的人。」《燕青博魚》搽旦王臘梅說：「我是個拳頭上站的人，胳膊上走的馬，不帶頭巾的男

〔註 17〕歐陽健：《試論〈三國志通俗演義〉的成書年代》，《三國演義研究集》，四川社會科學出版社，1983 年。
〔註 18〕章培恒：《關於羅貫中的生卒年》，《不京不海集》，第 112～122 頁。

子漢，叮叮噹噹響的老婆。」〔註19〕

七、水滸是水寇的閩語音誤

羅爾綱發現，羅貫中的《三遂平妖傳》很多詩詞和《水滸傳》的詩詞相同，他認為是羅貫中插入《水滸傳》，我認為這些都是細枝末節的潤色，不影響小說整體內容。而且很多人認為《三遂平妖傳》的總體水平不及《水滸傳》，反而有可能是《三遂平妖傳》抄錄《水滸傳》。

水滸兩個字出自《詩經・大雅・綿》記載周人的祖先在遷徙時：「古公亶父，來朝走馬，率西水滸，至于岐下。」水滸指水邊。雖然古代的讀書人都熟悉這段話，但是這段話和《水滸傳》的關係似乎太遠，令人難以理解，寫梁山好漢的小說為什麼要用水滸為名。

我認為如果水滸不是對水虎的雅化，或許水滸兩個字是元末明初的江南文人有意命名。也有可能是江南的文人懷念元末割據江南的張士誠，張士誠的國號就是周，對應周人的祖先古公亶父。張士誠也從他的家鄉南遷到蘇州，類似古公亶父南遷。張士誠被朱元璋俘虜到南京，正是來朝走馬，從蘇州西行。因為朱元璋在明初嚴厲打擊江南的富商地主，大量富戶破產，甚至被發配到鳳陽和雲南，使很多江南的富戶文人懷念張士誠。如果施耐庵、羅貫中是江南人，他們懷念張士誠也很正常。

不過我還想到一種解釋，閩語的許字讀音比較特別，許字的廈門話是 khɔ，海南島昌江話、東方話是 khou，三亞話是 kheu，現在海南島漢語方言絕大多數是閩語，海南島的閩語來自宋元遷入的閩南人，現在海南島漢族家譜大多數記載祖先來自閩南，因此海南島的方言保留了很多古老的閩語特點。總體而言，閩語許字的讀音都接近寇，所以我認為水滸這個怪名字很可能是閩語的寇字的音誤，水滸原來應該是指水寇。梁山泊的一百零八將都是水寇，宋江、田虎、王慶、方臘在《水滸傳》中被稱為四大寇。

現在我們能看到的《水滸傳》最早版本是上海圖書館發現的《京本忠義傳》兩頁殘頁，一般認為是建陽的刻本，時間是在正德到嘉靖前期。宋元時代閩北建陽縣麻沙鎮，刻印的麻沙本非常有名。南宋朱熹《建陽縣學藏書記》陳：「建陽版本書籍行四方者，無遠不至。」麻沙本使用梨木，容易雕刻，成

〔註19〕陳中凡：《試論〈水滸傳〉的著者及其創作時代》，《南京大學學報》1955 年創刊號。

本較低，產量較大，但是錯誤很多，字跡模糊。所以麻沙本的行銷雖然很廣，但是被南宋人認為是最低端的書，南宋葉夢得《石林燕語》卷八：「天下印書，以杭州為上，蜀本次之，福建最下。福建多以柔木為之，取其易成而速售，故不能工。」南宋周煇《清波雜志》卷八：「若麻沙本之差舛，誤後學多矣。」南宋陸游《老學庵筆記》卷七：「三舍法行時，有教官出《易》義題云：乾為金，坤又為金，何邪？諸生乃懷監本至簾前請曰：先生恐是看了麻沙本。若監本，則坤為釜也！教授惶恐，謝曰：某當罰。」

元英宗至治年間，建安虞氏刻印的通俗小說有：《三國志平話》、《秦並六國平話》、《前漢書續集》、《武王伐紂書》、《樂毅平齊七國春秋》。建安是指古代的建安郡，其實就是建陽縣。可見建陽是宋元時期刻印通俗小說的重要地點，明代周弘祖的《古今書刻》卷上記載有福建書坊的《宣和遺事》，《宣和遺事》即《水滸傳》的前身。

我認為，《水滸傳》這種小說原本不登大雅之堂，倒是被麻沙鎮的書商喜歡，因為受到閩語許字讀音接近寇的影響，加上明代的統治者打壓這種講述造反故事的書，所以才改《水寇傳》為《水滸傳》。類似的事情在歷史上很多，清代書商為了躲避假道學的統治者查禁，將《紅樓夢》改名為《金石緣》，《肉蒲團》改名為《耶蒲緣》。

寇改為滸，一字之差，判若雲泥，竟然從打家劫舍的水寇忽然附會到了皇家禮樂的《大雅》，簡直是商人對抗專制政權文化審查的最經典案例。如此一來，書商又可以大賺一筆。這就是《水滸傳》的名字在明代忽然出現的原因，不過這種名號的改動不能證明《水滸傳》內容出自明代。其實水滸故事在南宋已經基本定型，多數內容在元代之前已經形成。我們更不能因為水滸兩個字在《詩經》中出現，就認為《水滸傳》有多少儒家和理學的背景。

第九章　水滸文化與社會

一、水滸文化來自四面八方

　　從上文可以知道，《水滸傳》的故事來自四面八方。從真實的歷史來看，宋江是河北人，史斌（史進）在陝西起兵，魯智深來自山西五臺山，王英、彭玘是河南人，張用、曹成（曹正）是安陽人，董平是南陽人，王善（王慶）、邵青（燕青）、李逵等很多人是山東人，范汝為（樊瑞）和八臂哪吒項充、飛天大聖李袞的原型是福建人。

　　還有很多梁山好漢來自長江中游，比如李俊、李立、張順、童威、童猛、張橫、穆弘、穆春、蔣敬、歐鵬、鄧飛、陶宗旺。

　　還有來自建康（今南京）的石秀、安道全、馬麟，來自真州（今儀徵）的孟康，來自蘇州的鄭天壽。這些人在雖然在史書沒有明確記載，但是我們他們出現在張用、邵青的故事中，可以知道有歷史依據。

　　田虎故事源自山西和河北，傅亮故事牽涉湖北、河南、陝西、重慶，方臘故事來自浙江。

　　從《水滸傳》成書的地點來看，最重要的地方應該是被我重新發掘出來的建康（今南京），《水滸傳》最早的作者是在建康監管水門的趙祥。田虎、王慶的原型之中，高托天和祝友都在南京附近，所以南京趙祥寫作說也能接受田虎、王慶故事的由來。

　　南京作為南宋初年的陪都，是南宋非常重要的城市。論經濟規模和政治地位，南京僅次於杭州。北宋仁宗慶曆七年（1047年）的建康有二萬多戶，南宋高宗建炎年間有三萬戶，南宋中期超過十五萬人，另外還有軍隊和軍屬

超過十五萬人，則有三十多萬人。

施耐庵和羅貫中不過是很晚的改編者，改動了一些細枝末節，他們的地位都比不上趙祥。我認為，看《水滸傳》的人不應該忘記趙祥，應該把趙祥列為《水滸傳》的作者，而不是把改編者施耐庵、羅貫中列為作者。

趙祥在杭州編出《水滸傳》，杭州是《水滸傳》最終成書的地方，施耐庵和羅貫中都是在杭州改編《水滸傳》。小說中大量的吳語和江淮話，證明《水滸傳》最終在江浙產生。

以前很多人看《水滸傳》，過分關注山東或浙江、江蘇，忽視了河北、河南、山西的很多好漢，湖北、江西、安徽、福建也是很重要的地方。上面我已經論證，很多故事的地點本來是在南方，元代施耐庵或羅貫中改編時，把這些地方挪到了梁山泊附近。

所以水滸文化，涉及到中國南北的十幾個省，不能從一個或幾個地方的狹隘觀點來看。跳出狹隘的地方觀點，可以避免很多不必要的紛爭。水滸文化是中國文化，也走向了世界。應該從大地域的視角來看水滸文化，還可以從中外文化比較的角度來看水滸文化。

不過水滸文化也不能任意擴大，有學者過度強調水滸和南宋初年洞庭湖楊么武裝的關係，我認為這可能是過度解釋。根據本書的考證，水滸故事的原型和楊么的聯繫很小。這可能是因為杭州的藝人們不熟悉洞庭湖武裝的情況，所以洞庭湖故事沒有進入水滸故事系統。所以水滸故事的演變不能簡稱為從山賊到水寇，最早期的水滸故事也不是專指山賊，宋江和晁蓋等人的活動地域不在山上，水滸故事一開始就有很多地域。

二、水滸文化的廣泛影響

水滸文化的影響深遠，據包頭市博物館的展覽介紹，老包頭草市街的後面有一條溝，放了很多無主的靈柩，俗稱死人溝。很多流民乞丐在溝中挖窰洞居住，自稱梁山。包頭商人組織大行，雇傭他們維護市場秩序和環境衛生，紅白喜事時為人吹鼓抬轎。包頭的梁山也設有忠義堂，門懸虎頭牌和牛皮鞭，有刑具拐挺。有嚴格的幫規和懲罰辦法，輕則鞭撻挺抽，重則殘肢活埋。

現在閩南、潮汕和臺灣沿海的很多村落在節慶時表演宋江陣，按一百零八將的名號出場，手持各種武器。這種活動很可能源自明清時期的村落械鬥，也有人說源自鄭成功反清復明。我認為東南沿海的宋江陣很晚才出現，因為

閩南人在宋元時期大量移民到雷州半島和海南島，使雷州、海南的方言也以閩南語為主。但是現在雷州、海南沒有宋江陣，所以福建、廣東和臺灣的宋江陣應該是在明清時期才出現，而且很晚才改名宋江陣。

宋江陣在潮汕一些地方又叫英歌舞，讀音接近秧歌舞，秧歌舞應該是原名。高度評價《水滸傳》的明代思想家李贄恰好是閩南泉州人，李贄的祖先是來自西亞的回族，反映開放的華南更容易接納水滸文化。

山東宋江、淮西王慶、河北田虎、江南方臘是《水滸傳》中所稱的四大寇，清末孫中山與陳少白、尤列、楊鶴齡在香港一起革命，被人稱為四大寇。1921 年，孫中山又與這三人在廣州越秀山的文瀾閣經常見面，孫中山題寫了「四寇樓」之名，證明水滸文化對近代革命也有積極影響。可見水滸文化即使在現代，也有一定積極意義。明代田汝成批判《水滸傳》是變詐百端、壞人心術之書，其實《水滸傳》蘊含的革命精神有進步的因素。

三、流民集團是一個小社會

同樣是北方移民大規模南下，東晉的移民往往是由宗族組織，因為當時是士族社會。東晉初年，士族特別重視郡望。所以北方人遷到南方，還要在南方標榜自己的郡望。於是設立了很多郡縣，名字直接用北方的地名，這就是僑州郡縣。一直沿用到南朝末年，造成南北地名的混亂。

但是南宋初年，沒有出現僑州郡縣。當時也有人想過模仿東晉南朝的僑州郡縣，《建炎以來繫年要錄》卷三三說建炎四年（1130 年）五月，給事中兼直學士院汪藻上書說金人南侵，多是驅趕河北、河南的百姓打頭陣，很多北方人逃奔江南，本年度建康、鎮江招納的流民已有萬人。浙西經過戰爭，有很多空地。可以仿照六朝，在浙江西路的各縣，分立兩河州縣。比如在金壇縣建立南相州，准許相州（今安陽）的百姓居住，北方的百姓一定絡繹而來。如果北方人大舉南下，朝廷就有很多精兵。

汪藻的方案非常具體，但是不可能實現。因為時代早已變化，中國的士族社會早已解體，沒有門閥來組織僑州郡縣，趙構一心投降。南宋的北方人南遷，很多是裹挾在流民集團之中。很多官員南遷，最多帶上家人。

流民集團的首領出身普通，邵青不過是艄公，王彥、李成、張用都是弓手，說明很多流民首領是地方民兵，稍微高級一點的是北方潰軍的小軍官。流民首領中，基本看不到北宋的官員或讀書人。

流民集團的規模很大，王善號稱 20 萬，所以王善在合肥潰散，祝友等人指揮的小集團，每個小集團至少還有幾千人。

張用和曹成、馬友、李宏的小集團組成一個大集團，號稱 40 萬人，至少有 20 萬，一個小集團至少有 5 到 8 萬。

這麼龐大的流民集團，而且不全是來自同姓同鄉，要想嚴密組織起來，難度很大，所以集團中確實需要不少人才。如果擄掠到物資，不能哄搶，必須有人分配，或者設立一個簡單的分配原則，還要有專門的會計，否則寅吃卯糧，很快滅亡。所以神算子蔣敬這樣的人物，不是小說家胡亂編造出來，而是各個流民集團都有的人物。

通臂猿侯健這樣的裁縫也有依據，因為南宋初年，異常寒冷，所以流民集團也需要有裁縫等工匠。

流民集團也需要娛樂，流民集團的首領就是土皇帝，不僅擁有三妻四妾，也要享受生活，所以有鐵叫子樂和。

九尾龜陶宗旺代表的是流民集團中被裹挾的民夫，雖然數量龐大，但因為不是頭領，所以一百零八將中只有這一位是真正的農民，可能還是民夫的頭目，才被歷史記載，絕大多數人默默無聞。

流民集團也會任用俘虜的官員，邵青就用謀士魏曦，取得勝利。但是邵青對魏曦很不信任，魏曦得到城中射來的書信，邵青就中了反間計，認為魏曦一定會為官府服務，殺了魏曦。

曾經有很多人爭論《水滸傳》到底是不是寫農民起義，有人認為梁山好漢絕大多數不是農民，所以不是寫農民起義。也有人認為不能根據頭領的身份來判斷，梁山上的義軍多數是農民，所以是寫農民起義。

其實如果我們回歸《水滸傳》的歷史原型，看到《水滸傳》多數故事源自南宋初年的流民集團，這個問題就可以化解了。

流民集團中有各種身份的人，而且《水滸傳》在杭州的說書人口中又經過很多加工。宋代的很多農民轉變成為市民，杭州是說書人也很熟悉市井生活，所以增加了很多市民生活的描寫，特別是閻婆惜、潘金蓮等故事。

南宋初年的流民集團多數是農民，其多數頭領雖然可能出身農民，但是早已有了農民以外的身份，所以我們把《水滸傳》說成是描寫農民起義或平民起義的作品都可以。

四、如果宋江不招安

很多人批判宋江接受招安，他們應該想一想，如果宋江不招安，會有什麼出路。無非兩條路，一是被宋朝剿滅，二是取代宋朝。如果宋江做了皇帝，傳到數代之後，還會出現徽宗、高宗之流的人物，還會出現新的宋江。這是歷史的必然，誰也逃不脫，換成王矮虎做皇帝也一樣。

所以宋江招安可以批判，但是這種批判不解決根本問題，除非宋江有新的選擇。南宋寧宗嘉定八年（1215年），英國的國王約翰王在貴族的逼迫下，被迫簽署了著名的《大憲章》，國王權力被限制，貴族和教會的權力得到保護，城市有自治權，自由民有自由權，國王徵稅需要得到貴族會議同意，這是世界史上劃時代的大事。

同一年的南宋，朝廷給理學家張栻加諡號為宣，正在積極推廣理學。次年正月，給理學家呂祖謙加諡號為成。到了嘉定十三年（1220年），又給朱熹、周敦頤、程顥、程頤、張載這樣更高級的理學家，早已加諡號為文、元、純、正、明。其實這種諡號不符合宋朝制度，因為朱熹的官位在五人之中最高，也僅有從四品，而宋代諡號一般給三品以上的官員和王、公，而且朱熹去世多年。

但這時是史彌遠執政，因為史彌遠偽造了詔書殺害韓侂胄，才奪取大權。他得位不正，所以通過理學為自己裝潢門面。史彌遠的靠山是楊皇后，史彌遠也可以說是皇權的代表。寧宗29歲就病死，史彌遠扶植傀儡皇帝理宗。史彌遠專權26年，紹定六年（1233年）才病死。

宋理宗因為推行理學而得名，這是中國歷史上唯一的理宗。可見同時代的中國，理學至高無上，不可能產生《大憲章》。即便宋江晚生好幾代，也不可能有新的出路。《水滸傳》最後一回還在強調，徽宗是至聖至明，不過是被奸臣蒙蔽。有這樣的思想，宋江等人不可能有新的出路。

水滸的最後一回又說宋徽宗聽說宋江被害，非常憤怒，賜給宋清錢十萬貫，田三千畝，錄用其子做官。可見古代的民間文人仍然對宋徽宗這樣的昏君抱有幻想，這些都是古代中國人的最高理想，認為只要忠心朝廷，哪怕被冤殺，家人仍然會被皇帝平反。其實十萬貫、三千畝是大將的待遇，簡直是岳飛被平反的情景再現，不可能用在宋江這種人身上。

所以讀了《水滸傳》，如果要批判，不應該首先批判宋江，而應該首先批判迷信君主制度的思想，其次才是批判趙佶、趙構，其次才是他們的爪牙蔡京、童貫、高俅、秦檜等人。

五、宋朝不是現代社會

宋史學家虞雲國認為，宋朝雖然有很多其他古代王朝沒有的優點，但是絕不能過度美化宋朝。有的人胡亂地把宋朝的制度和民主聯繫起來，就是違背了歷史事實。〔註1〕

我認為這種看法非常合理，宋朝同時代的歐洲雖然在總體力量上不能和宋朝對比，但是歐洲在此時已經出現了很多自治的城市和獨立的大學，為歐洲的思想和科技發展奠定了基礎。因為中國南方在宋代之前沒有遭受游牧民族侵擾，不像歐洲因為蠻族入侵而遭到破壞。

而且中國有悠久的歷史經驗累積，使得宋朝的科技一時領先於歐洲。但是因為沒有宋朝沒有發展出歐洲的自治城市和獨立大學，所以不能為中國的科技發展提供保障。

現在有的通俗書作者，把宋朝美化為歷史上的天堂，缺乏對中國通史和人類文明的瞭解，把很多晚唐出現的變化加在宋朝，把明朝的一些倒退，比如朱元璋的重農抑商政策都歸咎於元朝。甚至開始從這種錯誤的歷史觀出發，開始批判新文化運動。甚至說宋太祖的不殺士大夫祖訓就是中國的《大憲章》，〔註2〕根本不懂什麼是《大憲章》，極其荒謬。

把宋朝美化為天堂的做法，和古代儒家把三代美化為天堂的做法同樣愚蠢，都是源自脫離歷史的想像。朱元璋的重農抑商政策出自儒家思想，顯然不是出自蒙古人的習俗，蒙古人是游牧民族，怎麼會重農抑商？《大憲章》是公開簽署、頒發到各地的協議。宋太祖的祖訓不是國王和貴族簽訂的協議，從來沒有公開，更沒有限制君主權力。把宋太祖的祖訓胡亂比附為《大憲章》，是一種極端意淫，根源還是自卑，不敢承認自己落後，好像頭埋在地下的鴕鳥。

中國能不能從宋朝邁入現代社會，也可以看成是一個假問題，好比說牛頓的鄰居能不能發現地球引力。牛頓已經發現了地球引力，他的鄰居就不可能再發現。歐洲先進入現代社會，其他地方必然是被歐洲驅趕到現代社會。歐洲率先邁入現代社會是既定的歷史事實，我們就正視這個事實，要承認中國在近代幾百年來早已落後。阿Q吹牛說祖先曾經闊過，魯迅塑造阿Q就是

〔註1〕虞雲國：《我們應該如何看待宋朝？》，《從陳橋到厓山》，九州出版社，2016年，第241～243頁。

〔註2〕吳鈞：《宋：現代的拂曉時辰》，廣西師範大學出版社，2015年。

要諷刺這種過度美化中國歷史的人。

元朝雖然有過幾次短暫的海禁，但不是出自重農抑商的思想，也不是從頭到尾，更沒有一個皇帝下令片板不許下海。高榮盛先生詳細考證元朝的五次海禁，第一次是至元二十一年（1284 年）到二十二年，不禁官本船。第二次是至元二十九年（1292 年）到三十一年（1294 年），因為打爪哇。第三次是大德七年（1303 年）到八年，因為清除朱清、張瑄，防止他們的部眾起兵。第四次是至大四年（1311 年）到皇慶二年（1313 年），第五次是延祐七年（1320）到至治二年（1322）。〔註3〕元朝的海禁都非常短暫，每次不超過三年，加起來十年，只占元朝的極少時間。明朝的海禁嚴格而且漫長，完全不同。

明朝的閉關鎖國政策不是學習元朝，而是由朱元璋和理學家們依照重農抑商的儒家思想制定出來。朱元璋雖然是來自淮西的農民，但是他和來自浙江的理學家使用同一套儒家思維。這種思想在幾千年前的小國寡民時代自然可以實施，但是在世界地理大發現的年代就徹底落伍了。

明代人郎瑛在他的《七修類稿》卷二六感歎，元朝開始甚至沒有為君主姓名避諱的習慣，君臣有很多同名，明代則君臣不敢同名。蒙古人雖然歧視漢族，但是蒙古人不搞文字獄，元朝也不可能閉關鎖國。有人說朱元璋的濫殺是學習蒙古人，我覺得這是混淆是非，蒙古人是屠殺抵抗的民族，只要投降，蒙古人就不屠殺。比如南宋都城臨安是主動投降，蒙古人就沒有屠殺，所以杭州在元代仍然非常繁榮。

這種把中國的落後歸咎於游牧民族的做法，是一種夜郎自大的心理作祟，有了錯誤都推給別人，好處都留給自己。孔子說：「君子求諸己，小人求諸人。」既然有的人如此推崇儒家，就應該好好看看孔子這句話。

六、宋江身上的韓山童影子

雖然這些流民集團的規模比較大，但是還不可能出現一個人物，像《水滸傳》中的宋江那樣名聞天下，似乎比皇帝的名氣還大。宋江不過是鄆城縣的一個小吏，他不可能有那麼大的名氣。《水滸傳》中安排每一個人出場時，都很仰慕宋江，這顯然有很大的漏洞。我們今天似乎不覺得這是一個漏洞，因為今天的社會信息發達，但是在宋代，還不可能有一個普通人能被很多人認識。

〔註3〕高榮盛：《元代海外貿易研究》，四川人民出版社，1998 年。

　　除非這個人是宗教領袖，元末大起義的組織基礎來自民間宗教，河北欒城縣人韓山童的祖父，是白蓮會首領，散佈彌勒佛出世，燒香禮佛，謫徙廣平府永年縣。韓山童自稱宋徽宗的八世孫，得到劉福通等人擁戴，至正十一年（1351年）準備起兵。不料韓山童被官府殺害，劉福通起兵。至正十五年（1355年），劉福通擁立韓山童之子韓林兒為小明王。

　　彌勒教在北朝的河北就產生了，唐宋彌勒教的中心一直在貝州（治今河北清河），唐朝開元元年（713年）王懷古和北宋慶曆七年（1047年）王則都在貝州起義，韓山童正是河北人。

　　我注意到，《元史》卷三九說，元順帝至元三年（1357年）四月：「合州大足縣民韓法師反，自稱南朝趙王。」五月：「命四川行省參知政事嵩理等，捕反賊韓法師。」韓法師自稱南朝趙王，也就是宋朝皇族，他很可能就是韓山童。他曾經去四川，想割據西南，說明宗教領袖的活動範圍很廣。很可能是在四川失敗，才又轉到中原。等到中原大水災，韓山童才成功。

　　韓山童在四川造反的同一年，陳州人棒胡在信陽起兵，也是燒香，禮拜彌勒。韓山童很可能是和棒胡事先約好，在兩個地方同時起兵。

　　但是宋江不是韓山童，《水滸傳》把宋江塑造成名聞天下的人物，很可能是元代施耐庵、羅貫中改編《水滸傳》時，受到白蓮教等民間宗教人物的影響。宋代還沒有元代白蓮教那樣廣泛傳播的民間宗教，元朝統一南北，民間宗教的傳播範圍擴大。白蓮教影響較大的地方除了河北、河南，還到達湖北、江西。至元四年（1358年），彭瑩玉在江西起義失敗，逃到淮西。彭瑩玉俗稱彭和尚，勸人念彌勒佛號。至元十七年（1371年），江西都昌縣人杜萬一利用白蓮教起義。至正十一年，白蓮教徒鄒普勝、徐壽輝在蘄春起兵。

　　有人說小明王的名號來自明教，江南白蓮教和河北彌勒教的來源不同，三種宗教思想在宋元時期逐漸混合。

　　因為《水滸傳》在江浙產生，所以作者的思想沒有受到白蓮教、彌勒教的太多影響，甚至摩尼教主范汝為也被改造成全真道士。《水滸傳》的宗教思想主要受到龍虎山天師道的影響，不過是元代改編者的包裝，不過是在第一回加了一個帽子。而且這個包裝有很大的漏洞，如果108將都是同時被放出去投胎，為什麼108將中有很多兄弟？而且108將的年齡顯然有差別，說明這種道教的包裝很晚才出現。道教的包裝還體現在九天玄女、五龍大王等地方，雖然是書中主要的宗教思想，但是總的來說，在書中的分量不多。

七、宋人寄託抗金情緒在小說

　　我們已經知道，《水滸傳》的故事都是源自兩宋之際，南宋初年，全書的框架已全部形成。所以《水滸傳》看似是反宋故事，其實主要源自抗金，南宋初年很多義兵既抗金，也反宋。《水滸傳》源自民眾對南宋朝廷投降政策的不滿，而褒獎民間英雄。從歷史的角度來看，《水滸傳》當時深受群眾歡迎有合理性，即便是今天也有價值。

　　晚明著名學者李贄認為《水滸傳》是施耐庵的發憤之作，而明末清初的金聖歎故意反對李贄，認為：「施耐庵本無一肚皮宿怨要發揮出來，只是飽暖無事，又值心閒，不免伸紙弄筆，尋個題目，寫出自家許多錦心繡口，故其是非皆不謬於聖人。」

　　李贄已經不知《水滸傳》的本意是謳歌抗金的英雄，但是他的發憤之作論還有一定的合理性。金聖歎的時代更晚，更不知《水滸傳》的真正由來，所以金聖歎的觀點更加脫離宋代歷史，認為《水滸傳》是施耐庵無聊之作，顯然完全錯誤。趙景深的《〈水滸傳〉簡論》批判余嘉錫等人的研究方法，認為《水滸傳》的真實成分不足百分之一，現在看來也錯了。

　　明代吳從先的《讀水滸傳》顯示他讀到的另一本版本的《水滸傳》，宋江等人不是在北宋的都城開封鬧元宵，而是在南宋的都城杭州，大擾西湖，朝廷震動，宋江歎曰：「誓清中原，長江擊揖，水驚波撼，將軍用命，用今固秀鬱蔥蒨，山空水澄，宋德不常，湖為妖矣。」

　　所謂誓清中原，顯然是指抗金。吳從先感歎，如果朝廷用好宋江，未必無宗澤東京之捷、翟進西京之捷、徐徽言晉寧之捷、岳飛廣德朱仙鎮之捷、韓世忠江中之捷、張榮興化之捷、吳玠仙人關之捷、楊沂中藕塘之捷。吳從先根據他看到的《水滸傳》，認為宋江是南宋初年的抗金領袖，可惜他未必知道歷史上的多數水滸人物確實是抗金領袖。

　　中國歷史上有很多王朝從北方遷到南方，但是只有南宋實行投降政策，只有南宋主動放棄自己佔有的土地，拱手交給北朝。所以說宋高宗趙構是中國歷史上最昏庸姦邪的一個皇帝，毫不過分。

　　趙構知道，如果北伐成功，金人交回宋徽宗或宋欽宗，他不僅沒有皇位，下場還會很慘。伴君如伴虎，一山不容二虎。

　　安史之亂後，唐玄宗李隆基逃奔西南，唐肅宗李亨北上靈武，自立為帝，其弟李璘想佔據東南，兵敗被殺。其實李亨也是自行登基，只不過勝者為王、

敗者為寇。

明英宗朱祁鎮因為太過昏庸，聽信宦官王振，被瓦剌俘虜。他的弟弟朱祁鈺即位，守衛北京有功，還是被朱祁鎮奪回皇位，加以毒害。即便趙構抗金有功，只要徽宗、欽宗回來，都不可能因為他的功勞而讓他繼續做皇帝。

趙構是趙佶的第九個兒子，遺傳了趙佶的軟弱昏庸。因為他的母親韋氏不得寵，所以在靖康元年（1126年）正月，被他的哥哥欽宗趙桓送給金軍求和。金軍覺得他的級別不夠，要求換成徽宗的弟弟，欽宗換成了五弟趙樞，趙構僥倖回來。十一月，因為金軍南侵，又被趙桓派往河北的金軍求和。趙構到達磁州（今磁縣），因為副使王雲被群眾當成金人奸細殺死，趙構被知州宗澤留下。開封很快被圍，趙桓任命趙構為河北兵馬大元帥，援救開封。

但是趙構為了保住性命，發揮父親趙佶最大的特長逃跑，從今天的河北、山東、河南、安徽、江蘇，一直逃到浙江溫州。靖康元年（1126年）十二月，趙構在相州（今安陽）剛剛上任河北兵馬大元帥，就趕快逃往大名府，接著又逃往東平府，絲毫沒有抗金的想法。他抱頭鼠竄時，還欺騙民眾說是去南方前線，可見他不僅是一條膽小的老鼠，還是一條邪惡的老鼠。

靖康二年（1127年）正月，一心賣國求和的趙構警告宗澤不要挑戰金軍，以免失和。建炎元年（1127年），他在應天府（今商丘）剛剛繼位，就任用奸臣黃潛善、汪伯彥，趕走主戰派李綱。還殺死陳東、歐陽澈，違背祖訓，是宋朝罕見濫殺士大夫的皇帝。此時正是用人之際，但是趙構最怕抵抗，所以寧願濫殺忠臣，也要投降。

趙構虛假答應李綱的建都南陽建議，下令在南陽修城，隨即逃往揚州。他的妻妾和五個女兒已經被金軍俘虜到北方，趙構在揚州整天尋歡作樂，黃潛善、汪伯彥不及時通報金軍南下軍情。建炎三年（1129年）二月，趙構在揚州差點被金兵追殺，僅帶了幾個隨從渡江，才幸免於難。因為趙構醉生夢死，揚州數十萬人陷落在戰火之中，很多北方難民因為找不到渡船，死在揚州的江邊。憤怒的百姓把司農卿黃鍔當成了黃潛善殺了，最應該殺的鼠輩趙構反而溜走。

三月，御營司將領苗傅、劉正彥在杭州發動兵變，殺死御營司都統制王淵和一路上狐假虎威的宦官一百多人，逼迫趙構讓位給太子，改元明受，把黃潛善、汪伯彥貶到嶺南。明受改元的布告，控訴朝廷無所作為，將來杭州還有可能發生揚州的災難。雖然四月一日，苗傅在韓世忠的壓力下被迫恢復趙構的帝位，五月被韓世忠俘虜，又被處死。但是他們的預言果然在當年底

就應驗了。十二月，金兵攻佔杭州，趙構逃到海上。

　　趙構剛復位，就趕快派使者去向金軍求和。此時金兵尚未渡江，趙構給金將粘罕（宗翰）的求和信中，低三下四地自稱康王，不敢稱皇帝。趙構此時還有半壁江山，北方到處是抗金義軍。宋朝雖然潰敗，但是金朝人口很少。只要趙構想抵抗，完全可以收復國土，但是他這樣卑躬屈膝，可以說是中國歷史上最低賤無恥的一個皇帝。

　　南朝和南明的皇帝再昏庸，也沒做過這種下賤的勾當。趙構任用金朝的奸細秦檜為丞相18年，在紹興八年（1138年）按照屬國的禮儀接受金朝的詔書，臨安市民貼出揭露秦檜的榜鐵。樞密院編修胡銓要砍斷秦檜的頭，竟被昏君趙構貶到嶺南。

　　宋朝不僅每年給金朝進貢銀25萬兩、絹25萬匹，還把管轄的唐州、鄧州、商州主動送給金朝，實屬史上奇聞。鄧州（今南陽）本來是李綱建議趙構定都的地方，可見趙構絕對不想北伐。

　　為了做金朝的屬國，趙構指使中國歷史上的第一大奸臣秦檜殘忍地殺害功臣岳飛。秦檜被義士施全刺殺，在紹興二十五年（1155年）驚嚇病亡，遭到報應。趙構給秦檜的諡號是忠獻，書寫「決策元功精忠全德」的神道碑額，這樣一個舉國痛罵的奸細卻被趙構說成是全德功臣。趙構仍然用秦檜的黨羽為相，直到紹興三十年（1160年），看到金主完顏亮南侵已成定局，才用主戰派陳康伯為相。次年，完顏亮被殺，趙構也不趁機北伐。

杭州岳王廟大門

紹興三十二年（1162年），趙構退位，把秦檜故居改建為德壽宮居住，窮奢極欲，把西湖的水引入宮內，建造小西湖。一月花費四萬貫錢，在小民不敢想像的天文數字。遇到生日，宋孝宗還要給他送上豪禮，至少是銀五萬兩、錢五萬貫、絹五千匹。

趙構為了賺錢，在德壽宮釀酒私賣，建房出租，違反法律，孝宗不敢奈何。孝宗準備北伐，趙構竭力阻撓。還把孝宗叫到德壽宮，要他收回北伐命令，孝宗不答應。隆興元年（1163年）北伐失敗，為了壓制右相張浚，用秦檜的黨羽湯思退為左相。湯思退建議把佔領的淮北土地退回金朝，又說請趙構決定，孝宗罵他連秦檜都不如。在趙構的干預下，隆興二年（1164年）議和，把金宋的君臣關係改為叔侄關係，宋朝每年向金朝進貢的銀、絹減為20萬，改歲貢為歲幣，其實仍然是藩屬進貢。

杭州岳王廟的秦檜夫婦跪像

此時的趙構住在秦檜家裏，仍然是活的秦檜，導致南宋始終臣服於金朝。趙構和秦檜長年合為一體，把北宋的分權制度變成了專制獨裁，給南宋的政治帶來了極壞的影響。

王安石變法積累了大筆的財富，才使得宋徽宗有錢揮霍。宋高宗為了繼續徽宗的腐敗，居然說北宋滅亡因為王安石變法。王安石被古人批評，又被今人批評，兩頭不落好，這是所有王朝末年忠臣的下場。

明代人陸容在《菽園雜記》卷十三就說，秦檜的罪行，都源自趙構的苟

安之心，和議之罪豈能歸咎於秦檜？

杭州岳王廟有秦檜等人跪像，其實最應該跪在岳飛面前的是趙構，秦檜不過是趙構的爪牙。世人皆知秦檜的惡，而沒有看到罪惡的根源是趙構。如果看不到這一點，唾棄秦檜不解決問題。

孝宗在位 27 年，有 25 年處在趙構的黑影之下。孝宗本來是想收復中原，可是他和岳飛等人一樣，都中了儒家思想的劇毒，寧願愚忠一個中國歷史上罕見的昏君，而不為天下蒼生考慮。

有人說趙構的投降政策帶來了和平，也有貢獻，這個觀點完全不符合歷史事實。歷史事實是因為趙構的投降政策，致使金兵在中原燒殺劫掠，還導致流亡在南方的數百萬人無法回家。不知道這些說趙構投降政策帶來和平的人，有沒有家人？有沒有想過流亡的人，無法見到家人是多麼痛苦！

趙構和秦檜為了向金朝進貢，大肆搜刮，餓死很多人，南宋的百姓都說自從講和，民間一日不如一日。所謂的和平假象被完顏亮的南侵打碎了，如果不是虞允文在采石磯打敗金軍，趙構恐怕也要被擄掠到五國城去，可見投降不可能帶來和平。

現在有的人一心要為趙構和秦檜詭辯，比如何宗禮說紹興和議時，南宋沒有能力收復失地，說和議維持了宋朝的面子，維護了民族的尊嚴，說批判和議的學者是從民族氣節出發，不顧南宋初年的實際情況。又說岳飛出身於貧苦的北方農民家庭，造成了倔強的性格。岳飛被害時，朝臣沒人去營救他，證明了岳飛的性格有缺陷，不會自我保護，所以活該被殺。又說研究歷史必須實事求是，不能人為拔高岳飛。又說堅持真理和保護自己，是天下第一難事。〔註4〕

這些看法都極其荒謬！如果不是趙構殺了岳飛，岳飛怎麼沒有能力收復失地？紹興和議維持了宋朝的面子嗎？很可惜這種人沒有生在南宋初年，否則會被秦檜重用，也很可能在岳飛墓前留下他的跪像。當然，這種人認為保護自己最重要，認為人生只有現實，也不去計較身後之名了。如果他計較身後之名，也不會寫下如此謬論。持這種謬論的人，簡直是賈似道再生，鼠目寸光，井蛙搖唇，把秦檜之流的謊言對今天的世人重講一遍。

這種人說南宋初年的民力困乏，不能支撐北伐。可是趙構和秦檜享受著極其奢華的生活，他們的奢華生活難道是紹興和議帶來的嗎？

〔註4〕何宗禮：《南宋全史》，上海古籍出版社，第 216～217、229 頁。

這種人說南宋初年盜賊橫行，所以南宋無力北伐。可是這些所謂的盜賊，不正是因為皇帝不抵抗才奮起的英雄嗎？

孫述宇就批評這種謬論說，南宋北伐對金人也會造成嚴重負擔，華北早已殘破，所以不能過度強調南宋的負擔。女真的人口很少，而且也有內亂，女真軍隊的戰鬥力也在衰退，南宋軍隊的戰鬥力卻在增強。

事實上，批評紹興和議的學者絕不是僅從民族氣節出發，而是從最基本的人性出發。紹興和議並沒有給百姓帶來幸福生活，紹興和議使得醜惡勢力更加囂張，所以必須批判。如果用秦檜之流編造的太平盛世謊言，再去歌頌秦檜的和議，那不是虛假的循環論證嗎？歷史學者的任務不僅是要把歷史事實講出來，還要傳遞正確的思想，歷史學者首先要有基本人性。現代歷史學家沒有必要做古代皇帝的奴僕，歪曲歷史事實、歌頌古代皇帝和制度都是極其愚蠢的行為。

何宗禮說岳飛的性格有缺陷，所以沒有大臣去營救他，完全違背歷史事實。事實上當時天下人都為岳飛鳴冤，何必要用幾個腐朽的君臣來證明？歷史不是某一群人、某一時段的歷史，岳飛得到千秋萬世景仰，這才是真正的歷史。難道千百年來的人都看錯了岳飛？歷史學者眼中的歷史必須是千萬年、千萬人、千萬里的歷史。如果一個人眼中的歷史只是幾十年、幾個人、幾個省的歷史，這個人就不能算作歷史學者。關於趙構和紹興和議的評價，還是要看真正的歷史學家王曾瑜的著作。〔註5〕

大家紀念岳飛，不是人為地拔高他，只是為他鳴不平，只是想去除趙構、秦檜誣陷岳飛的罪名，這是真實還原歷史而已。任何一個人都要有自知之明，我們如果沒有到達岳飛的能力和境界，就沒有任何資格來對岳飛指手畫腳。岳飛的人生境界早已超越了私利，你卻去嘲笑他不會自我保護，這不是主動凸顯自己的小丑之態嗎？

岳飛生長在一望無際的華北大平原，而很多小人生長在中國東南狹窄不堪的山溝海澳，怎麼能有同樣的眼界和氣魄呢？兒時的地理環境對人的一生影響很大，莊子生長在大平原，所以他很早就對比了兩種人，《逍遙遊》開篇就講了斥鴳嘲笑大鵬。岳飛字鵬舉，這就是莊子所說的大鵬。莊子說：「小知不及大知，小年不及大年。」小人研究了幾個山溝的歷史，研究了幾個朝代

〔註5〕王曾瑜：《荒淫無道宋高宗》，河北人民出版社，1999年。王曾瑜：《紹興和議與士人氣節》，《中國史研究》2001年第3期。

的歷史，就以歷史學家自居，實在是螺蛳殼裏做道場，這就是小知。歷史學絕不只是提供小知，還提供大知。大道無處不在，大知來自社會的各個地方，岳飛不是歷史學家，但他也是大知。岳飛讀史讀出了大知，有人讀史只讀出了小知，可見人的眼光和境界差別太大。斥鷃可以公開嘲笑大鵬，大鵬也可以公開嘲笑斥鷃，不必強求一致，大可相忘於江湖。

上文說過，祝靖侵擾湖北時，路、府、州的官員紛紛逃跑，反而是靠安陸知縣陳規、公安知縣程千秋抗敵。這就是宋代的典型現象，岳飛出身農民，但是治軍有方。劉光世出身將門，經常逃跑，治軍不嚴，貪污腐敗。同樣是皇族，也有差異。鴻臚寺丞趙子砥從金朝逃回，就力主不能講和，可見皇族也是越往下，頭腦越清醒。

民眾看到不能把希望寄託在皇帝身上，只能把抗金的情緒寄託在《水滸傳》這樣的小說中，這就是《水滸傳》流行的原因。

孫述宇的書長篇論證宋江的原型之一是岳飛，證據是第 91 回說文官要錢，武將怕死，岳飛說過如果文官不要錢，武將不怕死，天下便太平。宋江寫了反詩，岳飛的罪名也有寫反詩。我認為這個看法有一定道理，但是不能確定。因為岳飛的名言在南宋為人熟知，所以被小說家編入書中而已。古代寫反詩的人太多了，所以寫反詩實在是小說中的常見情節。宋江和梁山好漢的形象與其說是來自岳飛，不如說是來自抗金義軍。岳飛畢竟是官軍主帥，不是民間武裝。而且宋江在小說中的地位不是來自現實，而是因為小說原本以宋江故事開頭，所以逐漸把各種義軍領袖都歸入其下。

明末清初的浙江烏程縣（今湖州）人陳忱寫出《水滸後傳》，因為他參加了反清復明的運動，最終失敗。悵恨之下，他把反清復明的思想寄託在《水滸後傳》之中，署名為古宋遺民，其實是暗指自己是明朝的遺民。書中續寫梁山剩下的 32 位好漢抗金，寫到混江龍李俊在海上建立新的基地，顯然是陳忱把反清復明的希望寄託在鄭成功、張煌言等人身上。我們不知道陳忱是否清楚《水滸傳》的主要內容來自南宋初年的抗金歷史，他的《水滸後傳》宣揚反清復明思想和《水滸傳》異曲同工。

類似的續作還有當代作家張恨水的《水滸新傳》，描寫梁山好漢抗金，用以鼓舞抗日戰爭的士氣。不過張恨水可能不知道《水滸傳》的英雄原型主要來自南宋初年的抗金英雄，所以他的創作其實不是亂編。

南宋太廟遺址殘存的柱礎

八、江淮抗金傳統延續到抗元

陳高華先生指出，元代中期，中原的流民問題已經開始嚴重，元仁宗延祐四年（1317年），中原很多流民到達江南，千百成群。天曆二年（1329年），陝西、山西、河北、河南，流民十多萬，死者相枕。元順帝至正四年（1344年）的大水雖然淹沒的主要是山東，但是河南、河北大饑荒，次年發生大疫，百姓死亡過半。至正七年（1347年）又遇到旱災，流民塞滿道路。〔註6〕

羅貫中作為江湖中人，顯然早已得知各地都在反抗元朝，所以他要編出《水滸傳》，因為《水滸傳》源自南宋抗金的義軍。他這本書看似是寫歷史，其實是響應當時局勢。

南宋末年的淮河有混江龍，《元史》卷一六六《賀祉傳》記，至元十年（1273年）：「領舟師五百艘為先鋒，攻五河口城。軍還，殿後。時宋兵以巨索橫截淮水，號混江龍，祉用大刀斷之，卻其救兵，清河城遂降。」五河口城在今五河縣，清河城在今淮安之西。

元末規模最大的三支起義軍都在長江和淮河之間，即淮東的張士誠、淮西的朱元璋、湖北的徐壽輝，正是因為南宋一百多年，江淮是北部邊疆，山水寨林立，家家有刀槍，民眾養成了尚武好戰的習慣。從南宋滅亡到元末大起義，不過70多年，原來的抗元傳統得到再次發揚，所以最終推翻元朝的仍然是南宋抗元前線的江淮人。

〔註6〕陳高華：《元代的流民問題》，《元史研究新論》，上海社會科學院出版社，2005年，第107～109頁。

最直接證據是，元末江淮最早的動亂來自射陽湖和海邊的鹽場，元末江淮人用的山水寨都是南宋建立。至正七年（1347 年）就有一股水賊從射陽湖，南下江南，最終官軍靠淮東的鹽徒才鎮壓了這股水賊。射陽湖在今寶應、阜寧、鹽城、淮安、興化之間，南宋時期，射陽湖上的船民有數萬家，連南下的大盜李全都很忌憚。鹽徒的勢力壯大了，張士誠正是出身鹽徒。南宋張榮的得勝湖（縮頭湖）水寨，元末也在使用。南宋時期淮河口著名的羊家寨，元末也在使用。鳳陽、定遠之間的韭山寨、明光的三台山寨、嘉山寨、巢湖水寨，都是南宋就有，元末也在使用，朱元璋的很多部將出自這些山水寨。徐壽輝在黃州、安慶之間的山寨，是南宋末年重要的抗元據點。〔註7〕

鹽城人陸秀夫做到丞相，跟隨兩個小皇帝趙昰、趙昺流亡到浙江、福建、海南、廣東，最終在崖山背著皇帝趙昺跳海而死。張世傑的部隊中也有來自兩淮的士兵，一直堅持到廣東。杭州投降後，群臣在福州擁立趙昰，任李庭芝為右丞相。李庭芝在揚州堅持抗元，第二年才被元軍俘殺。

淮南人是南宋最堅定的忠臣義士，李庭芝的精神影響了史可法，所以清代揚州的學術大師汪中自豪地說，自古以來揚州不出降將。

江蘇鹽城陸秀夫祠大門

〔註7〕周運中：《元末大起義與南宋兩淮民間武裝》，《元史及民族與邊疆研究集刊》
　　　第二十輯，上海古籍出版社，2008 年。

來自長江中游的漁民張順、張橫、李俊，令人想到元末的陳友諒就是長江中游的漁民。

南宋紹興三年（1133年），呂祉說：「累年巨寇如張用、曹成、李宏、馬友，下皆河北百歲忠義之民，勇悍敢戰之士，今則盡歸諸將，是兵亦不少矣。」所謂百歲忠義，就是一百年都不會叛變。因為這些北方士兵的家鄉淪陷，流落他鄉，最希望收復中原，重回家鄉。所以明代的《水滸傳》還叫《忠義水滸傳》、《忠義傳》，忠義是南宋人常用的詞。

南宋初年的人說百年忠義，不過是一種修辭。沒想到，南宋靠這些人竟然真的堅持了一百多年。南宋滅亡之後不到一百年，還是江淮的抗金義軍推翻了元朝，建立了明朝。

在厓山祠上看崖門海面

九、南宋遺民龔開

宋末元初，杭州人周密的《癸辛雜識》，記載了龔開為宋江等三十六人作的贊詞。龔開是楚州淮陰縣（治今江蘇淮安）人，他和鹽城縣人陸秀夫是楚州同鄉。元代吳萊的《淵穎集》卷十二說，龔開和陸秀夫曾經同時在揚州李

庭芝的幕府任職。開慶元年（1259 年），李庭芝任兩淮制置使。當時各地的幕府，要數李庭芝的手下人才最多，號稱小朝廷。揚州是南宋朝廷北部的屏障，地位非常重要。元代夏文彥的《圖繪寶鑒》卷五說，景定年間，龔開曾經在兩淮制置司做監當官。黃溍的《金華黃先生文集》卷二一《跋翠岩畫》說龔開（翠岩）曾經在信國公趙葵手下做幕僚。景定元年（1260 年），趙葵任兩淮宣撫使。

陸秀夫在廣東厓山背著南宋末帝趙昺跳海殉國後，龔開為陸秀夫寫了一篇傳記。陸秀夫跳海之前，把他的日記交給南宋的禮部侍郎鄧光薦。鄧光薦本來也跳海殉國，被元軍撈起來。鄧光薦被俘後，做了元軍大將張弘範之子張珪的老師，寫了《填海錄》，記載南宋末年的歷史。龔開說他的資料來自同鄉尹應許，尹應許從招討翟國秀處聽說，翟國秀從侍郎辛來莘處聽說，但是沒有看到《填海錄》。翟國秀參加了厓山海戰，投降元朝。黃溍根據鄧光薦的《填海錄》，為龔開的《陸君實傳》作了一篇後敘，對比了不同的記載。

宋末元初徽州人方回的《桐江續集》卷三二《送錢純父西征集序》，說咸淳五年（1265 年）十二月，南宋襄陽主帥呂文德病死，朝廷改任李庭芝為京湖安撫制置使，督師援救襄陽，陸秀夫也一同前往，龔開和很多人為他們在鎮江送行，他們唱和的詩集是《西征集》。

咸淳八年（1268 年），襄陽北岸的樊城外城失守，李庭芝招募到民兵首領張順、張貴，任為都統，帶領敢死隊三千人，造船百艘，每三艘相連，從清泥河順流而下，黎明時到達襄陽，張順登岸，遭遇元軍襲擊而犧牲。過了多日，在漢江發現張順的屍體，身穿盔甲，手拿弓箭，身中四槍六箭，面目如生，立廟祭祀。張貴突圍到襄陽城中，又率軍去小新城。宋將范文虎違背命令，不去接應，張貴被偽裝成宋軍的元軍攔截，張貴被殺。余嘉錫指出，《水滸傳》張順在杭州湧金門被亂箭射死，立廟祭祀，來自這個張順。

咸淳九年（1273 年）正月，樊城失守，都統范天順、統制官牛富自殺。二月，襄陽知府呂文煥投降元朝。李庭芝改任淮東安撫制置使，在揚州抵抗，直到南宋滅亡。咸淳十年（1274 年），宋度宗病死，恭帝繼位。德祐二年（1276 年），元軍到達臨安，恭帝出降。

現在杭州湧金門的張順像

　　現在杭州的湧金門遺址，又在水面上樹立了張順像，還是手持魚叉捕魚的漁民形象，而《水滸傳》沒有張順在湧金門手持魚叉的描述，這是張順在長江老家上的形象，反映了水滸文化在當代的影響。

　　吳萊的《桑海遺錄序》說龔開在元代，經常住在南宋的故都杭州。元代鄭元祐的《僑吳集》有詩《古牆行》，序言說龔開和張俊的五世孫張榬關係很好，龔開的《古牆行》褒獎張俊，其實張俊的五世孫張榬承認，張俊的戰功不及岳飛和韓世忠，不過是因為一直迎合趙構，才享有高壽和榮華富貴。張家雖然在元代已經破落，但是在南宋遺民看來，張家仍然有一定地位。

　　龔開作為李庭芝的幕僚、陸秀夫的好友，很可能是因為關注南宋初年抗金義軍，才為宋江等三十六人寫贊詞。他很有可能早就發現水滸故事中的很多人是抗金義軍首領，我們不能因為龔開寫了三十六人的贊詞，就說南宋還沒有《水滸傳》的原始版本。龔開留下的資料很少，我們是通過周密等人的記載才得知龔開有一些作品。

　　或許龔開還有很多其他作品，沒有流傳下來。或許龔開看了很多書，包括《水滸傳》相關作品。即使龔開沒有研究《水滸傳》相關作品，也不代表他沒有看過這些書。南宋已經滅亡多年，他的心情長期抑鬱，或許導致他沒有心情寫太多研究南宋抗金義軍的作品。

第十章　水滸與文學傳統

一、宋代的小說評書類型

宋代孟元老的《東京夢華錄》講述北宋東京開封府的繁華景象,卷五《京瓦伎藝》列舉說書有六種:講史、小說、商謎、說諢話、說三分、五代史。三分即三國,講三國和講五代也屬於講史,其實僅有四種,大體上符合南宋人的說法。講史比小說更接近史實,所以有差別。說諢話就是說笑話,類似今天的相聲。四種之中,僅有講史、小說屬於今天的評書。謎語是四種之一,元代陶宗儀《南村輟耕錄》卷二五列舉院本名目,仍然有猜謎這一門。

南宋吳自牧《夢粱錄》卷二十《小說講經史》說:

> 說話者,謂之舌辯,雖有四家數,各有門庭。且小說名銀字兒,如煙粉、靈怪、傳奇、公案、樸刀、杆棒、發撥、蹤參之事,有譚淡子、翁三郎、雍燕、王保義、陳良甫、陳郎婦、棗兒余二郎等,談論古今,如水之流。

> 談經者,謂演說佛書。說參請者,謂賓主參禪悟道等事,有寶庵、管庵、喜然和尚等。又有說諢經者,戴忻庵。

> 講史書者,謂講說《通鑒》、漢唐歷代書史文傳,興廢爭戰之事,有戴書生、周進士、張小娘子、宋小娘子、邱機山、徐宣教。

又說《百戲伎藝》:

> 凡傀儡,敷演煙粉、靈怪、鐵騎、公案、史書歷代君臣將相故事話本,或講史,或作雜劇,或如崖詞……其話本與講史書者頗同,大抵真假相半,公忠者雕以正貌,姦邪者刻以醜形,蓋亦寓褒

貶於其間耳。

南宋杭州的說書，已經出現了很多類型，明清小說的言情、神魔、公案類型都出現了。這三種都是短篇，所以叫小說。而講佛教和史書的故事，因為比較長，所以單獨歸為一類。小說和講經、講史，合稱為小說講經史。第四家是謎語，吳自牧在下文，還列出謎語的各種分類。很多人誤以為謎語不在說書的類型之中，但是如果謎語不列入，就不符合四種的數目。

南宋耐得翁的《都城紀勝》說：「說話有四家：一者小說，謂之銀字兒，如煙粉、靈怪、傳奇。說公案，皆是搏刀趕捧，乃發跡變泰之事。說鐵騎兒，謂士馬金鼓之事。說經，謂演說佛書。說參請，謂賓主參禪悟道等事。講史書，講說前代書史文傳、興廢爭戰之事。」這一段是從吳自牧的書中縮編，所以讓人看了產生很多誤解，必須要看吳自牧的書才能理解。

吳自牧在小說中沒有提到鐵騎，但是他在上文的《伎樂》說：「又有覆賺，其中變花前月下之情及鐵騎之類。」在傀儡戲中也提到鐵騎，說明有這一類話本。有人認為《水滸傳》來自說鐵騎，或是來自樸刀杆棒類，其實《水滸傳》是這兩種的混合。因為南宋羅燁的《醉翁談錄》卷一《小說引子》，提到各種小說，公案類有《石頭孫立》，樸刀類有《青面獸》，杆棒類有《花和尚》、《武行者》。以上列在各類小說最前面，說明《水滸傳》小說最流行，《水滸傳》來自公案、杆棒、樸刀等小說的混合。

宋代的小說特指短篇小說，宋代的《水滸傳》原來是一些短篇小說，不是長篇，所以我們現在看到的長篇小說《水滸傳》是由宋代的梁山小說、田虎小說、王慶小說、張用小說、邵青小說等小說逐漸拼成。梁山小說在宋代已經包括《水滸傳》中的宋江、晁蓋、征遼、方臘等很多故事。

說佛經的故事演變為《西遊記》等小說，我已經論證《西遊記》的基本故事都是來自玄奘的《大唐西域記》，從佛教的俗講變成小說，吳自牧提到的諢經就是不正經的俗講。《三國演義》來自說史書，吳自牧提到漢唐興廢爭戰，三國就在漢唐之間，而且是《通鑑》的時間範圍之內。

小說從短篇小說演變為兼有長篇小說之義，《水滸傳》也從很多短篇小說拼成長篇小說，說明《水滸傳》是宋代小說的典型。而《西遊記》源自說佛經，《三國演義》源自說史書，最早都不屬於小說。

說書人的名字有王保義、周進士、徐宣教，還明確說王六大夫原來是宮中的說書人。保義是保義郎，宣教是宣教郎，或許是別人奉承他們的外號，

這些讀書人不是真的官員。

早期《水滸傳》還有詞話本，孫楷第認為百回本《水滸傳》第四十八會的一篇詩讚是偈讚，源自更早的詞話本。葉德均在明代徐渭《徐文長佚稿》卷四《呂布宅詩序》發現記載：「始村瞎子習極俚小說，本《三國志》，與今《水滸傳》一轍，為彈唱詞話耳。」

趙景深從明代錢希言的《戲瑕》發現一段記載：「詞話每本上有請客一段，權做個德勝利市頭回。此正是宋人借彼形此，無中生有妙處。遊詞泛韻，膾炙千古，非深於詞家，不足與道也。微獨雜說為然，即《水滸傳》一部，逐回有之，全學《史記》體。文待詔諸公，暇日喜聽人說宋江，先講攤頭半日，功父猶及與聞。今坊間刻本是郭武定刪後書矣，郭故駙注大僚，其於詞家風馬，故奇文悉被剷剃，真施氏之罪人也。而世眼迷離，漫雲搜求武定善本，殊可絕倒。胡元瑞雲，二十年前所見《水滸傳》本，尚極足尋味。今為閩中坊賈刊落，遂幾不堪覆瓿，更數十年無原本印證，此書將永廢矣。然則元瑞猶及見之，徵餘所聞，罪似不在閩賈。《點鬼簿》中具有宋江三十六人事蹟，是元人鍾繼先所編。《宣和遺事》亦載宋江並花石綱等事。施氏《水滸》蓋有所本耳。一云施氏得宋張叔夜擒賊招語，因潤飾以成篇者也。」

根據這段描述，可以知道，《水滸傳》的詞話本曾經被明代人刪改，從文學角度來看，確實很可惜。趙景深據此認為長篇小說《水滸傳》的形成時間很晚，我認為長篇小說《水滸傳》形成也不妨礙詞話本的流行，所以不能據此確定長篇小說《水滸傳》是在晚明才最終形成。

因為水滸是由很多說書人的本子拼合而成，所以很多故事都很類似，林沖發配和盧俊義發配非常類似，連押送的人都叫董超、薛霸。武松打虎和李逵打虎的故事類似，魯智深在瓦官寺試禪杖和武松在蜈蚣嶺試戒刀類似，朱仝、雷橫放晁蓋又放宋江。潘金蓮和潘巧雲的故事類似，宋江殺閻婆惜和武松殺潘金蓮的故事類似，閻婆和王婆類似，唐牛和鄆哥類似。都是源自杭州的說書人之間互相借鑒對方的話本，所以出現很多類似的情節，不是某一個作者刻意在書中安排如此多類似的情節。

越是精彩的內容往往形成越晚，林沖發配雖然在全書的開頭，但是前人認為武松發配很可能是借鑒盧俊義發配的情節，林沖的故事比盧俊義的故事精彩，但是細節的形成更晚。雖然宋江的地位更高，但是武松的故事描寫更精彩，武松殺潘金蓮的故事很可能也是借鑒宋江殺閻婆惜的故事。

二、四大名著的四種氣質

我已經證明，《水滸傳》寫的是南宋建炎元年（1127 年）到紹興二年（1132 年）這六年的事，而且大體上按照時間順序。《水滸傳》在南宋初年已經形成了基本框架，所以《水滸傳》出現的時間很早。

因此《水滸傳》對《西遊記》、《三國演義》都產生了重要影響。魯智深假裝成新娘，打敗來搶親的小霸王周通，顯然是《西遊記》中很多類似情節的原型，孫悟空就用這個辦法打敗豬八戒。真假李逵、真假宋江的故事顯然影響了《西遊記》真假美猴王，因為真假美猴王在《大唐西域記》中找不到原型。《西遊記》第 39 回哭有幾樣，來自《水滸傳》第 25 回的哭有三樣，《西遊記》把《水滸傳》的這一段又作了潤色。《西遊記》原來是佛教故事和域外故事，這一類生活場景都是比較晚的擴展。

有人說《水滸傳》開創了另一個小說傳統，這主要是和《西遊記》、《三國演義》對比。《水滸傳》講現實生活，《西遊記》講神鬼奇聞，《三國演義》講天下興亡。《水滸傳》的這個傳統，其實是源自南宋初年的亂世離合。

南宋初年，很多人在戰亂之中，妻離子散，家破人亡。有的人先到南方，多年之後才看到同樣來到南方的家人，非常高興。永嘉南渡時，雖然也有類似的場景，但是當時沒有宋代發達的印刷業，所以我們看不到這種小故事，而洪邁的《夷堅志》等筆記中有不少這樣的故事。正是因為南宋初年的流離故事太多，人們感受了太多的聚散離合和人情冷暖，才使得《水滸傳》這樣描寫現實的長篇小說得以孕育。

因為《水滸傳》本來是講強盜，流傳在南宋初年來到南方的北方士兵中，所以《水滸傳》中的女人往往是禍水，閻婆惜、潘金蓮、潘巧雲都是因為偷情而被好漢殺死。這是因為北方南下的士兵，往往長年單身，輾轉打仗，不習慣正常的家庭生活，不信任女性。《水滸傳》的梁山好漢多數是單身，因為南宋初年流落南方的北方老兵很多都是單身。水滸故事中有很多壞女人的形象，或許也有宋明理學思想的影響。

第 31 回說，武松在蜈蚣嶺看見王道士和張太公的女兒調情，就殺了王道士。武松殺王道士之前，並不知道王道士曾經殺害張太公，所以武松有濫殺之嫌。如果從老兵的眼光來看就能理解，因為老兵長年單身，所以不能容忍道士沾花惹草。當然，我們不能譴責這些流落在南方的北方老兵，因為真正的罪魁禍首是宋徽宗趙佶、宋高宗趙構和皇帝制度。如果不是宋高宗趙構指

示秦檜害死岳飛，宋朝完全有可能恢復中原。如果沒有儒家思想宣揚忠君思想，獨夫民賊趙佶、趙構也不可能安穩地坐在帝位。

　　不過我們也不能說《水滸傳》歧視女性，因為宋江殺閻婆惜是因為她不僅威脅宋江，還向宋江勒索很多錢財，閻婆又誣陷宋江殺人，宋江才失手殺人，武松殺潘金蓮更是因為潘金蓮首先毒死武大郎。西門慶也被武松殺死，王婆被處死，所以不是針對潘金蓮一個人。

　　還有人說《水滸傳》有反智情緒，理由是第71回梁山好漢排座次，說：「可恨的是假文墨，沒奈何著一個聖手書生，聊存風雅。最惱的是大頭巾，幸喜得先殺卻白衣秀士，洗盡酸慳。」

　　假文墨指的是官員，大頭巾指的是讀書人。白衣秀士王倫就是讀書人的代表，但是王倫被殺因為他氣量狹窄。所以也不能說《水滸傳》反智，智多星無用就是讀書人，外號就是讚揚智慧。吳用最早的名字是吳加亮，小說家改名為吳用，也是一種反諷。《水滸傳》最多是嘲笑書呆子，因為這本書本來就是寫抗金義軍，而且最早在說書人中間流傳。即便是有施耐庵、羅貫中這樣的改編者，也是當時社會上地位不高的讀書人。

　　如果比較《水滸傳》和其他著名長篇小說，可以發現《水滸傳》和《紅樓夢》都寫現實，但《水滸傳》不是《紅樓夢》寫那樣的大家閨秀故事。《西遊記》原本是從佛教故事變成神魔小說，但是被明代的吳承恩增添了一些反映現實生活的內容。《水滸傳》和《西遊記》都有一個廣闊的地域，而不像《紅樓夢》侷限在大觀園。但《水滸傳》的廣闊地域是中國內地，而《西遊記》的廣闊地域是在邊疆和域外。

　　所以《水滸傳》在內容上，既有類似《西遊記》和《紅樓夢》的特點，也有不同之處。所以《水滸傳》的受眾面也介於《西遊記》和《紅樓夢》之間，雖然不像《西遊記》那樣廣泛，但是比《紅樓夢》廣泛。有些人不喜歡看《水滸傳》，但是熟悉《水滸傳》的故事。

　　與劉再復不同的是，朱維錚批判《三國演義》傳播的君主崇拜思想。[註1]我認為朱維錚的批判很有道理，《三國演義》裏的權謀術和厚黑學太多，不如《水滸傳》清新自由。如果說《水滸傳》不能提供新的出路，那麼《三國演義》則更不能，所以《水滸傳》還是有一定價值。《水滸傳》是對《三國演義》和《紅樓夢》的一種平衡，讓人不會太過城府或太過柔弱。

―――――――――――
〔註1〕朱維錚：《走出中世紀》，復旦大學出版社，2007年，第246～258頁。

長篇小說的四大名著，各有千秋。《西遊記》讓人保持對大千世界的求知欲和童真之心，《水滸傳》讓人有一股頂天立地的豪氣，《紅樓夢》讓人在脈脈溫情找到歸屬，《三國演義》讓人感受到王朝興廢無常。人的這四種氣質，缺一不可。正如四方四季，不可偏頗。

中國絕大多數地方是四季分明，這種四季分明的氣候在歐亞大陸並不多見。這種氣候使得中國人千萬年來，養成了一種追求中和、對稱、平衡的氣質。從《詩經》的四字一句，到辭賦的四六聯綴，到律詩的兩兩對仗，再到小說的四大名著，外表看似變來變去，但是最深層的旨趣還是不變。

三、明清小說的基礎在宋代

中國人都知道唐詩、宋詞、元曲、明清小說的說法，其實這個說法很成問題，現在所謂的明清小說《西遊記》、《水滸傳》、《三國演義》其實都是在宋代出現了原本，元代和明代人都是在宋代版本的基礎上增補。因為宋代商業繁榮，階層之間壁壘被打破，城市出現一個龐大的市民階層，社會上有很多流動人口。所以娛樂業開始發達，說書人編出很多話本小說。北宋發明了活字印刷，使得小說書籍流行，促進了小說發展。

明代人郎瑛就說小說出自宋代，《七修類稿》卷二二說：

> 小說起宋仁宗，蓋時太平盛久，國家閒暇，日欲進一奇怪之事以娛之。故小說得勝頭回之後，即云話說趙宋某年。閭閻淘真之本之起，亦曰：太祖太宗真宗帝、四帝仁宗有道君。國初瞿存齋《過汴》之詩，有：陌頭盲女無愁恨、能撥琵琶說趙家。皆指宋也，若夫近時蘇刻幾十家小說者，乃文章家之一體。詩話、傳記之流也，又非如此之小說。

郎瑛發現很多小說開頭就是宋朝某年，這些小說都是從宋代一直流傳到明代。小說確實是從北宋開始繁榮，宋仁宗的諡號也名不虛傳，他確實非常寬容。包拯和很多大臣要罷免張貴妃的大伯三司使張堯佐，張貴妃很不高興，宋仁宗說包拯的唾沫都濺到我的臉上了。宋仁宗在位 42 年，國內總體上比較太平，小說在北宋中期得到長足發展。

宋、金、西夏是中國歷史上另一個漫長的三國時代，魏、蜀、吳三國歸晉，正如宋、金、西夏三國歸元。元代人看到三國爭戰幾百年，最終是鷸蚌相爭、漁翁得利，才感歎古今多少事，都付笑談中。所以《三國演義》不僅是在

宋代形成了文本基礎，其思想旨趣也是在宋、元時期形成。

　　元代陳草庵的散曲《山坡羊·歎世》說：「三國鼎分牛繼馬，興也任他，亡也任他。」虞集的《蟾宮曲·席上偶談蜀漢事因賦短柱體》說：「天數盈虛，造物乘除。問汝何知，早賦歸歟。」查德卿的《蟾宮曲·懷古》說：「八陣圖名成臥龍，六韜書功在飛熊。霸業成空，遺恨無窮。」張鳴善的《水仙子·譏時》說：「兩頭蛇南陽臥龍，三腳貓渭水飛熊。」其實他們感歎的不是蜀國收復中原失敗，而是南宋堅持百年也最終失敗。

　　明代人其實掠奪了很多宋代人的文學成果，但是古代人沒有嚴格的版權意識，而且小說更不為士大夫看重，所以明代人對改編宋代小說不以為然。至於短篇小說集，因為更容易抄錄，所以明代人的掠美更為嚴重。

　　根據前人統計，明代馮夢龍編輯的《古今小說》有 17 篇來自宋代，《警世通言》有 15 篇來自宋代，《醒世恒言》有 9 篇來自宋代，凌濛初編輯的《初刻拍案驚奇》有 7 篇來自宋代，《二刻拍案驚奇》有 14 篇來自宋代。或許具體數字還有細微爭議，但是大體上沒有錯，所以我們高估了明代從文化地位，而低估了宋代的文化地位。

　　雖然明代的《金瓶梅》的內容是直接從《水滸傳》衍生出來，但是《金瓶梅》的主旨卻和《水滸傳》完全不同，不能看成是《水滸傳》的傳統延伸，而應該歸入《紅樓夢》一類。一般認為《水滸傳》屬於英雄傳奇或武俠小說，也有人把《水滸傳》和《三國演義》歸入史傳小說。我認為《水滸傳》雖然出自歷史，但是經過很多加工，應該歸入武俠小說。明清時期其實沒有任何一部武俠小說超過《水滸傳》，正如清代的神魔小說都不能超過《西遊記》。武俠小說《三俠五義》的故事雖然是寫北宋，受到《水滸傳》影響。但是《三俠五義》的好漢圍繞官員包公，而不像《水滸傳》好漢在民間自成一體。

　　有人認為明代的長篇小說《楊家將演義》、《楊家府演義》、《大宋中興通俗演義》是延續《水滸傳》的傳統，我認為還有不同，這些小說的主角是楊業、岳飛，不是民間武裝頭領。

　　明代的長篇小說《英烈傳》，又名《皇明開運英武傳》，描寫元末朱元璋起兵並建立明朝的故事。有人說此書也是延續《水滸傳》的傳統，我認為顯然不是，這是明朝人描寫本朝君主的開國故事。雖然朱元璋也來自民間，但是早已成為開國君主，明代人寫這本書的用意是頌揚君主。

　　晚清浙江山陰縣（今紹興）人俞萬春的《蕩寇志》是一部逆向的《水滸

傳》續作，因為作者早年曾經跟隨父親征討民變，所以他的書從第 70 回開始續寫，設計一百零八將全部被朝廷剿滅。

才過了 200 年，俞萬春的《蕩寇志》就和陳忱的《水滸後傳》形成鮮明對比，兩個人都是浙江人，一個反清，一個擁清。俞萬春為了徹底聲討《水滸傳》，還把續作的初刻本稱為《結水滸傳》，意思是終結《水滸傳》的思想。他想從思想上把全體國人變成奴隸，這是對晚清走向近代化大趨勢的一種反動。既然思想完全不同，就不能看成是延續《水滸傳》傳統。

類似的反水滸作品還有清代介古逸叟的《翻水滸》，又名《宣和譜》，描寫王進、欒廷玉、扈成等人率官軍平定梁山。作者為了避免讀者厭惡反面人物，特地選取了王進等在原書中不太突出的中性人物，但是思想仍然是維護朝廷，可謂用心良苦。全書僅有 20 回，內容簡略，影響不大。

清代蘇州人呂熊的長篇小說《女仙外史》，描寫明代山東的唐賽兒起義，是明清時代罕見的農民起義小說。可惜作者已經在《水滸傳》成書的三百年後，不像《水滸傳》寫的就是當代義軍。這本書把唐賽兒稱為女仙，如果不是因為寫的是前朝的事，作者肯定萬萬不敢。明代方如浩的《禪真逸史》以南北朝為故事背景，時間太遠，也不是寫農民起義。

清代另有一部青蓮室主人的《後水滸傳》，描寫宋江轉世成為南宋洞庭湖民間武裝首領楊么，盧俊義轉世為王摩。羅真人告訴燕青，好漢都已經轉世。楊么去宮中勸宋高宗不成，最終被岳飛平定。作者的思想仍然停留在忠君保皇的地步，不會批判罪魁禍首趙構。大概因為洞庭湖類似梁山水泊，所以作者把續作的內容轉移到了洞庭湖，避免了創作的羈絆。

羅真人和王摩的地位突出，可能是作者看到了南宋初年摩尼教的地位，也可能是作者無意寫出。所以我們不能因此反推《水滸傳》主要源自洞庭湖故事的摩尼教故事，今人侯會大概是受到《後水滸傳》的影響，才提出《水滸傳》主要源自洞庭湖故事和摩尼教故事，這不能成立。

書前有署名為「采虹橋上客」題於「天花藏」的序，戴不凡、徐志新考證采虹橋上客、天花藏主人是清初的嘉興人徐震。〔註2〕徐震的家鄉靠近太湖，也有人認為作者是另一個明末清初的江南人，總之寫書的地方都靠近太湖，

〔註2〕戴不凡：《天花藏主人即嘉興徐震》，《小說見聞錄》，浙江人民出版社，1980
　　　年。徐志新：《「采虹橋上客」何許人也》，《讀書》1983 年第 10 期。范志新：
　　　《萬荻散人·主人天花藏·徐震》，《明清小說研究》1985 年第 2 期。

這可能是作者關注湖泊民間武裝的一個原因。

近代還有一些水滸續作，1924 年上海的大同書局出版了張個儂的《水滸還魂記》，1938 年上海的中國圖書雜誌公司出版了姜鴻飛的《水滸中傳》。這些書雖然是在民國時期寫成，但是書中也看不到太多的現代思想，基本框架仍然不脫古代小說的窠臼。

當代武俠小說擺脫了以官員為中心的結構，仍然受到《水滸傳》的影響。金庸的《射雕英雄傳》的故事仍然是在南宋，但不是像《水滸傳》那樣寫當代現實，內容也比較脫離社會。當代新派武俠小說，與其說是武俠小說，不如說是神魔小說和武俠小說的混合，不過是把《西遊記》的神怪變成了人的樣子，把各種寶貝換成了秘籍和武功。所以，這些當代武俠小說都不能看成是《水滸傳》的傳統延續。姚雪垠的《李自成》也是古代歷史，部分地延續了《水滸傳》的傳統，而不是全部類似。

我發掘出了《水滸傳》的混世魔王樊瑞是南宋初年的福建摩尼教主范汝為，金庸的《倚天屠龍記》就是以元末明教起義為故事背景。范汝為在《水滸傳》中變成道士，說明摩尼教逐漸被中國人淡忘，所以金庸的《倚天屠龍記》在發掘摩尼教故事這方面還有一定價值。

南宋成書的《水滸傳》寫的就是南宋的社會，從這一點來說，類似的明清和近代的武俠小說不多。《兒女英雄傳》比較類似，但是描寫的人物和地域不及《水滸傳》豐富。

明清時期的統治比宋代殘酷得多，所以難以出現描寫當代造反事件的小說。劉鶚的《老殘遊記》用桃花山故事影射同治五年（1866 年）的黃崖山教案，但是這部分的內容太少，不是全書主流。而且劉鶚這本書在清末出現，此時王朝已經到了末日，否則《老殘遊記》的這種內容也難以出現。

所以《水滸傳》在中國的文學史上可謂是空前絕後，令人思考《水滸傳》產生的特殊時代背景。

四、水滸故事在宋代定型

牟宗三的《水滸世界》說《水滸傳》深得禪宗的意味，我認為他的說法很有道理。《水滸傳》顯然是對宋代理學思想甚囂塵上的一種反動，或者說是一種思想上的調劑。理學思想讓人神經緊張，《水滸傳》讓神經得以放鬆。《水滸傳》有很多自由的氣息，因為這部書在南宋初年已經基本形成。

　　趙佶、趙構雖然昏庸之極，但是正因為這樣，所以他們沒有像朱元璋、朱棣那樣每天琢磨嚴密的高壓手段。宋太祖趙匡胤沒有大殺功臣，他是杯酒釋兵權，這和朱元璋、朱棣的濫殺功臣形成鮮明對比。趙匡胤還立下規矩，不殺士大夫，這給宋朝政治的相對寬鬆定下了基調。

　　宋朝基本上沒有明清時期那樣慘烈的文字獄，明朝從朱元璋開始就有殘酷的文字獄，清代著名史學家趙翼《廿二史劄記》卷三十二有《明初文字獄之禍》，列舉朱元璋的多起文字獄，普通人寫到作則、生知、法坤等字，就被誅殺，因為朱元璋認為這是諷刺他曾經做賊、做僧、髮髡，反映了朱元璋強烈的自卑情緒。清朝的文字獄比明朝還嚴重，只不過趙翼不敢說。明清文字獄對中國文化的戕害，影響深遠。

　　明朝的皇帝和宋朝的皇帝比起來，整體素質降低了很多。這也就是宋朝和明朝滅亡時讀書人態度迥異的原因，文天祥、陸秀夫跟隨海上流亡的小皇帝抵抗到底，但是崇禎自殺之前沒有大臣來理他。據陳得芝先生統計，南宋最後二十年的 328 名進士，殉國 71 人，隱居 174 人，投降和出仕 83 人，可見南宋士大夫多數忠於宋朝。〔註3〕

　　明末有人說，明朝三百年士氣，一辱於靖難，再挫於大禮，三辱於逆璫。明朝的讀書人第一次被辱，指的是朱棣攻入南京，方孝孺不投降，祝允明的《野記》說朱棣誅滅方孝孺十族，可見讀書人對朱棣的印象很差。

　　明朝讀書人第二次被辱，指的是嘉靖帝朱厚熜的大禮議。嘉靖帝要追認他的生父為帝，遭到很多大臣反對，朱厚熜非常憤怒，下令把眾多大臣下獄治罪，光是廷杖就打死大臣十六人。大奸臣張璁因為溜鬚拍馬，得到重用。明朝經常在光天化日把大臣打死，這是中國歷史上空前絕後的暴行。

　　明朝讀書人第三次受辱，指的是天啟時，宦官魏忠賢大殺讀書人。其實明代的宦官專權從明英宗任用王振就開始了。明武宗任用劉瑾，劉瑾殘酷地害死了很多大臣。

　　朱元璋建立了錦衣衛，朱棣建立了西廠，朱見深又建立了東廠，構建了綿密的特務統治，這是歷史上前所未有的血腥黑暗時代。東西廠由皇帝親信的宦官控制，這是中國歷史上的大倒退。

　　中國歷史上，游牧民族建立的王朝一般沒有宦官專權，比如元朝、清朝

〔註3〕陳得芝：《論宋元之際江南士人的思想和政治動向》，《蒙元史研究叢稿》，人民出版社，2005 年，第 580～585 頁。

都沒有，因為游牧民族沒有信任宦官的傳統，他們崇尚武力，不可能喜歡已經不像人樣的宦官。但是漢族建立的王朝，很多都有宦官專權，明代最為突出，東漢和晚唐也很嚴重。宋朝是漢族王朝的例外，竟然沒有宦官專權。這是因為宋朝的皇帝一直比較信任讀書人，所以宦官沒有機會專權。甚至連外戚專權的機會也不多，外戚專權僅有南宋末年的賈似道。

宋朝的皇帝再昏庸，趙佶好歹還是文藝家，很像被宋朝滅亡的南唐末代君主李煜。但是明朝的皇帝不僅找不到文藝家，連一個家也找不到。有的長年住在豹房，有的嗜好鴉片。終於出了天啟帝，愛好木工，但是好像水平還不高，沒有留下成果，不能稱為家。這大概是因為明朝的皇帝遺傳了朱元璋的智商，至少繼承了他的變態思想。

宮崎市定把宋朝的皇帝和唐朝的皇帝相比，認為宋朝的皇帝有點像暴發戶。其實我們如果把宋朝的皇帝和明朝的皇帝再一比，就會發現暴發戶比貧農還是好多了。趙匡胤的祖父是州刺史，父親是掌管禁軍的都指揮，雖然是武將家族，也是高官出身。所謂暴發，不過是奪取皇位而已。但是在五代，這樣的事情很正常。因為趙匡胤出身高官之家，沒有朱元璋那樣變態的自卑情結，自然也就不會那麼殘忍。趙匡胤想結束晚唐以來的亂局，用文官來制衡武將，這是中國歷史進程的一大轉折，很值得肯定。

元代人在《宋史·食貨志》中，誇讚宋朝治理天下，本於仁厚之心，扶貧救災，超過前代。遇到饑荒，必定開倉放糧，穩定物價。因為宋朝的平民得到經濟的保障，才能產生繁榮的文化。而且，這個評價本身就體現了宋代統治者、元代統治者都比明代統治者大度。

宋朝沒有八股文，明代才開始有八股文。宋朝雖然開始有理學，但是理學被官方定為標準是元代才開始。元仁宗時才正式制定元朝科舉的程序，規定明經科以朱熹的注解為主導。元朝人蘇天爵說從此其他學說，都被罷黜。到了明朝，朱元璋看到孟子說「君之視臣如草芥，則臣視君如寇讎」、「民為貴，社稷次之，君為輕」，竟然公開表示要刪改《孟子》，還一度把孟子移出孔廟，這些做法在宋朝的皇帝看來都是不可想像的事。

前人往往不能理解《水滸傳》為何在明代晚期忽然流行，其實我們從明代前期對思想的殘酷鉗制就可以理解，《水滸傳》這種書在明代前期不可能出現在知識界的主流話語之中。《水滸傳》在明代晚期流行是在思想解放的背景下出現，不能證明《水滸傳》在明代晚期才出現。從明朝前期的思想來看，

《水滸傳》不可能是明代文人寫出。

明清時期的民間史學也遠遠不如宋朝，這也是明清時期民間學術力量衰落的體現。三通之中，鄭樵的《通志》、馬端臨的《文獻通考》都是南宋寫成。南宋的很多重要史書，如《建炎以來繫年要錄》、《三朝北盟會編》都是民間史學而不是官方史書，還有很多模仿《資治通鑒》的編年類民間史書。

明清時期雖然也有民間史書，但是重要性不及宋朝。因為明清的文字獄太過森嚴，所以很多人不敢寫民間史書。眾所周知，即便是官修史書，元代修的《宋史》、明代修的《元史》也是二十四史中最差的兩部。

宋元時期是中國航海業的高潮，明初朱元璋才開始實行嚴格的海禁，嚴重摧殘了中國的航海業。明朝在沿海設置嚴密的衛所，很多衛所持續內遷，反映官軍畏懼海洋。宋元時期泉州是世界第一大港，明初一落千丈。廣東海域發現的南宋沉船南海一號，長度超過 40 米，上有瓷器 10 萬多件，銅錢上萬枚，金銀銅器各 100 多件。現在這艘沉船已經被整體遷移到陽江的海陵島，建成了廣東省海上絲綢之路博物館。現在國內海域發現的宋代沉船的體量和文物超過明代沉船，就是宋代航海業超過明代的最好證明。

廣東陽江南宋沉船考古工地

　　鄭和下西洋利用宋元時期航海業的基礎，因為是純粹的官方航海，脫離了民間基礎，所以既沒有任何科技創新，也沒有超出宋元時期的航海範圍。根據明代馬歡《瀛涯勝覽》提供的鄭和下西洋人員配備精確數字，鄭和下西洋的船上絕大多數是強行調撥的官軍。

　　我從明代文集記載的下西洋人員墓誌中發現，很多人根本不想下西洋，是被迫出行，自然也就不可能有地理上的發現。鄭和下西洋附帶進行的官方貿易嚴重虧本，最終被迫停止，從此中國更加封閉。現在很多中國人仍然誤以為中國是在清代才閉關鎖國，其實中國真正的閉關鎖國是從明朝初年的朱元璋、朱棣父子開始，完全不能怪清朝。

　　現在很多中國人看到哥倫布、達伽馬的船不如鄭和的船大，就開始嘲笑歐洲人，其實航海的意義不在於船大船小，哥倫布、達伽馬的意義不僅在於開闢了新航路，更在於把世界各大洲緊密地聯繫起來，從而改變了人類的歷史進程。而鄭和龐大的寶船不僅沒有改變世界的歷史進程，連中國的歷史進程、明朝的歷史進程都沒有改變。現在世界上很多人並不是因為歧視中國文化而貶低鄭和，而是因為鄭和下西洋確實對他們的歷史沒有產生任何影響，但是現在世界各地都受到歐洲大航海帶來的影響。

　　哥倫布、達伽馬的小船上，各種航海儀器都比鄭和的船隊先進，船雖小但是科技強。歐洲人的小船出發前，就是為了開闢新航路、發現新大陸，船雖小但是目標高。歐洲人的小船給歐洲帶來了驚人的財富，建立了世界殖民帝國，船雖小但是作用大。

　　現在有些人把中國古代的所有航海成就全部加到鄭和下西洋的頭上，說在船上種菜補充維生素也是鄭和下西洋發明，說促進華人移民海外也是鄭和下西洋的功勞。其實這些說法都很荒謬，鄭和時代的所有史料都沒有提到怎麼補充維生素，如果有辦法，也很可能是在明代之前早已發明。

　　華人移民海外從徐福之前的燕、齊就開始了，北宋人明確說中國人在海外被稱為唐人，是因為唐朝有很多人移民海外。元代汪大淵的《島夷志略》更是明確說到龍牙門（今新加坡）、勾欄山（今加里曼丹島西南角）等地有中國人居住，元代周達觀《真臘風土記》也說柬埔寨有很多中國人。

　　跟隨鄭和下西洋的馬歡著有《瀛涯勝覽》，費信著有《星槎勝覽》，馬歡的書在每個條目的內容上比較詳細，但是明代人的這些著作在條目數量上沒有超過汪大淵的《島夷志略》，汪大淵的書有 100 條。《星槎勝覽》的有些條

目,甚至是抄錄《島夷志略》。明代的書在海外地理的記載範圍上,也沒有任何超過元代的地方。元代人翻譯了阿拉伯人的世界地圖,畫出了整個非洲和歐洲很多地方,但是明代人根據元代地圖的繪製《大明混一圖》不為世人所知。從明代中期開始,中國人的海外地理著作就衰落了,轉抄道聽,錯誤很多。直到利瑪竇繪製漢文世界地圖,中國人才重新瞭解世界。

因為朱棣好大喜功,所以才有重達46噸的北京永樂大鐘,才有多達22877卷的《永樂大典》,才有開鑿一半發現無法運走的南京陽山碑材,才有萬里長城。這些東西都是大而無用,明代人郎瑛在《七修類稿》卷十七感歎說《永樂大典》太大,豈能在世上流傳?果然被他不幸言中,《永樂大典》在清末被八國聯軍焚毀之前,雖然被學者輯出一些有用的書籍,但是很少有人看過。長城從來沒有阻擋游牧民族的馬蹄,朱棣的曾孫明英宗朱祁鎮因為朝政腐敗而在土木堡被俘。萬里長城在長度上超過了漢朝的長城,但是明朝人在塞外的武功遠遠不及漢朝,漢朝不僅控制西域,還出兵大宛,明朝退守嘉峪關。

為了滿足朱棣好大的審美觀,鄭和的寶船是按照宋元時期的船等比例放大。但是再放大十倍,也無濟於事,在歷史上的地位不能和哥倫布、達伽馬的小船相提並論。明朝中期,南京的寶船廠就荒廢了,連寶船的圖樣都沒有流傳下來。現在各地所謂仿造的寶船,其實都是現在人的想像。如果用船大來自我安慰也未嘗不可,但是錯誤的歷史觀會使形成錯誤的價值觀和世界觀,所以這種拔高鄭和下西洋的錯誤觀念必須糾正。

中國科學院自然科學史研究所統計,中國古代重要科技發明創造共有88項,唐代有7項,宋代有16項,明代僅有6項,清代0項。而且明代6項中的紫禁城和鄭和下西洋,我認為都不應列入,或者應該歸入前代。明代的6項中,李時珍的《本草綱目》分類體系和徐霞客的岩溶地貌考察,雖然也很重要,顯然不能和前代的重要發明創造相提並論。

李約瑟在他的中國科技史巨著中,稱宋代為中國理學和自然科學的黃金時代和關鍵時代,現在看來這個觀點仍然非常合理。從科技發明的數量來看,宋代顯然是中國古代文化發展的巔峰時代。科技雖然不是文學,但是科技的發展和文學的繁榮都需要同樣的社會基礎,都必須要在經濟繁榮、思想寬鬆、社會穩定的條件下才能出現。

明清時期的中國科技比起宋代嚴重衰退,根本原因是思想活力的嚴重衰退。宋朝人的思想富有活力,才能有很多發明創造。現在有的中國人誤以為

中國的科技衰退是明末清初的事，其實南宋晚期的中國科技就已經開始衰退，既不是元代的事，也不是明代的事。

中國科學院列出的 88 項中國古代重大科技發明創造，包括科學發現與創造 30 項、科技發現 45 項、工程成就 13 項。

科學發現與創造的 30 項中，宋代有 5 項：中國珠算（宋代）、增乘開方法（不晚於 11 世紀初）、垛積術（不晚於 11 世紀末）、天元術（不晚於 13 世紀初）、一次同余方程組解法（不晚於 1247 年）、法醫學體系（1247 年）。其中天元術是金朝的學者發現，暫且歸入宋代時段。

技術發明的 45 項中，宋代有 8 項：羅盤（不晚於 10 世紀）、井鹽頓鑽（不晚於 11 世紀）、活字印刷術（11 世紀中葉）、水運儀象臺（1092 年）、雙作用活塞式風箱（不晚於宋代）、大風車（不晚於 12 世紀）、火箭（不晚於 12 世紀）、火銃（不晚於 13 世紀）。

工程成就的 13 項中，宋代有 3 項：滄浪亭（約 910 年始建）、滄州鐵獅（953 年）、應縣木塔（1056 年）。應縣木塔在遼地，但是既然歸屬漢地，姑且歸入宋代的時段。

宋代的 16 項中，絕大多數在北宋，南宋僅有的幾項都是在南宋中期，其積累的基礎還是在南宋前期。可見南宋的科技已經不如北宋，這顯然不是因為蒙古語的入侵。我認為科技發明在南宋已經衰落，很可能是受到理學的影響，導致讀書人不再重視科技。

如果蒙古不入侵，南宋能夠進入現代社會嗎？很可能也不能進入，如果沒有歐洲人來到東方，明朝能夠進入現代社會嗎？很可能也未必。因為我們實在看不出宋明理學有能產生《大憲章》和自治大學、自治城市的因素，所以我們不能把責任都推到蒙古人身上，還是要多從自身找原因。《水滸傳》有反理學的傾向，現在看來有其積極的作用。

日本學者內藤湖南提出著名的唐宋變革論，最近又有學者提出宋元變革論。其實從宋朝到明朝，中國歷史確實發生了巨大的變化，但是很多方面是嚴重的倒退。與其說是變革，不如說是倒退。

五、古代文化巔峰在宋代

所以說，《水滸傳》不僅主要內容來自宋代，連思想趣味也來自宋代，這本書絕不能說是明代的書。元代人不過是做了一些細枝末節的修補，主要是

在生活瑣事和戰爭場面的鋪陳。明代的修改更少，改動的一些地名還有錯誤，造成上下文的矛盾，可謂是畫蛇添足。元代人的潤色沒有脫離宋代原著的主旨，明代人的修改不值一提。《水滸傳》基本上是宋代文化面貌的反映，是宋代留給中國文化的寶貴財富。

中國古代武力的巔峰是在唐代，文化的巔峰是在宋代。古代文學作品以唐詩宋詞對現代人的影響最大，《西遊記》、《水滸傳》也都是在文化巔峰時期形成的作品，因此才能成為影響最大的古代小說。傳統所謂的唐詩、宋詞、元曲、明清小說，現在看來不正確，最好的小說也來自宋代。元代已有《三國志平話》刊本，元末明初的羅貫中有《三國志演義》，可見《三國演義》的基礎也是來自宋元，不是明代才出現。

宋朝雖然以宋詞最為出名，但是宋代也留下了很多詩歌的佳作，很多詩句因為被選入中小學課本，所以為現代人熟知，朗朗上口。宋詩之中很多是哲理詩，即便是普通的寫景詩往往也帶有幾分理性色彩，比如：

蘇軾的《題西林壁》：「橫看成嶺側成峰，遠近高低各不同。不識廬山真面目，只緣身在此山中。」

蘇軾的《惠崇春江晚景》：「竹外桃花三兩枝，春江水暖鴨先知。蔞蒿滿地蘆芽短，正是河豚欲上時。」

楊萬里的《小池》：「泉眼無聲惜細流，樹陰照水愛晴柔。小荷才露尖尖角，早有蜻蜓立上頭。」

葉紹翁的《遊園不值》：「應憐屐齒印蒼苔，小扣柴扉久不開。春色滿園關不住，一枝紅杏出牆來。」

王安石的《泊船瓜洲》：「京口瓜洲一水間，鍾山只隔數重山。春風又綠江南岸，明月何時照我還？」

入選中小學課本的宋詩雖然不及唐詩，但是遠遠超過明清兩朝的詩歌，明清兩朝的時間是宋朝的兩倍，但是未能產生同樣多有名的詩作。如果我們比較宋代的詩和明清的詩，就會發現宋代的總體詩歌水平確實是在明清之上。

所以我們可以認為明清文學的成就總體上不及唐宋，這是源自明清兩朝的殘酷統治，反映了明清時代文化的總體衰落。

六、元代意外留下的成果

有人說崖山之後無中國，這種說法並不正確，宋朝滅亡是趙宋統治集團

滅亡，漢族文化不但沒有滅亡，而且仍然很繁榮。元朝的雜劇、散曲、小說等文學都非常繁榮，繪畫、曲藝更是名家輩出。蒙古人並不實行文化壓迫政策，沒有命令漢族剃髮易服，漢族仍然可以按照自己的方式生活。元代陶宗儀《南村輟耕錄》卷三記載，杭州的岳王廟就是在元代由官府主持重修。岳飛是抗金英雄，也不妨礙元朝官府尊崇岳飛。

　　有人誤解錢謙益的詩句：「海角崖山一線斜，從今也不屬中華。」以為崖山之後無中國是錢謙益提出，其實這不過是錢謙益被迫用崖山的典故來記述明清更迭，這是用典故來寫實，不是他要描述宋元之事。錢謙益的這句詩是指清朝，這和近代日本人鼓吹崖山之後無華夏毫無關係，日本人鼓吹這種思想是要強調漢族歷史上長期受外族統治，從而為日本的侵略作文化上的印證。

　　元朝統治者也不干預民眾的信仰自由，蒙古人認為儒教類似道教、佛教、伊斯蘭教、基督教，所以設立儒戶，免除其科差雜役。元初雖然沒有穩定的科舉制度，但是有歲貢儒吏和教官充任，保證儒生入仕。忽必烈在滅宋之初，就下詔錄用原來的南宋官員。如果文天祥不拒絕，忽必烈會實現承諾，用文天祥為丞相。南宋初年，孔子的後裔孔端友南遷到衢州，稱為南孔。忽必烈在至元十九年（1282 年），召見南宋所封的衍聖公孔洙，任命他為國子監祭酒、浙東提學。至元二十三年（1286 年），忽必烈派程鉅夫去江南，舉薦漢族人才出來做官，趙孟頫等 23 人得到任用。御史臺耶律中丞說趙孟頫是宋朝宗室，不宜使用，忽必烈說耶律氏無知，還把他逐出御史臺。忽必烈高度評價趙孟頫，授予五品官，五年內又升到從四品。〔註4〕

　　元朝前期不設科舉考試，不是因為歧視漢族，而是因為蒙古人以武力得天下，認為科舉對治國沒有太大作用。元仁宗延祐元年（1314 年）恢復科舉，冊封衍聖公，此時不過是南宋滅亡後的第 35 年。元朝一直任用漢族大臣，皇帝也在持續漢化，所以不能說中國文化在元朝消失。

　　明代人陸容《菽園雜記》卷八說：「蒙古氏入主中夏，固是大數，然人眾亦能勝天。當時若劉秉忠、許衡、竇默、姚樞、姚燧、郝天挺、王磐輩，皆宋遺才也。使其能如夷、齊之不食周粟，魯仲連之不帝秦，田橫與其客之不臣漢，龔勝輩之不事莽，則彼夷狄之君，孤立人上，孰與之立綱陳紀、制禮作樂，久安於中國哉！然則元君之所以盤據中國九十餘年之久，實中華之人維持輔翼之而然也。」他認為元朝因為得到大批漢族士大夫的協助，才能

〔註4〕陳得芝：《程鉅夫奉旨求賢江南考》，《蒙元史研究叢稿》，第 540～570 頁。

統治九十多年。

元朝不抑制江南地主富戶，而朱元璋嚴厲打擊江南富商大戶，所以明朝初年很多江南大族懷念元朝。元朝結束了南北東西的戰爭對峙，促進了中外商貿交通。元代的中國南方文化仍然是宋朝文化的直接延續，南方從來沒有因為戰爭而出現文化斷裂。正是因為宋、金到元、明的漢文化一脈相承，所以使得很多人誤把宋代的文化當成了明代的文化。

南宋末年的統治極端腐朽，所以理應滅亡，元滅亡南宋是歷史必然。很多人指責蒙古人野蠻，而沒有看到南宋末年對漢族民眾的殘酷壓迫也是一種野蠻。元朝的文化不僅沒有倒退，反而在很多方面有重大突破。元代的文人因為不能在仕途獲得較大發展，所以轉向民間，使得雜劇、小說等文藝獲得極大發展。《西遊記》、《水滸傳》、《三國演義》等小說，雖然是在宋代奠定雛形，但是到了元代，才正式演化為長篇小說。元朝的經濟繁榮，市民文化發達，民間文人才有很大動力在宋代話本基礎上，改寫出一些長篇小說。過去很多人只提到《水滸傳》和《三國演義》在元代成書，但是我們從韓國敬天寺的元代石雕和《樸通事》引用的內容來看，元代的《西遊記》也已經基本成型，我另有專書研究。元代不重視科舉，正好把很多漢族文人從理學的桎梏中解放出來。明代的八股文更加嚴重地束縛了文人的思想，所以元代的這一次解放顯得非常重要。

以上我們糾正了三個錯誤的認識，我們不能過分拔高宋代的現代性，但是應該看到宋代在文藝上的很多成就，遠遠超過了明清。而且我們不應該從狹隘的漢族沙文主義思想出發而貶低元代，應該看到蒙古人漠視儒學和科舉，反而給民間文化的發展留下了廣闊的空間。

宋朝滅亡之前的兩百年間，義大利、法國、英國、西班牙已有十多所自治的大學。到了元代，義大利和法國掀起了建設自治大學的熱潮。東西方的歷史對比證明，統治者管得越少，文化發展越好。統治者管得越多，文化發展越差。元代是我國歷史上的一個特殊時代，元代的特殊性給我們帶來的好處，現在很多人還沒有認識到。即使元代的統治者和非漢族文人也喜歡雜劇和小說，我們也不能說元代的這些成就是統治者有意為之，所以我們應該稱為意外留下的成果，每個時代總有不虞之譽。

元代民間文人創作的長篇小說，因為作者的地位較低，而沒有在元末明初登堂入室。明朝中期，因為社會解嚴，商人地位提高，市民文化復興，思想

大解放，這些宋元時代積澱的瑰寶才重新大放異彩。

　　歷史發展如同海潮，潮來潮去，很多人看到後潮就忘記前潮，看到後朝就忘記前朝。文化的瑰寶如同海貝，它們身上的每一道花紋，都是歷史上一波波的海潮拍打出來。

後　記

　　1993 年，我上小學四年級時，過十歲生日，我的二舅蔡學忍先生送給我河北少年兒童出版社的《古典文學啟蒙讀本》一套九冊，其中有白話縮編本的《水滸傳》，這套書對我影響很大。初二時，我買了百回本《水滸傳》看完。我小學時還看過山東電視臺 1983 年拍成的《水滸傳》電視劇，初中時看過1998 年拍成的《水滸傳》電視劇。我在高一時的同學王永前，背誦一百零八將比我流利，給我很大震撼。我在南京大學讀本科時，看了余嘉錫先生的名著《宋江三十六人考實》，得知一百零八將很多是南宋初年抗金的民間武裝首領。

　　真正促使我研究《水滸傳》的契機，是因為我在復旦大學讀碩士時，寫了一篇《元末大起義與南宋兩淮民間武裝》，發表在南京大學的《元史及民族與邊疆研究集刊》第二十輯（上海古籍出版社，2008 年）。這篇文章涉及我家鄉的歷史，最初是受到臺灣黃寬重先生研究南宋兩淮山水寨成果的影響，我在復旦大學圖書館悟出元末三支最大的民間武裝都在江淮之間，是因為南宋的江淮全面軍事化。我又查考出元末的山水寨都是南宋建立，所以我得出元末江淮武裝是延續南宋抗元傳統的結論。我在寫作此文的過程中，從上海圖書館複印了黃寬重先生的成名作《南宋時代抗金的義軍》（聯經出版事業公司，1988 年）。因為我已知余嘉錫先生的結論，所以我在看黃先生的著作時，發現更多的證據，表明水滸故事的很多情節來自南宋初年的歷史，但是我一直擱置此書的寫作。

　　2016 年我完成了研究《西遊記》的專著，2017 年我想完成研究《水滸傳》的專著。2017 年 5 月，我利用去山西高平參加會議的機會，考察了晉城和河

南之間的太行山碗子城，回來寫了本書的一小部分。高平是王彥的故鄉，我在山西的考察對我這本書的寫作有一定幫助。

2019 年春天，我的本科同學尤東進，邀請我參加 8 月他在杭州師範大學組織的一個宋史學術會議，又推薦我參加 7 月在雲南大學的第六屆海峽兩岸宋代社會文化史研討會。因為我正賦閒在家，時間充裕，所以一鼓作氣，完成全書。全書縮寫為一篇文章《水滸故事主要源自南宋初年義軍》，先在雲南大學的會議發表。又改名為《論〈水滸傳〉出自南宋建康趙祥》，發表在《南京鍾山文化研究》2019 年第 6 期。

我的文章得以發表，自然要感謝我的好友尤東進，感謝雲南大學的會議組織者黃純豔教授，感謝南京鍾山文化研究會的王韋主編。當然更要感謝那些讓我賦閒在家的人們，有人不知我為何能寫很多書，我的回答是，我本來也沒有太多時間，但是他們逼得我只好在家寫書。這當然在玩笑，其實我應該感謝我的父母多年培養我，讓我能夠長期安心讀書。

感謝我在南京大學的本科老師們，我的古代史老師李昌憲教授是宋史研究專家，雖然我至今不通宋史，但是多少受到本科老師的一點影響。多年前我考察南京城南的水西門、瓦官寺時，還沒想到會對我的這本書有所幫助。今年春天我在廈門寫這本書時，用的是我多年前在南京拍的照片。不料我 9 月又重回南京，恍如隔世。雖然我在 9 月已經拍了新的照片，我現在書中用的仍然是多年前的照片，作為一種紀念。我這本書的根還是本科在南京大學讀書的經歷，交給出版社時又回到南京，或許就是圓滿的回歸。

從我 2007 年想寫這本研究《水滸傳》的書，到 2019 年才寫成，耽誤了 12 年，我原來也未曾想到這中間會到福建。我的家人曾問我，後悔來福建嗎？我一直不覺得後悔，雖然我很早就知道范汝為的事蹟，但是我 2019 年在家寫這本書時，忽然悟出混世魔王樊瑞的原型就是摩尼教主范汝為，又在廈門鄉村的廟中發現更多證據，證明樊瑞故事確實來自福建，豈不是天大的好事？南宋至今 900 年，我可以算是第一個全面破解水滸故事的人，人生不過百年，我有如此多奇妙的發現，就沒有太多的遺憾了。

解鈴還須繫鈴人，我生長在江淮大地，九百年前，我的祖先們在江淮大地浴血奮戰，所以仍然由我來發現這段歷史。我找到了淮安同鄉吳承恩改寫《西遊記》的鐵證，但是我否定《水滸傳》的作者施耐庵來自我的家鄉鹽城。不過《水滸傳》的故事仍然和江淮關係密切，雖然我在 2019 年已經寫成此書，

但是我實在未曾想到我會在老家完成這篇後記。似乎冥冥之中都有定數，不過也有可能就是巧合。如果萬事都有定數，人生好像缺乏很多趣味。

　　看《水滸傳》，人們感受的是一種豪氣，這股豪氣就像華北大平原上呼嘯而過的大風，它在天地之間盡情遨遊。我們且隨它御風而行，看看寫寫，走走停停，起起落落，生生死死。我們不過是大風中的一粒塵埃，不能左右天地，不必考慮太多。或許未來會有一陣風，把我吹到一個地方，我會看到一百零八將正在吃酒練武呢，他們吆喝一嗓子，我就上前加入唄。

2020 年 9 月 17 日在東坎老家